汤姆·索亚历险记

［美］马克·吐温 著
姚锦镕 译

作家出版社

图书在版编目（CIP）数据

汤姆·索亚历险记 /（美）马克·吐温著；姚锦镕译. -- 北京：作家出版社，2015. 9（2019.10重印）
（小书虫读经典）
ISBN 978-7-5063-8076-8

Ⅰ. ①汤… Ⅱ. ①马… ②姚… Ⅲ. ①儿童文学—长篇小说—美国—近代 Ⅳ. ①I712. 84

中国版本图书馆CIP数据核字（2015）第130291号

汤姆·索亚历险记

作　　者：［美］马克·吐温
译　　者：姚锦镕
责任编辑：王　炘
装帧设计：高高国际
出版发行：作家出版社有限公司
社　　址：北京农展馆南里10号　　邮　　编：100125
电话传真：86-10-65067186（发行中心及邮购部）
86-10-65004079（总编室）
E-mail:zuojia@zuojia.net.cn
http://www.zuojiachubanshe.com
印　　刷：北京盛通印刷股份有限公司
成品尺寸：148 × 210
字　　数：198千
印　　张：8.25
版　　次：2015年9月第1版
印　　次：2019年10月第8次印刷
ISBN 978-7-5063-8076-8
定　　价：22.00元

那些有好书却不读的人不比无法读到这些书的人拥有任何优势。

——马克·吐温

名家谈读书

余秋雨　阅读的最大理由是想摆脱平庸，早一天就多一份人生的精彩；迟一天就多一天平庸的困扰。

季羡林　书是事关人类智慧传承的大事，这样一来，读书不是“天下第一好事”又是什么呢？

王蒙　读书是一种风度，读书要趁早，要超前读书，多读经典。

于丹　生活就是一锅滚开的水，它一直都在煎熬你，问题是你自己以什么样的质地去接受煎熬，最终会看到不同的结果。读书就是干这个的，就是滋养自己。

贾樟柯　我们心灵敏感之程度，或洞悉人情世故的经验，很多都来自阅读。

杨澜　读书可以增加一个人的底气，也许读过的东西有一天会全部忘掉，但正是这个忘掉的过程，塑造了一个人的知识结构和举止修养。

鲁迅　读书无嗜好,就能尽其多。不先泛览群书,则会无所适从或失之偏好,广然后深，博然后专。

孔子　学而不思则罔，思而不学则殆。

高尔基　我读书越多，书籍就使我和世界越接近，生活对我也变得越加光明和有意义。

歌德　读一本好书，就是和许多高尚的人谈话。

莎士比亚　书籍是人类知识的总结。书籍是全世界的营养品。

普希金　读书是最好的学习。追随伟大人物的思想，是最富有趣味的一门科学。

培根　读书使人充实，讨论使人机智，笔记使人准确，读史使人明智，读诗使人灵秀，数学使人周密，科学使人深刻，伦理使人庄重，逻辑修辞使人善辩。凡有所学，皆成性格。

“小书虫读经典”著名翻译家 简介

吴钧陶 中国作家协会会员，上海翻译家协会理事，曾为上海太平洋出版公司编辑，人民文学出版社上海分社及上海译文出版社编审。

白 马 中国作家协会会员，浙江大学传媒与国际文化学院副教授、国际文化学系副主任，著名翻译家。

张友松 著名翻译家，在鲁迅的推荐下曾任上海北新书局编辑，新中国成立后任《中国建设》编辑。张友松先生是马克·吐温中文译本第一人。

宋兆霖 著名翻译家，中国作家协会会员，迄今已出版文学译著五十多种，2000余万字，译著曾多次获奖。

刘月樵 中国翻译协会表彰“资深翻译家”，中国意大利文学研究会理事，中国国际广播电台意大利语部译审，著名翻译家。

晏 榕 著名翻译家，文学博士，教育部人文社科基金项目主持人，主要从事东西方诗学及文化理论研究。

李自修 山东师范大学外国语学院教授，毕业于北京大学西语系，曾任教美国旧金山州立大学。

傅　霞　上海外国语大学博士，浙江理工大学外国语学院副教授，著名翻译家。

管筱明　湖南省作家协会会员，中南出版传媒集团资深编审，翻译著述颇丰，尤以法语为主。

黄水乞　厦门大学国贸系教授，著名翻译家。

姜希颖　浙江大学英语语言文学硕士，浙江外国语学院英语教师，主要从事美国文学、美国现代主义诗歌研究。

王晋华　英美文学硕士，中北大学外语系教授、硕士生导师，英美文学研究与译著多部。

王义国　文学翻译家，教授，英美文学研究和译著多部。

杨海英　浙江省作家协会会员，北京大学硕士，主要从事新闻工作和文学翻译。

姚锦镕　著名翻译家，任教于浙江大学，主要从事英、俄语文学翻译工作，译著颇丰。

张炽恒　外国文学译者，上海翻译家协会会员。

周　露　外国文学译者，俄罗斯语言文学硕士，浙江大学外语学院俄语副教授。

种好处女地

——“小书虫读经典”总序

梅子涵

儿童并不知道什么叫经典。在很多儿童的阅读眼睛里，你口口声声说的经典也许还没有路边黑黑的店里买的那些下烂的漫画好看。现在多少儿童的书包里都是那下烂漫画，还有那些迅速瞎编出来的故事。那些迅速瞎编的人都在当富豪了，他们招摇过市、继续瞎编、继续下烂，扩大着自己的富豪王国。很多人都担心呢！我也担心。我们都担心什么呢？我们担心，这是不是会使得我们的很多孩子成为一个个阅读的小瘪三？什么叫瘪三，大概的解释就是：口袋里瘪瘪的，一分钱也没有，衣服破烂，脸上有污垢，在马路上荡来荡去。那么什么叫阅读瘪三呢？大概的解释就是：没有读到过什么好的文学，你让他讲个故事给你听听，他一开口就很认真地讲了一个下烂，他讲的时候还兴奋地笑个不停，脸上也有光彩。可是你仔细看看，那个光彩不是金黄的，不是碧绿的，不是鲜红的。那么那是什么的呢？你去看看那是什么的吧，仔细地看看，我不描述了，总之我也描述不好。

所以我们要想办法。很多很多年来，人类一直在想办法，让儿童们阅读到他们应该阅读的书，阅读那些可以给他们的记忆留下美丽印象、久远温暖、善良智慧、生命道理的书。那些等他们长大以后，留恋地想到、说起，而且同时心里和神情都很体面的书。是的，体面，这个词很要紧。它不是指涂脂抹粉再出门，当然，需要的脂粉也应该；它不是指穿着昂价衣服上街、会客，当然，买得起昂价也不错，买不起，那就穿得合身、干干净净。我现在说的体面是指另一种体面。哪一种呢？我想也不用我来解释吧，也许你的解释会比我的更恰当。

生命的童年是无比美妙的，也是必须栽培的。如果不把“经典”往这美妙里栽培，这美妙的童年长着长着就弯弯曲曲、怪里怪气了。这个世界实在是不应当有许多怪里怪气、内心可恶的成年人的。这个世界所有的让生命活得危险、活得可怜、活得很多条道路都不通罗马的原因，几乎都可以从这些坏人的脚印、手印，乃至屁股印里找到证据。让他们全部死去、不再降生的根本方法究竟是什么，我们目前无法说得清楚，可是我们肯定应该相信，种好“处女地”，把真正的良种栽入童年这块干净土地，是幼小生命可以长好、并且可以优质成长的一个关键、大前提，一个每个大人都可以试一试的好处方，甚至是一个经典处方。否则人类这么多年来四面八方的国家都喊着“经典阅读”简直就是瞎喊了。你觉得这会是瞎喊吗？我觉得不会！当然不会！

我在丹麦的时候，曾经在安徒生的铜像前站过。他为儿童写过最好的故事，但是他没有成为富豪。铜像的头转向左前方，安徒生的目光童话般软和、缥缈，那时他当然不会是在想怎么成为一个富豪！陪同的人说，因为左前方是那时人类的第一个儿童乐园，安徒生的眼睛是看着那个乐园里的孩子们。他是看着那处女地。他是不是在想，他写的那些美好、善良的诗和故事究竟能栽种出些什么呢？他好像能肯定，又不能完全确定。但是他对自己说，我还是要继续栽种，因为我是一个种处女地的人！

安徒生铜像软和、缥缈的目光也是哥本哈根大街上的一个童话。

我是一个种处女地的人。所有的为孩子们出版他们最应该阅读的书的人也都是种处女地的人。我们每个人都应当好好种，孩子们也应当好好读。真正的富豪，不是那些瞎编、瞎出下烂书籍的人，而应当是好孩子，是我们。只不过这里所说的富豪不是指拥有很多钱，而是指生命里的优良、体面、高贵的情怀，是指孩子们长大后，怎么看都是一个像样的人，从里到外充满经典气味！这不是很容易达到。但是，阅读经典长大的人会渴望自己达到。这种渴望，已经很经典了！

作者像

“倒下！倒下！你干吗不倒下？”

“我不倒下！你自己干吗不倒下？你眼看不行了。”

——第八章

译者前言

本书作者马克·吐温是世界著名的小说家。他于1835年出生在美国密苏里州的一个贫穷的乡村律师家庭，青少年时期曾当过排字工人，在密西西比河上做过领航员。四年的水上生活是他一生中最难忘的经历，使他有机会接触到广阔的社会，加深了他对美国人民的认识和了解，为他日后的创作积累了大量宝贵的写作素材。马克·吐温于1910年4月21日去世。

“马克·吐温”是他最常使用的笔名，一般认为这个笔名源自其早年的水手生涯。他在与伙伴测量水深时，他的伙伴叫道：“Mark Twain！”意思是“两个标记”，亦即水深两浔（1浔约1.85米），这是轮船安全航行的必要条件。

1865年，马克·吐温创作的幽默故事《卡拉维亚县驰名的跳蛙》在《纽约周六报刊》发表，受到读者的欢迎。1867年马克·吐温在费城旅游，这一游促成了《傻子旅行》的诞生。1872年，马克·吐温出版了第二部旅行文学著作《艰苦岁月》，作为《傻子旅行》的续集。马克·吐温此后创作的两部著作的内容，均是关于他在密西西比河上的经历。《密西西比河的旧日时光》一系列的小品在1875年发表于《大西洋月刊》。之后马克·吐温创作了《汤姆·索亚历险记》《王子与贫儿》《哈克贝利·费恩历险记》等作品。

《汤姆·索亚历险记》是马克·吐温的代表作，发表于1876年。小说主人公汤姆·索亚天真活泼，不喜欢学校呆板枯燥的教育，并极度厌恶牧师骗人的鬼话。他不堪忍受束缚个性、枯燥乏味的生活，总幻想干一番英雄事业。小说通过主人公的冒险经历，对虚伪庸俗的社会习俗、伪善的宗教仪式和刻板陈腐的学校教育进行了讽刺和批判，以欢快的笔调描写了少年儿童自由活泼的心灵。《汤姆·索亚历险记》以其浓厚的、深具地方特色的幽默和对人物的敏锐观察，一跃成为伟大的儿童文学作品之一。本书的姊妹篇是《哈克贝利·费恩历险记》。

《汤姆·索亚历险记》是一本非常有趣的书。

汤姆是一个失去父母的孤儿，由姨妈抚养。他调皮捣蛋、贪玩、逃学、极富冒险精神和好奇心，令抚养他的姨妈伤透了脑筋，令管教他的老师束手无策。这样一个令人又恨又疼的小捣蛋，却是小伙伴们羡慕的对象。礼拜天他被罚粉刷栅栏，这原本是个“苦差事”，可他居然假装干得津津有味，惹得小伙伴们用大量的玩具跟他换取享受劳动的片刻快乐；他成绩极差，却用粉刷栅栏得来的玩具，换了大量的“票子”，从而获得了学校至高无上的荣誉——《圣经》；他让小猫喝下“止痛药”，闹得全家天翻地覆，表面看小猫遭了大罪，实际上是给姨妈上了一课，让她后悔不迭……如此好玩的故事在书中随处可见，举不胜举。我们读着这些充满生活情趣、笔调轻松诙谐的故事，无不为汤姆的聪明机智而叫绝，并报之一笑。

汤姆虽然顽劣，却有一颗很强的同情心，极富正义感。他正直、诚实，遇到困难镇定自若，冷静分析，并勇于尝试解决问题。他对外界的事物总是充满好奇心和想象力，而且大胆尝试，机智勇敢，向往自由，向往未来。他目睹一起凶杀案的发生，眼看凶犯逍遥法外，而无辜者蒙冤受屈，既害怕出来告发而被真凶追杀，又不忍无辜者受罪，备受良心折磨。但经过激烈的思想斗争之后，他最终挺身而出，当庭做证，使案情大白于天下。

本书既然定名“历险记”，作者自然对主人公的历险经历作了一番详细的描述，其中便有密西西比河中的一个小岛之行。汤姆带领乔·哈珀与哈克贝利·费恩，一行三人从在孤岛上无拘无束的胡闹与嬉戏中得到了由衷的幸福，但思家之苦和暴风雨的洗礼终使他们当海盗的美梦破灭，这次历险也以失败而告终。墓地历险显然是对主人公心灵的一次严峻的考验。而此后的山洞探宝、勇救道格拉斯寡妇等等情节无不与之有千丝万缕的关系。正是这一次次历险凸显了汤姆及其伙伴们的生活、性格的方方面面，更构成了他们丰富多彩的心路历程。

我们不妨将汤姆与贝基的“恋情”也看作是汤姆一生的早年“历险”。说他俩产生了“恋情”未必确切，那充其量只是两个少不更事的少年男女的“好奇心”的一次表现，原本不必大惊小怪。作者不惜花费笔墨对此进行描写，无非是想让好玩的故事更加好玩，加点“佐料”，让历险故事读起来更有“娱乐”性而已。

书中另一个形象同样引起人们的兴趣，他就是哈克贝利·费恩。哈克是个无家可归的流浪儿，身上有不少恶习，抽烟、说脏话，甚至还小偷小摸，是镇上做父母的人避之唯恐不及的“坏孩子”，却是汤姆·索亚的好伙伴。两个人意气相投，一起历险，共患难，同享受。可哈克天生具有叛逆的精神，不愿受种种“规矩”束缚，即使有了钱，还是觉得睡木桶、穿破衣的生活自在。这个形象不禁令人想起我国那个家喻户晓的早期的孙悟空来。有关哈克贝利·费恩未来的命运，有兴趣的读者可去阅读《汤姆·索亚历险记》的姊妹篇《哈克贝利·费恩历险记》，该书中有非常有意思的故事等着你欣赏。

正如作者在本书的序中所说，这虽是一本供少年男女娱乐的读物，但成年人切莫“冷落”它，因为读了此书能“愉快地回忆起自己童年时的情景，回忆起当年自己的所思所感，回忆起自己的言谈和有时出现的怪异举动”。诚哉斯言！许多人童年时期无不经历过汤姆早年所经历过的一些“历险”，因而读起来会倍感亲切，欲罢不能。

本书系根据WORDSWORTH CLASSICS1992年出版的The Adventures of Tom Sawyer & Huckleberry Finn译出。稍加比较，该版本与其他一些版本，内容完全一样，不同之处在于：其他版本全书分三十五章及尾声，每章各有标题等，而该版本则有三十六章及尾声——该版本的第十六、十七章，其他的版本则合为第十六章一章；此外在分段上多有出入，字句上有几处稍有详略。本书各章的标题为译者所加。

The Adventures of Tom Sawyer

目 录

作者序

本书所叙述的大多数历险故事都实有其事。其中一两件也是我亲身经历过的。有些孩子还是我小学的同学。哈克·费恩这个人物源自生活。汤姆·索亚同样如此，只是不单取材于一人，而是集中了我所认识的三个孩子的特点综合而成，所以这一形象相当于建筑学上所谓的混合型结构。

书中提到的一些荒诞不经的迷信习俗，在本故事发生的时期，也就是三四十年前，在西部的儿童和奴隶中非常流行。

虽说本书主要是为男女少年所写的读物，供他们娱乐之用，但我希望成年男女不会因此而冷落了它，因为本书还有一个目的，旨在帮助成年人愉快地回忆起自己童年时的情景，回忆起当年自己的所思所感，回忆起自己的言谈和有时出现的怪异举动。

马克·吐温

1876年于哈特福德

第一章 贪玩淘气的小汤姆

“汤姆！”

没人答应。

“汤姆！”

没人答应。

“怪哩，这孩子倒是怎么啦？汤姆，你在哪儿呀？”

还是没人答应。

老太太把眼镜往下拉了拉，从镜框上打量一番房间，再把眼镜向上推了推，又从镜框下看了看外面。像小孩这样的小不点儿，她很少，或压根儿不用戴眼镜去找。她戴眼镜完全是为了“派头”，起着装饰作用。你看这眼镜多有气魄，让她内心感到无限自豪——她的眼力是一流的，眼睛上哪怕架上的是火炉盖，看东西照样能看得一清二楚。此时她显得有点儿不知所措，说起话来倒算不上严厉，但嗓门很高，高得连家具也能听清楚：“没错，要是你让我给逮住，看我准……”

她没把话说完，只是弯着腰用扫把一个劲往床底捅，边捅边喘粗气，可除了惊扰了一只猫，她一无所获。

“我从来没见过这样的孩子！”

她来到敞开着的门前，站在门里，目光朝院子里的番茄茎和曼陀罗草丛扫视。汤姆不在那里。她便把嗓门提得高高的，这下大老远就能听到她的喊声了：“汤姆，我说的是你！”

她的身后响起轻轻的声音，她急忙转过身，一把抓住一个小孩紧身短上衣的衣角，这下对方休想逃走了。

“嗨！我该想到房间里的衣柜才是。你躲在那儿干吗？”

“没干吗。”

“没干吗？瞧瞧你这双手，再瞧瞧你那张嘴。满嘴角沾的都是什么玩意儿？”

“姨妈，我说不上。”

“我可知道。不是果酱是什么？我跟你说过不下四十遍了，要是再动那果酱，看我不剥你的皮。去把鞭子给我拿来。”

鞭子被举得老高，眼看就要大祸临头。

“哟！瞧你背后，姨妈！”

老太太以为有什么险情，慌忙转过身，撩起裙子。小家伙趁机拔腿就跑，纵身跳过高高的栅栏，眨眼间不见了踪影。波莉姨妈目瞪口呆地站了好一会儿，这才轻声地笑将起来。

“该死的小家伙，我怎么就没吸取教训呢？瞧他老来这一套，这次我怎么没提防又被耍了呢？不是吗？人老硬是学不了乖，真是应了老话：‘老狗学不了新把戏。’天知道，他的鬼花样天天翻新，谁知道接下去他还会使出什么新花招。他可懂得火候哩，知道怎么不玩过了头，免得惹我生气；怎么逗我开心，让我消气。这下又来这一套，知道我不会揍他。说实在的，还是怪我没尽到管教的职责。《圣经》说得好，孩子不打不成器，这才是大道理。我知道自己这是在作孽，害得彼此都受罪。他都成了小流氓了。全怪我。他是我那死去姐姐的孩子，可怜的小家伙，我又不忍心揍他。可每次放过他，我的良心又感到不安；打他吧，我这颗老迈的心疼得不行，下不了手。得了，得了，人都是女人生的，命本就不长，苦难却不少，《圣经》就是这么说的，这话说到家了。要是今儿下午他逃课，明儿就让他干活，好好教训他一顿。要是挨到星期六，别的孩子都在休息，那时再让他干活，万万办不到。他呀，最不愿做的事就是干活。我想好了，我要尽尽职，非让他干点活不可了，要不可就毁了这孩子了。”

这天汤姆果然逃学了，而且痛痛快快地玩了一阵子。回家正赶上帮助黑人小孩吉姆在晚饭前锯好第二天用的柴火，还劈好引火柴——至少他忘不了把自己的奇遇都告诉吉姆——不过那活儿四分之三是吉姆干的。汤姆的弟弟（确切地说，是他同父异母的弟弟）锡德已干完分内的活（收拾碎柴片儿）。他是个文静的孩子，不会做什么危险的事儿，也不会惹是生非。吃晚饭的时候，一有机会汤姆就偷糖吃。波莉姨妈问他一些刁钻而深奥的问题，设法套出他又干了什么坏事。像许多头脑简单的人一样，她自有很强的虚荣心，自以为天生别具一种能耐，一眼能识破别人无法破解的奥秘。她问：“汤姆，学校里挺热的吧？”

“是挺热的，姨妈。”

“热得不行吧？”

“是热得不行，姨妈。”

“你没想到过去游泳吧，汤姆？”

汤姆只感到一阵惊慌——既难受又疑虑。他仔细打量波莉姨妈的脸色，但看不出什么来，便说：

“没想过，姨妈——可不，不很想。”

老太太伸出手，摸了摸汤姆的衬衫，说：

“可你这会儿并不很热。”

她已发现那衬衫是干的，而别人却看不出她这么做到底打的什么主意，对此她感到十分得意。不料汤姆已看穿了她的用意，便来了个先发制人：

“我们几个在水龙头下淋了淋脑袋——我的头发这会儿还湿着呢。看见没有？”

波莉姨妈一想到自己怎么就没想到这茬，把大好机会给错失掉了，顿时感到很是懊恼。不过她灵机一动，又想出新招来：

“汤姆，淋脑袋的时候，你没解下我给你缝的衬衫领子吧？把外衣解开！”

汤姆的脸上顿时没了焦虑的神色，他解开外衣。他的衬衫领子还好好地缝在上面。

“得了！好吧，你去吧。我认定你一准逃了学游泳去了。不过这回我不计较，汤姆。我看你呀，就是一只人们常说的毛被烧焦的猫——外焦里不焦。至少这回是这样。”

她既为自己的招数没有奏效感到遗憾，同时又为汤姆这一回还算听话而感到快慰。

可锡德说：

“得了吧，我记得你给他缝领子的线是白的，可如今都成黑线了。”

“可不是，我那是用白线缝的，汤姆！”

可汤姆没有理会，拔腿就跑，到了门口，冲着锡德说：

“锡德，你这是欠揍。”

汤姆到了安全的地方，停下脚步，检查起插在外衣领子上的两枚粗针，针上还绕着线——一根是白线，另一根是黑线。他说：

“要不是被锡德说穿，她是不会看出破绽来的。讨厌！她有时用白线缝，有时用黑线，把人都搞糊涂了。要是单用一种颜色的线就好办了。我发誓，为这事非要教训锡德一顿不可。我说到做到。”

他算不上是村子里的乖孩子，可他对如何做个乖孩子心知肚明，因而对乖孩子们讨厌透顶。

不出两分钟，也许时间还更短，汤姆早已把那些烦恼事丢到了九霄云外去了。这倒不是因为他像大人那样，有了烦恼就会念念不忘，痛苦不堪，只是因为这会儿一件既新鲜又有趣的事强烈地吸引了他，一时间他把烦恼事丢到了脑后——凡人遇到新的兴奋事时往往会把痛苦忘掉的。这新鲜而有趣的事便是一种既新奇又有趣的吹口哨法，是他刚从一个黑人那里学来的，他正想着找个没人打扰的地方练他一练呢。这种口哨能吹出一种独特的鸟叫声，吹的时候用舌尖顶着上颌，就能发出断断续续流水般清脆的颤音——诸位读者都记得自己还是孩子的时候有过这段经历的。汤姆拼命地练，专心地学，很快就掌握了诀窍。于是他在大街上迈开步子，嘴里发出悦耳的口哨声，心里洋溢着感恩之情。那高兴劲活像是天文学家发现了一颗新天体——毫无疑问，那兴奋劲比天文学家的还要强烈，还要深沉，还要纯真。

夏天的黄昏很漫长。天还没有黑。这时汤姆猛地停止了吹口哨。他的面前出现了一个陌生人——块头比他要大的男孩子。在圣彼得斯堡这个可怜的小村子里，一旦来了一个陌生人，不论他是男是女，是老是少，都会引起大家强烈的好奇心。这个新来的男孩子衣着讲究——在周末，这样的打扮算是够讲究的了，不能不引得大家万分惊讶。他头上的帽子相当精致，蓝色上衣又新又漂亮，扣子扣得紧紧的，显得干净利落，裤子也不例外，脚上还穿着鞋子哩——今儿可是星期五呀①。他甚至还打着领结，很漂亮的缎子领结。他那一股子城里人的气派让汤姆看得很不是滋

① 旧时农村的孩子除了星期日，平时往往不穿鞋子。

味。汤姆越瞧对方这身鲜亮的古怪打扮，鼻子翘得越高，越发感到自己的穿戴寒酸破烂。两个孩子谁也不吭声。一个挪一步，对方也挪一步，但只是朝身旁挪，彼此绕着圈子，面对面，眼对眼，盯着对方。最后还是汤姆开了口：

"我可要揍你！"

"我倒要看看你有没有这个胆。"

"哼，我可要动手啦。"

"我看你不敢。"

"我敢。"

"不，你不敢。"

"我敢。"

"你不敢。"

"敢。"

"不敢！"

令人难堪地停顿了一会儿，汤姆问：

"你叫什么名字？"

"这兴许你管不着吧？"

"管得着。我偏要管。"

"行，管来看看。"

"你要是再说废话，我就要管了。"

"我就说，就说，就说。你动手吧！"

"哼，你以为自己了不起吧，是不是？只要我乐意，我可以一只手绑在身后，一手就能搞定你。"

"好哇，干吗不动手？你不是说敢吗？"

"行！要是你耍我，看我敢不敢。"

"像你这样空口说大话的人我见得多了。"

“好个自作聪明的家伙！你以为你是谁？哦，瞧那帽子多难看。”

“难看也得看。谅你也不敢摘下它。谁要是敢动它，我就叫他吃不了兜着走。”

“你吹牛。”

“你吹的牛也不赖。”

“你是只会动嘴不敢动手的吹牛家。”

“我说你给我滚到一边去。”

“给我听好了，要是再跟我说粗话，看我不拿石头砸你的脑瓜子。”

“你倒是试试。”

“我当然会试。”

“那你干吗不动手？干吗光动嘴巴就是不动手呢？我想你是怕了。”

“我才不怕哩。”

“你就是怕。”

“我不怕。”

“怕。”

又是片刻停顿，彼此再次大眼瞪小眼，兜着圈子，然后肩对肩顶了起来。汤姆开了口：

“滚开！”

“自个儿滚开。”

“我不。”

“我也不。”

俩人就这么站着，双腿叉开，像只支架，撑在地上。双方怒目而视，推推搡搡，可谁也占不了上风，结果两个人斗得汗流浃背，满脸通红，这才小心翼翼慢慢地松了劲。汤姆才说：

“你是个胆小鬼，是条小狗。我要叫我大哥哥来对付你。他只要动动小指头儿就能收拾你。我会让他这么做的。”

“谁怕你的大哥哥？我也有哥哥，他比你的哥哥还要厉害。他能把你的哥哥扔过栅栏去。”（这两个哥哥都是瞎编出来的。）

“你净说大话。”

“你说的也是大话，不算数。”

汤姆用大脚趾在泥地上画了一条线，说：

“你要是敢跨过这条线，我就要揍得你趴在地上爬不起来。看谁敢试试，都要落得同样下场。”

新来的孩子听罢立即跨过了线，还说：

“你不是说要揍我吗？动手吧。”

“别逼我，给我当心点。”

“你不是说要揍我吗？怎么不动手？”

“好哇！拿两分钱来，我准揍扁你。”

新来的孩子从口袋里掏出两枚大铜子儿，伸出手，带着嘲弄的神色，递了过去。汤姆一巴掌把铜子儿打落在地。

说时迟那时快，两个孩子像两只小猫，立即在泥地上扭成了一团，翻来滚去，又是揪头发，又是扯衣衫，又是抓鼻子，落得个个成了泥猴子，还挺得意哩。很快胜负就有了结果。汤姆从战斗的尘埃中露出身子，只见他直挺挺地骑在那个新来的孩子身上，用双拳狠揍着对方。

“快求饶吧！”他说。

那孩子竭力挣扎着要脱身，嘴里一个劲哭哭嚷嚷——主要是被气的。

“求不求饶？”汤姆说着，拳头一个劲落下去。

最后那陌生的孩子喘着粗气，说了声“饶了我吧”，汤姆才放开他，让他站了起来，并说：“这下你可知道厉害了吧，下次最好看清楚了，你这是在耍哪个。”

新来的孩子拍着身上的尘土，抽抽搭搭，晃着脑袋，不时回过头来，威胁汤姆说，下次撞见他，准要收拾他。汤姆只嘲弄地报之一笑，得意扬扬地转身离去。他刚转过身，那陌生的孩子捡起一块石子儿，扔了过来，击中了汤姆的后背，接着便转身，像只羚羊，逃之夭夭。汤姆拔腿就追这个反复无常的家伙，直追到了他家门口，这样就知道他住在哪里了。汤姆在他家门口守了老半天，就是不见冤家出来。那冤家只是在窗口朝他做鬼脸，拒绝出战。后来冤家的妈妈出现了，她骂汤姆是邪恶的小坏蛋，没教养，呵斥他滚开。汤姆只好离开，临走时说他是不会放过那孩子的。

晚上汤姆很迟才回到家。他小心翼翼地翻窗进家时，不料中了姨妈的埋伏。姨妈一见他衣服的惨状，更加坚定了自己的决心，星期六非要让他干重活不可了。

第二章　刷栅栏挣外快

星期六早晨就要到了。夏天，大千世界一片明朗清新，处处生机勃勃。人人心里都唱着歌儿，倘若你有一颗年轻的心，这歌声就会从唇齿间流淌出来。人人脸上都喜气洋洋，每一个步子都轻盈矫健。洋槐树花满枝头，芳香扑鼻。

村子远处高耸着的是卡迪夫山，山上草木青葱，远望恰如怡人的绿洲，朦胧、静谧而引人入胜。

汤姆拎着石灰水，拿着长柄刷子，来到人行道上。他打量一番栅栏，满心的欢喜一扫而光，不禁涌起一股深深的悲伤。那可是一排长三十码、高九英尺的栅栏！他只觉得人生变得一片空虚，像是身上背负着累累重担。他唉声叹气，用刷子蘸了蘸石灰水，从栅栏顶层刷了起来。他来来回回刷了一遍又一遍，可剩下那一大片未刷的地方一眼望不到边，相比之下，刷过的部分实在是微不足道。想到这里他心灰意冷，不由得一屁股坐到木箱上。就在这时候，吉姆一手提着洋铁桶，一蹦一跳地从大门里跑了出来，嘴里还哼着《布法罗的姑娘》哩。过去，在汤姆心目中，从镇上泵站拎水是件十分讨厌的活儿，可这会儿他便不这么想了。他不由得想到，泵站里聚着许许多多小伙伴，男男女女，有白人的孩子，有混血儿，还有黑人的孩子。他们排着队等着，有休息的，有交换玩具的，有吵架的，有打闹的，有嬉戏的，不一而足。他记得，那泵站离家虽说只有一百五十码，可吉姆拎一桶水来回得花上一个小时的时间，有时甚至还得有人去催他。想到这里，汤姆便说：

“我说，吉姆，你来刷栅栏，我去提水吧。”

吉姆摇了摇头，说：

“哪能呢，汤姆少爷。老太太吩咐过了，让我快点把水拎回来，不可半路上跟别人玩。老太太还说，她料到汤姆少爷会要我替他刷栅栏，所以吩咐我路上别耽搁，管好自己的事——她说，刷栅栏的事儿她会亲自过问的。”

“千万别听她说的，吉姆。她就爱这么说。把水桶给我，我要不了一分钟就回来。她发觉不了。”

“噢，汤姆少爷，不行。老太太会揪下我的脑瓜子的。她说到做到。”

“她吗？她从不揍人——大不了只是拿着顶针在人家头顶上比画比画。你说，谁怕这个呢？别听她话说得厉害，这伤害得了谁？只要她不哭哭闹闹就万事大吉了，吉姆。我送你一个意想不到的玩意儿—— 一只白色弹珠子。”

吉姆犹豫起来了。

“白弹珠，吉姆！那可是顶呱呱的弹珠子。”

“老天爷！我说，这果真是天大的好东西！可汤姆少爷，我真的怕老太太哩。”

“还有，要是你愿意，我可以把自己发了炎的脚指头让你看看。”

吉姆毕竟是个凡人，这话太让人动心了。于是他放下水桶，拿过白弹珠。他弯下身子仔细地看着汤姆解开脚上的绷带，露出那发了炎的脚指头。不一会儿，他感到屁股火辣辣地疼，但他顾不得疼痛，拎起水桶，飞快地拔腿就跑。紧跟着，汤姆又使劲地刷起了栅栏，而波莉姨妈一手拿着拖鞋，脸上洋溢着得意的神色，撤离了“战场”。

汤姆的劲头没维持多久。他想起本打算今天要做的好玩事儿，倍感心酸。那些无拘无束的孩子会打这儿经过，去玩各种各样有趣的游戏，他们会因为他得干活而取笑他—— 一想到这里，他的心便火烧火燎地难受。他掏出自己的宝贝来，仔仔细细地打量起来——几件玩具、几颗弹珠子及一些破破烂烂的玩意儿。用这些东西收买人家替自己干活也许还凑合，可要想换来哪怕是半小时的真正自由怕是还差大半截哩。于是他把这些可怜的东西放回口袋，打消了收买孩子的念头。就在这看来绝望而黑暗的时刻，他心头猛地生出一个绝妙的主意！顶呱呱而非同寻常的主意！

汤姆拿起了刷子，不动声色地干起活来。这时候本·罗杰斯来了。在一帮男孩子中，汤姆最怕的就是被他嘲笑。你看他一蹦一跳地过来了—— 一眼就看出，他这时正兴高采烈，满怀着期望。他嘴里啃着苹果，时不时吹着悠长的口哨，煞是动听，接着又是一声声叮咚咚、叮咚咚，分明是在模仿汽船声。“汽船”驶近了，放慢了速度，到了街中央，“船身”往右一侧，慢慢地来了个大转弯，显得挺认真、挺费劲，因为他这是在模仿“大密苏里号”船，把自己当作是吃水九英尺的大船。他身兼扮演汽船、船长和汽笛的重任，所以想象着自己站在顶层甲板上，要对他人发号施令，自己又要听令执行。

“停船，伙计！丁——零——零。”于是“船”几乎停了下来，慢慢地向人行道靠了过来。“掉转船头！丁——零——

零。”他的手臂绷得紧紧的，笔直伸出，紧贴在身体两侧。

“右舷向后！丁——零——零。呜——呜——呜！”他说着，右手煞有介事地画着圈，表明那是个四十英尺的大舵轮。“右轮倒车！丁——零——零！呜——呜——呜！”他的左手画出一个个圆圈。

“右舷轮停！丁——零——零！右舷轮停！左舷轮停！右舷轮向前！停！外舷轮慢慢转过来！丁——零——零！呜——呜——呜！抛前缆绳！快！喂——抛后缆绳——我说，你这是干吗？把缆绳在船桩上绕它一圈！就这么着——松手！熄火，伙计！丁——零——零！”

“唏，唏！唏！”（他这是在模仿试水位旋塞发出的声音。）

汤姆径自埋头刷栅栏，没去理会“汽船”。本盯了他好一会儿，才开了口：

“嘿，你惹上麻烦了，是不是？”

没有搭理。汤姆像个画家，打量起自己最后那一刷，又用刷子轻轻地一抹，像刚才那样，审视起粉刷后的效果来。本在他身旁来回走着。那只苹果惹得汤姆直流口水，但他还是埋头干活。本说：

“喂，老伙计，你还得干活吗，嗯？”

“哟，是你呀，本！真想不到。”

“我说，我这要游泳去了，没错。你不想去吗？你当然是想干活，是不是？当然是想干活！”

汤姆打量一眼对方，说：

“你说，什么叫干活？”

“怎么，这不是干活吗？”

汤姆继续刷着，漫不经心地说：

“可不，也许是叫干活，也许这不叫干活。据我所知，这才称汤姆·索亚的心。”

“得了，得了，你不是在说你还挺喜欢干这事儿吧？”

刷子继续在栅栏上移动着。

“喜欢？我干吗不该喜欢？小孩子家能天天捞到刷栅栏的机会吗？”

事儿有了转机。本不再啃苹果了。汤姆来来回回仔细刷着栅栏——刷了一道，退后一步，细看刷出来的效果，这里那里添上一刷，又看看效果。本看着汤姆的每一个动作，兴趣越来越浓，越来越被吸引过去，他很快便说：

“我说，汤姆，让我也刷几下吧。”

汤姆想了想——刚想答应，又改变了主意。

“不行，不行。这恐怕不行，本。波莉姨妈对这栅栏可挑剔着哩——你是知道的，这到底是面朝大街的栅栏，要是在屋后，那无所谓，她也不会太在意。可不是，她对这栅栏可挑剔哩，得仔仔细细地刷。我看，能干好这事儿的孩子，都是千里挑一、万里挑一的。”

“不会吧——哪能呢？噢，得了。让我试试吧，只一小会儿。换了我，就会让你试试的，汤姆。”

“本，说实在的，我倒是愿意让你刷一会儿，可波莉姨妈——不是吗？吉姆也想刷，可她就是不让。锡德想干，波莉姨妈也不让。你看我有多为难。要是让你来刷这栅栏，还不知道会出什么乱子——”

“噢，得了吧。我会小心的。这就让我来试试吧。要么——我把苹果核给你。”

“行——不，本，还是不行，我怕——”

“我把苹果全给你得了！”

汤姆把刷子给了本，脸上装出老大不情愿的样子，可内心别提有多高兴了。在这艘原本叫“大密苏里号”的“汽船”在烈日下干得大汗淋漓的时候，这撒手的画家却端坐在附近阴凉处的水桶上，晃荡着双脚，啃着苹果，脑子里盘算着如何去“宰杀”更多的无辜者。“宰杀”的对象不乏其人。时不时就会有男孩子过来。他们原本是想来取笑汤姆的，结果都留下来刷栅栏了。这时的本已累得筋疲力尽，汤姆已与比利·费舍尔做好了一笔交易，把下一个机会给了他，换来一只状况挺不错的风筝。费舍尔玩腻了，约翰尼·米勒来了，他以一只死耗子，连同拴耗子的绳子的代价买来这大好机会。时间一小时一小时过去，挨宰的孩子纷至沓来。到了午后，汤姆已由一名一无所有的穷小子，摇身一变，成了地地道道的大富翁。除了上述的那些财富外，他还拥有十二颗弹珠、一只破口琴、一片透明的蓝色玻璃片、一架用线轴做的炮、一把什么也开不了的钥匙、一小截粉笔、一只酒瓶塞、一个洋铁皮士兵、一对蝌蚪、六只爆竹、一只独眼小猫、一只铜把手、一个狗颈圈（可惜的是没连着狗）、一只小刀的刀柄、四块橘子皮，还有一块破窗框。与此同时，他还过得逍遥自在、喜气洋洋——许多人陪着他玩——栅栏呢，先后被粉刷了三遍。要不是石灰水告罄，他准会让全村的男孩子个个都变成穷光蛋。

这下汤姆暗自思忖，这世界毕竟不是无情无义的，于是他对人类的行为规律有了一大发现：要想让大人或孩子巴不得想做某件事，就得设法让这东西难得到。要是他也像本书作者那样，是位聪明的大哲学家，那就得懂一个道理：活，孩子家必须要干；玩呢，不是非玩不可。明白了这个道理，就知道，制作假花或踩水车便是干活，而滚保龄球或攀勃朗峰[1]是玩儿。英国就有那么一班家财万贯的绅士，夏天，他们每天都驾着四匹马拉的马车，赶上二三十英里的路，就因为他们有的是钱，这才享受了这份特权。要是让他们给人驾车收取工钱，那他们算是干活了，他们肯定不愿干的。

① 勃朗峰是阿尔卑斯山脉最高峰，也是西欧第一高峰，海拔4810.9米，位于法国和意大利边境。勃朗峰地势高耸，常年受西风影响，降水丰沛。冬季积雪，夏不融化，白雪皑皑。

第三章　天上掉下一位天使

汤姆来到波莉姨妈跟前，她就坐在一间舒适的房间的敞开着的窗前。这房间既做卧室，又是吃早餐的地方，是餐室，又是书房，兼而有之。夏日宜人的空气、舒心的宁静、芬芳的花香、蜜蜂那令人昏昏欲睡的嗡嗡声，这一切交织在一起，产生了效力，使得她做针线活的时候打起了瞌睡——她身边除了一只小猫，可没有什么伴儿，而小猫这时也在她的腿上睡着了。她的眼镜稳稳地架在长着灰白头发的脑袋上。她原以为这会儿汤姆不知到哪里玩去了，想不到他居然会无所畏惧地出现在她跟前。汤姆说：

“现在我能去玩会儿吗，姨妈？”

“什么？干完了？你刷了多少？”

“全刷完了，姨妈。”

“汤姆，别跟我撒谎——我受不了。”

“我没撒谎，全刷好了，姨妈。”

波莉姨妈听了这话半信半疑。她要出去亲眼看看。汤姆所说的话只要有百分二十是真的，她就心满意足了。她一见整排栅栏真的全刷好了，不但粉刷过了，而且精心地刷了一遍又一遍，甚至连地上也留下一道石灰印，直惊得她目瞪口呆。她说：

“哦，实在想不到！汤姆，要是你有心干活，还是挺能干的。”说罢，她又补上一句，把这好话冲淡了点，“可我不得不说，你有心干活的时候实在难得一见。得，玩儿去吧。不过别忘了回家，别玩了一星期也不想回家，要不看我不抽你。”

她被他这“辉煌”的成绩大大地感动了，高兴之余，把汤姆领到食品间，挑了个最好的苹果给他，同时忘不了教训他几句，说什么人家好生款待你，是因为自己诚心努力的结果，而不是凭歪门邪道，那才有价值，享用起来才有滋有味。就在姨妈以《圣经》中的一句漂亮话结束自己的训诫时，汤姆顺手牵羊拿走了一块炸面包圈。

汤姆蹦蹦跳跳出了门，看见锡德正好从外面通往二楼后房的楼梯往上爬。泥团伸手就有，他拿起泥团就朝锡德扔。眨眼间，泥团满天飞，锡德落入了泥团的暴风雨中。没等波莉姨妈从惊恐中回过神来去解围，锡德身上已中了六七块泥团，而汤姆早已翻过栅栏，逃之夭夭了。栅栏是有门的，可一般情况下汤姆没那个闲工夫从那里进出。谁叫锡德上次提醒姨妈说他衣领上缝着的是黑线，给他惹来麻烦。现在他报了这一箭之仇，心里感到好不痛快。

汤姆绕过房子，进了一条泥泞的小巷。姨妈家牛栏的后门就开在这小巷里。到了这里，他就逃脱了被抓获、受到惩罚的危险了。他快步直往村里的广场奔去。按照事先的约定，已有两支由男孩子组成的“部队”集结于此，准备进行一场战斗。汤姆是其中一支“部队”的统帅，另一支由乔·哈珀（汤姆的一个铁哥们）率领。这两位大统帅是不会亲自上阵的，那样有失身价。打仗是小兵分内的事。统帅们只需端坐高处，通过参谋发号施令，指挥战斗。经过长时间艰苦的战斗，汤姆的部队取得了胜利。接着便是清点阵亡人数，交换俘虏，对尚有分歧的有关下一次战斗的条款达成一致，约定下次交战的日期。最后，两支部队整理好队伍，撤离战场。汤姆也就孤身一人打道回府。

汤姆路过杰夫·撒切尔家时，看见院子里有位陌生的姑娘——小姑娘长着一对水灵的蓝眼睛，一头黄发扎成两条漂亮的长辫子，身穿一件白色的夏装，下着绣花宽松长裤。汤姆这位刚刚还在称王称霸的大英雄未经一枪一弹就被对方击倒，倒地不起了。某位芳名艾米·劳伦斯的姑娘立时从他的心中消失得无影无踪，没留下半丝回忆。他原以为自己爱她爱得如痴如狂，曾把这份激情看成是倾心的爱恋，如今只觉得那只不过是过眼烟云般的渺小可怜的偏爱。他曾花数月之久追求过她，可她在一星期前才接受他的爱。他自觉是世上最最幸福、最最自豪的男孩子，不料这种感觉只持续了短短七天。此时此刻，转眼间，艾米·劳伦斯便像个不期而遇的访客，来去匆匆，从此从他心中彻底消失了。他偷眼观看这位新天使，顿时涌起一股爱慕之心。他看着，看着，直到对方注意到了自己，他才把目光收了回来。然后他装模作样起来，仿佛对方并不存在似的，幼稚地“表演”种种可笑的男孩子的动作，以博得对方的青睐。他的种种愚蠢而荒诞的做派延续了一小会儿。就在他表演危险的体操动作时，他猛地发现那女孩子径自朝房子走去。汤姆走到栅栏前，伤心地背靠栅栏，实指望她能多停留一会儿。她上了台阶，停下脚步，很快又向屋门走去。眼看她的脚跨上门槛，汤姆长叹了口气。但很快他喜出望外，原来一朵三色紫罗兰被抛过了栅栏，她的倩影这才消失在门内。

汤姆转身就跑，到了离那花儿一英尺，要么是两英尺的地方停下了脚步。他手搭凉棚，朝街那头看过去，仿佛发现那个方向发生什么有趣的事儿似的。他即刻捡起一根麦秆，把它放到鼻子上，同时脑袋尽量往后仰，让麦秆保持平衡。他身子费劲地左摇右晃，往前挪过去，离那花越来越近，最后一只光脚踩上了花，用灵活的脚趾夹住，带着宝贝，单脚跳着，人消失在拐角处。不过只一会儿，那是为了把花儿藏到外衣里去，藏在心口，也许紧贴胃的地方吧，反正他没学过解剖学，到底藏在哪里，这些细枝末节他是不会计较的。

汤姆又回到原来的地方，在栅栏前游来荡去，像刚才一样，耍着种种花招，到了夜幕降临才离开。那姑娘一直没有露面。可汤姆还心存希望，实指望她什么时候会在窗口出现，注意到自己，以此来自我安慰。最后他可怜巴巴地满怀着幻想，老大不情愿地回了家。

整个晚饭时间汤姆显得异常兴奋，惹得波莉姨妈直纳闷："这孩子中了哪门子邪了？"他曾用泥团打过锡德，挨了一顿骂，可他满不在乎。他试图在姨妈鼻子底下偷糖吃，手指因而挨了敲打。他说：

"姨妈，锡德偷糖的时候，你干吗不打他？"

"可不是，锡德可不像你那样让人烦。要不是我一直提防着，你准会吃成糖人儿了。"

姨妈说罢进了厨房。锡德领了"圣旨"，伸手就去拿糖罐——瞧他那得意劲，汤姆实在受不了。不料锡德手指一滑，糖罐掉到地上，碎了。汤姆见了高兴得不行，可还是控制住了嘴巴，一声不吭。他暗下决心，紧闭嘴巴，就是姨妈来了，自己也什么都不说，只是乖乖地坐着，等着她来问这祸是哪个闯的，然后自己再一五一十地道出真情，然后看着这"宠儿"受到训斥，世上哪有比这更称人心的事呢？老太太一回来，面对这一片"残局"，透过眼镜片，直冒怒火。汤姆见了乐不可支，他暗自想道："终于要得到报应了！"不料他自己居然趴到地上去了！一见那高举的巴掌这就要重重落下来，汤姆忙叫了起来：

"住手！你干吗揍我？糖罐是锡德摔的。"

姨妈住了手，满脸疑惑。汤姆以为姨妈要说句安慰他的话，但待她缓过神来，她却说：

"哼！得，我估摸着，你就是挨点儿揍也不冤枉。我不在的时候，你准闯过别的大祸，错不了。"

然后，她受到了良心的谴责，很想说几句亲切而爱怜的话来安慰他，但一想，觉得这不是自认是自己的不是了吗？这么一来不是坏了规矩了吗？所以她便保持了沉默，心情沉重地去忙家务事了。汤姆躲在角落里直生闷气，委屈得不行。不过他知道，姨妈内心已向他赔过不是了，想到这里，他忧郁的心灵得到了一丝满足。他不会主动向别人求和的，他才不理会人家哩。他知道有一对怜悯的目光时不时透过泪水，在注视着自己，可他就是不理会。他想象自己一病不起，姨妈弯着身子，恳求他说句宽恕她的话，可他转身面对墙壁，至死也不会说那样的话。啊，那样一来她会有什么感想呢？他想象自己被人从河边抬回家，他死了，卷曲的头发湿漉漉的，双手僵硬，再也动不了啦，受伤的心停止了跳动。她会扑到他身上，泪如雨下，祈求上帝把孩子还给她，她再不骂他，永不骂他了。他就那样身子冰冷地躺着，脸色苍白，毫无气息—— 一个可怜的受害者，他的不幸就此结束。他的情感深深地沉浸在悲痛的梦魇中，害得他嗓子眼被呛住，不得不时时咽下口水。他的眼眶饱含泪水，眼皮一眨，泪水就沿着鼻尖哗哗往下流。他在伤心中得到了宽慰，那简直是一大享受，是任何世俗的快慰和欢乐所不能替代和侵扰的，也是他不可容忍的。这太神圣了，任何人不得触碰。可就在这时候，他的表妹玛丽蹦蹦跳跳地跑进来。她在乡下待了一个星期，仿佛待了几年似的，现在终于又见到家，一副兴高采烈、喜气洋洋的样子。如果说她带进来的是歌声和阳光，汤姆一见她则站了起来，带着阴云和黑暗，从另一扇门溜了出去。

他没有到孩子们常去的地方，而是远远地离开他们，找个与他的心境相符的僻静处所，闲逛一番。河里的一只木筏引起了他的兴趣，他在木筏边上坐了下来，凝视着那一片渺茫而阴沉沉的流水。他巴不得自己这就被淹死，出其不意地死去，死得无知无觉，用不着受老天所安排下的那种痛苦的折磨。这时候他想到了那朵花儿，随手拿了出来。花儿已经被揉皱，已经枯萎了。这令他那忧郁的心增添几分快活的感觉。他想知道，她一旦知道他的事，是不是会可怜他？她会哭吗？是不是希望自己有权搂住他的脖子安慰他？还是像世人那样，冷冰冰地掉头走掉？这画面在他的脑海中萦绕着，给他带来既痛苦又欢快的感觉。他用种种不同的角度变换画面，直到智穷力尽，再也变不出新花样才罢休。最后他叹息一声，立起身子，在黑暗中走了。

到了九点半，要么是十点钟的时候，他到了渺无人迹的街上，来到那位不知名的人儿所居住的地方。他停下脚步，竖起耳朵听起来，可什么也没听到。二楼一扇窗子的窗帘上映着昏暗的烛光，他心目中那神圣的人儿莫不是就在那儿？他越过栅栏，悄悄钻过树丛，径直在那窗下站了下来。他满怀激情抬头久久打量起来，然后索性仰面躺到窗下的地上，双手交叠在胸前，捧着那朵已经枯萎的可怜的花儿。他就要这样死去——离开这冰冷的世界。他这个无家可归的人头上无遮无盖，无人出于情谊来抹去他这已死之人额上的湿气，当极度痛苦降临之际，见不到有人怀着爱怜之情俯身看他一眼。到了第二天欢快的早晨，她开窗眺望时，定会发现他。啊，她会洒一滴泪珠落到他可怜、僵死的身躯上吗？面对这原本生机勃勃的年轻生命因受到残酷的摧残而过早地夭折，她会发出轻声的叹息吗？

窗户打开了，一个女佣刺耳的声音打破了这圣洁的宁静。一大盆水自天而降，浇湿了这位仰卧在地的受难者的躯体！

大英雄被浇得喘不过气来，好不容易缓过了神，喷了喷鼻子，这才立了起来。猛听得嗖的一声，有东西飞了过来，夹杂着咒骂声，紧跟着的像是玻璃破裂声。昏暗中，一个模糊的小身影翻过栅栏，飞跑而去。

不久，汤姆脱掉衣衫准备上床，借着烛光细看烂湿的衣服时，锡德醒了过来。他本想借机奚落汤姆一番，继而一想，还是作罢，不说为妙——因为这时汤姆眼露凶光。看不出汤姆有什么烦恼，他若无其事地做完了祈祷，钻进了被窝。这事儿锡德没有轻易放过，默默地记在心头。

第四章　在主日学校大出风头

大地一片宁静，太阳冉冉升起，阳光给这静谧的村子带来了福音。吃完了早餐，波莉姨妈领着全家人做祷告。开始的祷文始终引自《圣经》，固定不变，但其间也加上了一些她自己的创意。到达高潮时，姨妈宣读起《摩西律法》中令人恐怖的一章，就像摩西在西奈山顶上传达上帝的旨意似的。

然后，汤姆准备行动，也就是说，开始“背诵经文”。锡德几天前早已记住了这些经文。汤姆使出吃奶的力气，去熟记五段经文，他选的是最简单的“登山宝训”这部分。

半小时后，汤姆对自己的功课已有了模模糊糊的印象，仅此而已，因为他的心灵全在人世驰骋，他的双手忙个不停，令他分心不已。玛丽拿过他的书本，听他背诵，可他在重重迷雾中左冲右突，寻找路径。

“有福之人是——是——是——”

“那些贫穷的人——”

“对了——是贫穷的人。有福之人是贫穷的人——贫穷的人——贫穷的人——”

“精神上——”

“精神上，有福之人精神上是贫乏的，因为他们的——他们的——"

"他们的——"

"因为他们的，有福之人精神是贫乏的，因为他们的精神——因为他们的精神在天国。有福之人是悲哀的，因为他们——他们——"

"因为务必——"

"因为务必——可'务必'是什么？"

"需要呗！"

"哦，需要——因为他们需要——这个——这个——需要悲哀——这个——需要——这个——他们需要悲哀，因为他们需要悲哀——这个——需要什么来着？你干吗不说出来呢，玛丽？你干吗这么小心眼？"

"我说，可怜的汤姆，你这个小笨蛋！我可没笑话你，不会的。你得再加把劲，记住它。别灰心丧气，汤姆，你准行。你要是背对了，我送你件好东西。背去吧，这才是好孩子。"

"好哩！倒是什么好东西，玛丽？告诉我，那是什么好东西？"

"你别着急，汤姆。知道吗？我说是好东西，准是好东西，错不了。"

"真的吗，玛丽？好吧，那我就再试一次。"

汤姆说罢便背了起来——在好奇心和就要到手的奖励的驱使下，卖力地背了起来，终于取得了辉煌的成绩。

玛丽送了他一把巴罗刀①，价值十二点五美分。汤姆高兴得浑身哆嗦，立脚不稳。其实这把小刀钝得很，切不了任何东西，但倒是货真价实的巴罗刀。拥有这么一种小刀便有一种妙不可

① 巴罗刀是当时流行的坚实而廉价的小折刀，以18世纪英国制刀匠罗素·巴罗的名字命名。

言的气派——不过西部的小孩哪会想到：这种小刀怎么还有冒牌货，害得它的英名遭到玷污呢？这可是天大的秘密，至今还是个不解之谜。汤姆先拿碗柜开刀，后来唤他去穿衣，准备上主日学校的时候，他还在衣橱上跃跃欲试哩。

玛丽给了他一盆水、一块肥皂。他出了门，把水盆放在一条小长凳上，往肥皂上蘸了点水，搁到了一边。他卷起袖子，小心地把水倒到了地上，然后进了厨房，拿来房门后面的毛巾，使劲地擦起了脸。但是玛丽夺过他手里的毛巾，说：

“你怎么不害臊，汤姆？你不该这么差劲，水伤害得了你吗？”

汤姆被说得有点儿不好意思。盆里又被盛上了水，这一次，他弯着腰面对着盆子站了好一会儿，鼓足了勇气，深深吸了口气后，开始洗起脸来。不一会儿，他紧闭双眼，进得厨房，双手去摸毛巾。肥皂水和清水滴滴答答地从脸上流下来，足以说明他是老老实实洗脸了。可一旦拿开毛巾，露出脸来，他感到很不满意，原来只有下巴和腮帮子那一小块算是干净的，脖子四周以及上上下下、前前后后一大片，黑黢黢的，像是罩上了面罩。玛丽一把拉过他，帮他洗过，他这才像个大活人，像她的兄弟，干干净净，没一丝污垢，卷曲的头发煞是匀称，一丝不乱。（他亲手费劲、细心地把一缕缕鬈发撸直，抹上发油，让头发紧贴头皮，因为他觉得鬈发让人显得女里女气的，害得他的生活充满了痛苦。）玛丽拿来另一套衣服，这衣服是近两年汤姆上主日学校才穿的——这套衣服干脆被称为“另一套衣服”，由此可见，汤姆的全部衣服就这两套。他穿戴好后，玛丽又帮他“整理了一番”，帮他把干净的紧身短袖衫的纽扣一直扣到下巴处，把那宽大的衣领翻到了肩上，掸了掸衣服，帮他戴上有斑点的草帽。

这下他大为改观，只是浑身都不舒坦。看他的神情确实很不舒坦——衣服绷得紧紧的，又要保持干干净净，能舒坦得了吗？他巴望着玛丽别惦记着他的鞋子，可这希望还是落了空。她按习惯，给他的鞋子扎扎实实上了蜡后，给了他。这下可把他惹毛了，说是人家老让他干不愿干的事。可玛丽好言相劝道：

“行了，汤姆——这才是乖孩子。”

于是他穿上了鞋子，气得直吼吼。玛丽自己很快收拾好了，三个孩子动身上主日学校去了。主日学校是汤姆最不愿意去的地方，可锡德和玛丽对它情有独钟。

主日学校的上课时间是九点到十点半，然后是做礼拜。两个孩子一向自觉自愿留下来听牧师布道，另一个也愿意留下来——另有充分的原因。教堂可容纳三百号人，里面的靠背椅子高高的，没有坐垫。教堂很小，显得很寻常，有个松木板做的、类似箱子的尖屋顶。到了门口，汤姆故意放慢脚步，跟一个穿主日学校服装的伙伴打起了招呼：

“我说，比利，带上黄票子了吗？”

“带上了。”

“用什么你愿换？”

“你有什么？”

“一块甘草糖，一只鱼钩。”

“拿来看看。”

汤姆亮出自己的宝贝，都挺不错的。交易成功。接着汤姆用一对白色大弹珠换来三张红票子，又用别的小玩意儿换来两张蓝票子。此后的十到十五分钟时间内他还拦截了其他几个孩子，换来各种颜色的票子。然后他跟着一群衣着整洁、闹闹嚷嚷的男女孩子进了教室，来到自己的座位上，跟第一个来到他身旁的男孩子吵了起来。一位神色严肃、上了年纪的老师过来干涉。汤姆转过身子，揪了揪坐在身旁长椅子上一个男孩的头发，没等那孩子转过脸，汤姆已装作在埋头看书了。他用大头针戳了戳另一个男孩子，为的是听对方喊声“哎哟”，结果再次惹来老师的一顿训斥。汤姆这个班的孩子都一个样，个个都很不安生，爱吵闹，惹是生非。要他们背经文，没一个能背得完整，还得不断给他们提醒。结果他们都勉强过了关，每人都拿到一张印着一段经文的蓝色票子，作为奖赏。背完两段经文，就能拿到一张蓝票子。十张蓝票子可以换一张红票子。十张红票子抵一张黄票子。十张黄票子可以从校长手中换来一本装订得很普通的《圣经》（在那个生活简朴的年代，这样的《圣经》每本值四十美分）。哪怕为了得到一本多雷①的插图本《圣经》，我们的读者有几个愿意殚精竭虑去背诵两千段经文呢？可是玛丽就用这种方法获得过两本《圣经》，这可是她经过两年坚忍不拔的努力而获得的。还有位德国血统的男孩子得到过四五本哩。有一次他一口气就背了三千段。不过，由于用脑过度，此后他几乎成了个傻瓜蛋——成了该校的一大悲哀，因为此前每逢重大场合，学校的校长（用汤姆的话来说）便在客人面前，让这孩子出来“展示一番”。只有年长的学生才肯费心坚持枯燥乏味的背诵，拿来票子去换回一本《圣经》。所以颁发奖品便成了学校千载难逢的盛事。那些获奖的学生自然倍感风光，充满自豪。每个学生内心无不汹涌着雄心壮志，此种心情通常能延续两个星期之久。虽说汤姆的内心从未渴望过获得这种奖品，但有些日子，他无疑也希望过能得到这一殊

① 古斯塔夫·多雷（1832—1883）是法国19世纪著名的版画家、雕刻家和插图画家，1832年生于斯特拉斯堡，自幼喜爱绘画，以后潜心习画。他先以讽刺画成名，1853年为拉伯雷的小说作插图，大获成功，从此一发而不可收，被出版商邀请为多部世界名著，如巴尔扎克小说、但丁《神曲》、《拉·封丹寓言》和《圣经》作插图。

荣以及伴随而来的光彩。

良辰一到，学校的校长便站到讲坛前，一手拿着合上的《赞美诗集》，手指夹在书页间，喝令大家肃静。主日学校的校长作简短演讲时，照例都要拿着《赞美诗集》，就像音乐会上歌手上台独唱时手里离不开乐谱——为什么要这么做，始终是个不解之谜。君不见无论是校长还是歌手这两位遭罪者，从来不会去看《赞美诗》和乐谱的。这位主日学校的校长瘦高个儿，年方三十五岁，蓄着沙色山羊胡子，沙色的短发，僵硬的立领快碰到耳朵尖了。尖尖的领角围拢过来，直逼嘴边，恰如一堵围墙，害得他只能前视，若要旁观，非得转动整个身子不可。他的下巴就托在又长又宽的领带上，而领带大小与一张钞票不相上下，两头还镶着流苏。他脚上的靴子尖高高翘起，活像雪橇的雪刀，这在当时是很流行的式样。年轻人得耐心端坐着，一连好几个小时，脚趾使劲顶着墙，才能练成这番神通。校长沃尔特斯先生是个办事非常认真的人，心地真诚，为人诚恳。他对圣物、圣地崇拜备至，能与世俗分得泾渭分明，在学校里说话时往往带有特殊的腔调，与平日里大相径庭。他就这样开始了自己的演说：

“我说，孩子们，我要求你们坐得端正，姿态优美，在一两分钟内，集中注意力，好生听着。好，就这样。好孩子就得这样。我发现有那么一个女孩子，她眼睛看着窗外——我想，她以为我这时候人不在这儿，跑到外面去了——也许爬到树上去给小鸟儿演讲吧（满场的窃窃笑声）。我想告诉你们，见到这么多喜气洋洋、干干净净的小脸蛋儿聚集在这儿，学做乖孩子、好孩子，我别提有多高兴了。”

如此等等的话，也就用不着我多说了。全都千篇一律，毫无变化，咱们都听腻了。

此后还有三分之一的演讲被一帮坏孩子的打闹声和别的恶作剧所打扰，你看他们个个越来越坐立不安，叽叽喳喳，咿咿哇哇，全场混乱不堪，连锡德和玛丽这样一些为数不多、难受坏影响的坚如磐石的骨干分子，也抵挡不住诱惑。沃尔特斯先生的演说越来越有气无力，喧闹声戛然而止，这场演说就这样在无言的感激中告终。

一件罕见的事儿引起了一阵响亮的窃窃私语——来了几位客人。撒切尔律师是位温文尔雅的中年绅士，显得略略有点发福，发色铁灰。陪同他来的一位瘦弱的老人和一位贵夫人——她无疑是这位绅士的太太——领着一个小孩。汤姆一直表现得没规没矩，废话不断，牢骚满腹，心里不免有些发虚，不敢正视艾米·劳伦斯，实在受不了她那饱含深情的目光。但是一见这位新来的女孩子，他顿时来了劲，使出浑身解数，“表演”起来。他不是拍拍这个男孩子，就是揪揪人家的头发，要不就是扮起了鬼脸，一句话，使出一切招数，吸引女孩子，赢得对方的青睐。他的这番折腾本就没有好果子吃——还记得在天使院子里所受的冷水浇头的羞辱吗？可那件事就像留在沙滩上的痕迹，被眼前的阵阵幸福之浪冲刷，早已无影无踪。几位贵宾被请上最高贵的荣誉席。沃尔特斯先生的演说一结束，他们就被介绍给了全体师生。那位中年绅士原来是非常之人——地位绝对不比县法官低，是孩子们见过的最威严的人物。他们想知道此人是用什么材料做成的。他们既想听他的咆哮声，又怕他咆哮。他来自十二英里外的君士坦丁堡，所以说他见多识广——就是说他的这双眼睛曾看过县法院的屋顶，据说那可是铁皮屋顶。这种种想法激起孩子们对他的敬畏之心，会场即刻变得鸦雀无声，人人都聚精会神地注视着他，就是明证。他便是大法官撒切尔，当地一名律师的哥哥。

杰夫·撒切尔即刻迎上前去，跟这位大人物寒暄，令全校师生羡慕不已。要能听到此时台下的窃窃私语，那准如听到仙乐一样令杰夫陶醉不已。

“瞧，吉姆！杰夫过去了。你瞧，杰夫过去跟他握手了。他这是在握他的手哩。我说你想不想成为杰夫那样的人？”

沃尔特斯先生卖力地“表演”起来了，忙这忙那，无非是些俗套，又是发号施令，又是评头品足，又是指手画脚，只要逮到机会，就指指点点一番。图书管理员也不甘寂寞，双手满抱着书本，东跑西颠，气急败坏，净说些只有昆虫学家高兴的事儿。那些个年轻的女教师也过来凑趣，弯腰对那些刚挨过耳光的学生安抚一番，而对那些坏小孩子则举起漂亮的手指做出警告，又亲切地拍拍其他的乖孩子。年轻的男教师又是另一番“表演”，不是小声呵责，显示自己的小尊严，便是要人家千万别忘了遵守学校的纪律。大多数老师，不论男女，都在教坛边的图书馆里找到了用武之地，干起事来常常要重复两到三次（还显得急不可待的样子）。小姑娘的“表演”也形形色色，男孩子也非常卖力，直搞得纸团儿满天飞舞，混战声不绝于耳。那位大人物则正襟危坐，面对眼前的场面，面对大法官威严的笑意，沐浴在自己地位显赫的阳光下，暖意融融。你看他也在如此这般“表演”着。这下沃尔特斯先生只要做好一件事就算是功德完满了，那就是颁发一本作为奖品的《圣经》，外加展示一位奇才。有黄票子的学生不乏其人，但凑齐足够数量的没有——事先他已对几个尖子生作过查问。要是能让那德国小男孩神志恢复正常，让他倾家荡产也在所不惜。

可事与愿违。就在他希望落空的时候，汤姆·索亚居然拿着九张黄票子、九张红票子和十张蓝票子走上前来，要领《圣经》！

这简直是晴天霹雳。哪怕是再过十年，沃尔特斯先生也不会想到这个孩子会来换《圣经》。可是你叫他怎么办？人家手里的票子货真价实，数目也对。于是汤姆被请上了台，与法官和其他贵宾坐在了一起，并由校方宣布这一天大新闻。这是近十年出现的最为惊人的轰动新闻，把这位崭露头角的英雄抬高到了与法官平起平坐的高度。于是主日学校一次就能同时瞻仰到不止一位，而是两位神奇的人物。男孩们个个妒忌得要命。而最感痛心疾首的是那些孩子，他们自己无不为这可恨的荣光出过大力。想当初，就是他们拿自己的票子换来的东西，竟是汤姆出卖粉刷栅栏的特权所得到的那些小玩意儿。如今悔之晚矣。这些孩子直恨自己，觉得自己上了一个诡计多端的骗子的当，仿佛被草丛中的狡诈的毒蛇咬了似的。

校长在给汤姆颁发奖品的时候表现得尽可能地热情，但到底缺乏某种真诚，因为这位可怜的先生凭直觉知道，其中必有某种见不得天日的奥秘存在。要说这孩子脑子里存着两千段之多的经文，那才叫荒唐——毫无疑问，背十来段就够他受的了。不过感到得意和开心的要数艾米·劳伦斯，她要变着法儿地让汤姆看出自己脸上的兴奋劲儿。可汤姆就是不加理会，她有些想不通，感到很苦恼。她产生点儿怀疑，想通了——可又怀疑上了。她注意他的一举一动，偷偷看了一眼，真相大白——她芳心碎了，又妒又气，泪水涟涟，她恨透了所有的男孩子。她以为自己最恨的是汤姆。

汤姆被介绍给了法官。可是汤姆的舌头像是打了结，气也喘不上来，心跳加速——部分是因为对方的威严，但主要是因为他是她的父亲。要是不在光天化日之下，汤姆简直可以暗中悄悄地给他下跪磕头了。法官的手搁到了汤姆的脑袋上，称他是个了不起的小伙子，还问他叫什么名字。这孩子喘着大气，答得结结巴巴：

“汤姆。”

“哦，不，不是汤姆，该叫——”

“托马斯。”

“哦，这就对了。我觉得也许还有呢。很好。我敢说，你还有姓没说。你能告诉我吗？”

“把自己的姓告诉这位先生吧，托马斯。”沃尔特斯先生说，“要叫‘先生’，别忘了礼貌。”

“托马斯·索亚——先生。”

“这就对了！这才是个好孩子，优秀的孩子。很优秀，像个男子汉。两千段经文不算少——很多，很多。你学会这么多经文是下了苦功夫的，可你永远不会后悔为此所付出的努力。因为知识是世上最最宝贵的东西。是知识造就了伟人和好人。你日后会成为伟人和好人的，托马斯，到那时候，当你回首往事时，就会说：‘这全都归功于在我童年的时候可贵的主日学校给了我珍贵的恩赐；全归功于自己的好老师，是他们教我学习；全归功于好校长，是他不断鼓励我、监督我，给了我一本漂亮的《圣经》，一本精美而典雅的《圣经》，让我拥有了它，永远不离身——全归功于他们对我的良好培养！到时候你就会这么说的，托马斯。你是不会拿两千段经文去换钱的——是的，你不会的。那么你能不能给我和这位女士讲点你所学到的东西？是的，我知道，你不会介意的——我们都为爱学习的孩子感到骄傲。你当然知道十二门徒的名字的。你能说说耶稣最初选定的两名门徒的名字吗？”

汤姆手拽着一只扣子，显得很是局促不安。你看他涨红着脸，耷拉下眼皮。沃尔特斯先生的心一沉。他心想，这么简单的问题这孩子可回答不了。法官干吗要问呢？可是他觉得自己非开口不可了：

“托马斯，回答这位先生——别害怕。”

汤姆还是犹豫不决。

“说吧，我知道你会跟我说的。”那位太太说，“最初的两位门徒的名字是——”

“大卫和哥利亚。”

发发慈悲吧，且把大幕拉下，这戏不必演下去了。

第五章　铁钳虫大闹祈祷会

约莫十点半钟，小教堂那破旧的钟敲响了，于是人们纷纷聚拢来，参加当日的晨祷。主日学校的学生坐在教堂内的靠背椅上，与各自的父母一起，这样便于受到他们的照管。波莉姨妈来了，汤姆、锡德和玛丽也跟她在一起——汤姆被安排在紧靠过道的座位上，让他远离敞开的窗子，免得他受窗外夏日景色的诱惑。熙熙攘攘的来者沿过道鱼贯而入。来人中有上了年纪的邮政局长，他现在虽然家境不济，可他是有过好日子的；有镇长和他的妻子——民众拥有一些一无所用的玩意儿，其中也包括这位镇长；有治安官；有寡妇道格拉斯，她四十来岁，美丽、精明且乐善好施，她善良，家境也不错，她那建在山上的宅邸可算是镇上独一无二的一座富丽堂皇的宅邸，每逢圣彼得斯堡的喜庆节日，她接待起客人来热情之高、排场之大无人可比，是镇上引以为豪的人物；有弯腰驼背、德高望重的沃德少校和夫人；有来自远方的名律师里弗森；随后而来的是一班镇上的大美人，跟着她们的是大群身穿细麻布衣衫、扎着绸带的令人销魂的年轻姑娘；尾随她们的是镇上所有年轻的职员——他们个个都拜倒在这些年轻姑娘的石榴裙下，如痴如醉，喜笑颜开，先是立在门廊上，嘬着手杖头，把她们团团围起来，直到最后一名姑娘离开这堵“墙”，他们才进来；最后进来的是模范生威利·莫弗森，他小心翼翼地扶着妈妈，生怕她稍有闪失，仿佛她就是件刻花玻璃制品。他妈妈上教堂总是由他领着，他是所有妈妈的骄傲。男孩子们全都不喜欢他，因为他乖得过分，此外他被“抬高”得无人能及。上主日学校的时候，他的白手绢始终从屁股裤袋里露出来——不经意间似的。汤姆可没有手绢，也瞧不起有手绢的男孩子，管他们叫势利鬼。来听布道的人到齐了，钟声再次响起，提醒迟来的人和待在外面的人进场。随后，教堂笼罩在一片庄严肃穆之中，只有廊台上唱诗班传来的窃窃私语声和嬉笑声才打破这片寂静。整个布道期间，唱诗班始终少不了这种声响。倒是有过一个不像这样没教养的唱诗班，可惜我忘了是在什么地方见过。那是很多年前的事了，具体的细节已记不清了，不过我想那准是发生在外国。

牧师念出圣歌的歌词，念得声情并茂，腔调甚是出众，博得这一地区民众的特别喜爱。开始时他的音调不高不低，然后慢慢地升高，到了最高的时候，恰好落在最需要强调的那个词上，然后像从跳板上纵身一跳，猛地降落下来：

他人为取胜而浴血奋战之时，
我岂能安卧绣榻被送上天堂？

他被公认为出众的朗诵者，在教堂的“联谊会”上他常受邀朗诵诗歌。他朗诵完毕，女士们无不举起双手，然后又无可奈何地落到膝盖上，眼珠子滴溜溜地“转动”，摇头晃脑，像是说：“难以言表。太美了，人世间哪有这等美妙的声音！”

唱罢赞美诗，牧师斯普拉格先生自己成了块活公告牌，开始宣告种种“通知”来，要开什么会啦，搞什么联谊活动啦，如此这般，没完没了，活动名单不念到世界末日绝不罢休——至今在咱们美国，这种古怪的做法依然大行其道，甚至在报纸发行量很大的年代，在远离我们的一些城市里，也出现这种现象。事情常常是：越是难以说得清的传统习俗，越难革除。

轮到牧师祷告了。祷词精彩，内容丰富，详情细节面面俱到。他为本教堂会众和他们的孩子们祈祷，为其他教堂的会众祈祷，为小镇祈祷，为这个县祈祷，为这个州祈祷，为州官员祈祷，为合众国祈祷，为合众国的教堂祈祷，为国会祈祷，为总统祈祷，为政府官员祈祷，为在暴风雨中颠簸的可怜海员们祈祷，为欧洲在君王统治下和东方在专制铁蹄下受压迫而呻吟的千万民众祈祷，为那些领受了圣灵之光和福音却见不到光明、听不到好消息的人祈祷，为远方海岛上的异教徒祈祷。最后，他祈求，他将要说出来的话语，会得到上帝的恩典和宽恕，恰如撒在肥沃土地上的种子，届时将大获丰收。阿门！

窸窸窣窣的衣服摩擦声响起，站着的会众纷纷坐下。本书所讲的这位主人公并不欣赏这一大篇祷词，他只是在忍受着——要是能忍受下去倒也罢了。整个祈祷过程中，他始终坐立不安，无意识地只听得进祷词的一鳞半爪——因为他并没有在听，只不过牧师所说的那些老掉牙的话他都听烂了，只要祷词里掺进一丁点儿新鲜玩意儿，他的耳朵立刻就能捕捉到，害得他立即有了反应，直感到无比憎恨。他认为这些凭空加进去的内容完全是画蛇添足，简直是在耍无赖。祷告正做到一半，一只苍蝇落到他前座的靠背上，腿脚若无其事地一齐折腾起来，伸出爪子抱住了脑袋，使劲磨来蹭去，像是要把脑瓜子从身体上分离出去，直把那细线似的脖子暴露在眼前；又是用后腿刮擦翅膀，让翅膀能平贴在身体上，活像在摆弄一件燕尾服。你看它这般从容不迫地梳妆打扮，仿佛觉得自己此刻非常安全，万无一失。事实确实如此。这场景虽然搅得汤姆心里痒痒的，可他不敢伸手去捉，他相信，在祷告时干这种事，自己的灵魂便会即刻毁灭。但是随着最后一句祷词念完，他便弓起手，悄悄伸向前去，“阿门”声刚一出口，那只苍蝇立即成了他的囊中物。姨妈发现他的这一举动，要他放走苍蝇。

牧师宣布了引作布道的题目，接着便喋喋不休地申明起自己的论点，既单调又乏味，听得许多人渐渐点头晃脑地打起瞌睡来了。他说到了人们遭受到地狱里那无穷无尽的烟熏火燎之苦，而被上帝看中升入天堂的人寥寥无几，值不值得得到拯救大有问题。汤姆扳着指头数了数这祷词到底有多少页。过去祈祷结束后他总能说出祷词有多长的，但对其他方面却知之甚少。不过这当儿他真的来了兴趣。牧师描绘了一幅千禧年世界万物大团聚的辉煌而动人的场面：狮子和羊羔紧挨着躺在一起，领着它们的是个小孩。汤姆对这幅宏图所显示的慈悲之情、训示之意、道德之教无动于衷。汤姆所感兴趣的是那个主角，他在围观民众面前是何等风光。想到这里汤姆变得容光焕发，暗自想道：要是那是头驯服了的狮子，他很想做那个管狮子和羊羔的孩子。

枯燥乏味的布道又开始了，汤姆又受罪了。不一会儿他想到自己的一件宝贝来，便掏了出来。那是一只黑色的大甲虫，长着吓人的上下颚。他管它叫“铁钳虫”。甲虫放在装雷管的盒子里。一上来，甲虫便把他的手指狠狠咬了一口。汤姆本能地一弹手指，甲虫便蹦到了过道上，来了个四脚朝天。汤姆把被咬痛的手指塞进嘴里。翻倒在地的甲虫挣扎着，腿脚无助地乱蹭猛蹬。汤姆见了，很想把它捉回来，可离得远，手够不着。别的对布道不感兴趣的人看着甲虫，倒也是种消遣。

这时候一条四处游荡的卷毛狗不紧不慢地走了过来。在这百无聊赖的夏日，它正闷得慌，显得懒洋洋的。它受够了受拘束的日子，正想换换环境。它发现了甲虫，竖起原本耷拉着的尾巴，左右摇晃起来。它打量一阵眼前的猎物，围着猎物转了一圈，远远地嗅了嗅，又转了一圈，觉得没有危险，胆子壮了些，走近些，再次嗅了嗅，张开嘴，嘴唇轻轻碰了碰，可没有碰到。再来一次，又一次，挺好玩的。它干脆趴到地上，把甲虫挡在爪子中间，继续玩起来。玩久了，玩腻了，它便有点儿心不在焉了。它的脑袋一点点耷拉下来，下巴碰到甲虫，猛地被对方的“铁钳”夹住。卷毛狗尖叫一声，脑袋一晃，甲虫被甩出两码之外，又落得四脚朝天的境地。附近那些看客见此情景，乐得暗暗叫好，有几个还用扇子或手绢掩住脸，免得露出笑容来。这可把汤姆乐坏了。那狗看起来傻乎乎的，也许它是觉得自己够傻的。但它内心很是愤愤不平，决心要报仇雪恨。于是它又走向甲虫，小心翼翼地再次发动进攻。它绕着甲虫转圈儿，从不同角度扑过去，前爪在离甲虫一英寸的地方晃来闪去，要么靠近点用牙齿咬，要么摇头晃脑，晃得耳朵再次啪啪作声。但不一会儿，它又一次感到腻了，本想换只苍蝇玩玩，可还是觉得没意思，便鼻子贴地，跟着一只蚂蚁跑，很快对这也觉得乏味，便打起了呵欠，连连叹气，结果把甲虫给忘了，居然一屁股坐到甲虫身上去了，紧跟着是一声惨叫。随着一声声尖叫，卷毛狗在过道里跑了起来。跑着、叫着，卷毛狗跑过了圣坛，到了另一个房间，到了另一条过道，再穿过大门，嚷嚷着来到最后一段直道。它越跑身上越难受，最后成了一颗毛茸茸的彗星，光闪闪、亮晶晶，以光速绕着轨道飞奔。最终这发了疯的卷毛狗离开原先的轨道，跳上了主子的大腿。可它的主子一把把它扔到窗外，狗伤心的吠声渐渐变弱，最终消失在远方。

这时候，教堂里的人因为强忍着不笑出声来，都憋得脸色通红，喘不过气来，台上的布道再也进行不下去了。后来，牧师又开始了布道，但他说起话来已变得有气无力，磕磕碰碰，听来布道似乎这就要告终了。就连他念最严肃的祝愿语时，会众中也会传来亵渎神明的哧哧笑声，那是后座的人身靠椅背强忍着而发出来的，仿佛那可怜的牧师说的是什么少见的滑稽事。这一磨难终于告终，牧师念出了赐福祈祷，大家无不如释重负。

汤姆·索亚在回家的路上兴高采烈，心想：要是做祷告的时候也像这样换点儿新花样，倒是挺好玩的，他并不反对。只是有一件事令他扫兴：让那狗与自己的大甲虫玩玩他挺乐意，可它不该带着甲虫跑了。

第六章　汤姆“病”得不轻

星期一大清早汤姆·索亚心情很不好。每个星期一早晨他都这样，因为从这天开始一周内天天他都得困在学校里遭灾受难了。他一开始就琢磨起来：要是星期一的前一天不是星期天那该多好。不是吗？休息一天后又要回到牢房般的学校去受罪，他实在受不了。

汤姆躺在床上琢磨开来。他突然想到，要是自己害病了就好了，那就可以待在家里不去上学了。这事倒是有可能办到。他把全身查了一遍，丝毫查不出哪儿出了毛病。他又细细查了查，这回他觉得肚子该有点痛才是。于是他满怀希望，敦促肚痛这就发作起来，可疼痛越来越不明显，最终竟消失得无影无踪。他又继续动起了脑子，突然他有了新发现。他的上排牙齿中的一颗不是松动了吗？真叫走运。他准备这就哼哼起来，他管这一步叫“启动阶段”。可他猛地想到，要是拿这个做不上学的借口，姨妈准要来拔他的牙齿，那有多痛。所以他觉得眼前还是保留下牙齿的好，另想别的法子，可一时还想不出更妙的办法来。不一会儿，他想起曾听大夫说过一种病，病人可以在床上躺两三个星期，还要赔上一根手指。于是这孩子赶紧把那有点肿痛的脚趾从被子里拉出来，捧在手里细细检查起来。可他一时还不知道这种病到底有什么症状，但不妨碰一碰运气。于是他使劲地哼哼起来。

可锡德照睡不误，没有理睬他。

汤姆哼得更响，他觉得自己的脚趾这下真的痛起来了。

锡德还是没有反应。

这一次汤姆哼得太费劲了，有点儿上气不接下气。他歇了歇，缓过劲来，继续哼哼起来。

锡德鼾声仍旧。

汤姆恼了，喊了起来："锡德，锡德！"摇着他的身子。这下有了效果。汤姆又开始哼哼。锡德打了个呵欠，伸了伸懒腰，打着喷嚏，撑起身子，两眼盯着汤姆。汤姆继续哼哼。锡德开口了：

"汤姆！我说，汤姆！"

汤姆没有反应。

"听着，汤姆！你这是怎么了，汤姆？"锡德边问边摇晃汤姆，焦急不安地盯着他的脸。

汤姆哼了哼，说：

"哦，别这样，锡德。别摇晃我。"

"这到底是怎么回事，汤姆？我这就把姨妈唤来。"

"没事，没什么事。兴许过会儿就没事了。谁也别唤。"

"我得去！别这样哼哼了，汤姆，怪吓人的。你这样多久了？"

"几个小时了，哎哟！哦，别摇晃了，锡德。你这会要了我的命的。"

"汤姆，你怎么不早叫醒我？哦，汤姆，别哼哼，我听了身上直起鸡皮疙瘩。汤姆，到底怎么回事？"

"我会宽恕你的，锡德。（又是一声哼哼。）你对我做的事我全部会宽恕的，当我死去后——”

“哦，汤姆，你不会死的，是不是？别死，汤姆，别死，兴许——”

“我宽恕所有的人，锡德。（又是哼哼。）请你把这话告诉他们，锡德。还有，你把我的窗框和那只独眼猫送给镇上新搬来的那个小姑娘，告诉她——”

可锡德没把话听完，拎起自己的衣服跑开了。这会儿汤姆果真难受极了。他的想象力发挥得淋漓尽致，哼哼声变得像模像样起来了。

锡德跑下了楼，说：

“哦，波莉姨妈，快来！汤姆要死了！”

“要死了？”

“是的，别磨蹭了——快来！”

“胡说！我不信！”

不过她还是飞奔着上了楼，锡德和玛丽紧跟其后。她的脸色刷白，嘴唇颤抖。她来到床前，喘着粗气，问：

“我说，你，汤姆！汤姆，你怎么啦？”

“哦，姨妈，我——”

“你这是怎么啦——这是怎么啦，孩子？”

“哦，姨妈，我的脚趾又酸又痛，染上坏疽了！”

老太太一听一屁股坐到椅子上，笑了起来，笑罢又叫喊起来，之后才恢复了常态，说：

“汤姆，你可把我吓坏了。你就别乱说一气了，快给我起来。”

哼哼声终于停止，脚趾也不再痛了。这孩子觉得自己有点儿犯傻，便说：

"波莉姨妈，我好像是得了坏疽了，痛得不得了，痛得连牙齿也顾不上了。"

"牙齿吗？牙齿怎么啦？你的牙齿怎么回事？"

"有颗牙齿松动了，痛得要命。"

"好了，好了，别再嚷嚷了。张开嘴看看。可不，果真松了一颗。不过，绝不会因为一颗牙齿就死人的。玛丽，给我拿根丝线，再到厨房去弄块火炭来。"

汤姆说：

"哦，姨妈，别，请别拔我的牙齿。它不再痛了。我想，要是牙齿再痛起来，我也不叫唤了。请别拔，姨妈。我再也不想待在家里不去上学了。"

"哦，是吗？不想了？原来你这么乱嚷嚷是因为待在家里不想上学，想去钓鱼？汤姆，汤姆，我这么疼你，可你老变着法子捣乱，伤我这个老太太的心。"

说话间，拔牙的器具已准备停当。老太太把丝线的一头牢牢地拴在汤姆的那颗牙齿上，打了个结，把另一头绑在床柱上，接着拿起火炭，猛地朝汤姆的脸伸过去。结果那颗牙齿就吊在了床柱上，摇来晃去。

不过，有失必有得。汤姆吃过早饭去上学的路上，人人都羡慕他，因为他上排的牙齿开了个缺口后，吐起痰来方式新颖，令人称奇。他吸引来一大帮小孩子，欣赏自己的表演。那个曾割破手指的孩子，刚才还有一大群人围着他转，对他崇拜不已，此刻突然没人追随，失去了往日的风光了。他感到心情沉重，虽说心里想的是一回事，嘴里还是以不屑的口气说，汤姆·索亚那飞痰的手段算得了什么？拿别的孩子的话来说，这就叫"吃不到葡萄就说葡萄是酸的"，他成了个失意的英雄，落荒而逃。

不一会儿，汤姆遇到了镇子上那个小流浪儿哈克贝利·费恩。他是镇上一个酒鬼的儿子。镇子上做母亲的无不对哈克贝利恨得要命，且避而远之，因为他成天吊儿郎当，无法无天，没教养——更因为她们的孩子都对他佩服得五体投地，虽然做妈妈的不让，可她们的孩子都乐于跟他来往，还想成为他那样的人哩。汤姆也像那些体面的孩子一样，羡慕哈克贝利过的那种逍遥自在、四处游荡的生活，可受到严厉的告诫，绝不允许跟他玩。不过只要有机会，汤姆就会跟他混在一起。哈克贝利身上穿的都是大人们弃而不用的旧衣裤，破破烂烂，污渍斑斑，补丁飘飘。帽子又大又破，一大块月牙形的帽檐耷拉下来。身上的上衣一拖到地，背后的扣子直达屁股。裤子呢，只用一根吊带吊着，裤裆低低地挂下来，显得松松垮垮。裤腿要是不卷起来，裤边就会在尘土中拖来擦去。哈克贝利爱上哪儿就上哪儿，自由自在。晴天他就睡在人家门前的台阶上，雨天就在一只空的大木桶中过夜。他用不着上学，也不必去教堂，用不着称人为老师，也用不着听人使唤。他愿意去钓鱼就钓鱼，爱游泳就游泳，愿意待多久就待多久，也没人不准他跟人打架。他爱多晚睡就多晚睡。春天里是他第一个开始打赤脚，秋天，最后一个穿上鞋子的也是他。他从来不洗脸刷牙，也用不着穿干净的衣服。他说起脏话来那才叫绝。一句话，凡是让生活过得美妙的东西他无所不有。你看，圣彼得斯堡的孩子，凡是有烦恼的、受束缚的、讲规矩的，哪个不这样认为？汤姆向这位富有传奇色彩的流浪儿打起了招呼：

“你好，哈利贝克！”

“你也好。你看这玩意儿怎么样？”

“那是啥？”

“死猫。”

“让我瞧瞧，哈克。哟，都变得硬邦邦的了。哪来的？”

“从一个小孩子那里买来的。”

“拿什么买的？”

“我用了一张蓝票子，外加一只从屠宰场搞来的猪尿泡。”

“你那蓝票子哪来的？”

“两星期前用一只滚铁环的棒从本·罗杰斯手中换来的。”

“我说，死猫管什么用，哈克？”

“管什么用？用来治疣子呗。”

“有用吗？当真能治？我知道有更好的法子。”

“我肯定你没有。啥法子？”

“啥法子？仙水。”

“仙水？仙水有屁用。”

“屁用，是吗？你用过？”

“没有。可鲍勃·唐纳用过。”

“你怎么知道他用过？”

“他告诉杰夫·撒切尔，杰夫告诉了约翰尼·贝克，约翰尼又告诉了吉姆·赫利斯，吉姆再告诉本·罗杰斯，罗杰斯告诉一个黑人，那黑人又告诉了我。这不，我就知道了。”

“我说，这又怎么样？他们全在撒谎。那个黑人可能除外。因为我不认识他。不过黑人全都会撒谎。呸！那你就说来听听，鲍勃·唐纳是怎么个治法，哈克？”

“可不是，他就是用手蘸了点烂树墩里的雨水。”

“是在大白天吗？”

“那当然。”

“是脸朝树墩的？”

“错不了。至少我估摸着是这样的。”

"他没念什么词儿？"

"我想他没念。我说不准。"

"啊哈，闹了半天用仙水治疣子就是这么个该死的蠢法子，完全不中用。你得亲自上林子里去，找到那个盛仙水的树墩子。到了半夜三更，得背对树墩，把手伸进去，嘴里念着：

大麦，大麦，还有玉米麸子；
仙水，仙水，除掉这些疣子。

"念完了赶紧跑开，闭上眼睛，跑上十一步，然后转三个圈，这才回家，可不能跟任何人说话，因为只要一开口，魔力就失灵了。"

"哦，听来倒是个好法子。可鲍勃·唐纳没这样做。"

"说对了，哥们，他准保没这么做。因为镇子里的孩子中数他的疣子长得最多。要是他懂得用仙水的方法，那他身上就长不出一颗疣子了。我可是用这法子除掉过手上成千上万颗疣子的。哈克，我特别喜欢玩青蛙，所以身上长了不少疣子，有时候我就用豆子除疣子。"

"说对了，豆子挺不错的。我也用过。"

"你也用过？怎么个用法？"

"拿来豆子，分成两半，再把疣子割破，放点血出来，然后把血抹到一个豆瓣上。到了半夜，在月亮的阴影下，找到一个十字路口，挖个坑，把抹了血的豆瓣埋掉，最后把剩下的那一半豆子烧了。你看，这个抹了血的豆瓣不停地拉呀拉呀，想把另一半豆子拉过去，好帮助豆瓣上的血吸疣子，这样疣子很快就被除掉了。"

“说对了，哈克——是这么回事。不过埋豆子的时候，要是念着‘豆子下土，疣子离开，不再缠我’，效果更好。乔·哈珀就是这么干的。他可见过世面呢，甚至差点还去了库恩维尔这么远的地方呢。不过我说，你倒是怎样拿死猫治疣子的？”

“这个嘛，快到半夜的时候，拿着死猫，悄悄到一个坟地，找个埋恶人的地方。半夜里魔鬼就会来，来了两个或三个，可你看不见他们，只能听到风一样的声音，兴许还能听到他们的说话声。魔鬼拖走那坏人的时候，你随后把猫朝他们背后扔过去，嘴里说着：‘鬼跟尸，猫跟鬼，疣子跟着死猫儿，我这就跟你们一刀两断！’用这法子什么疣子都能除。”

“听来挺不错的。你试过吗，哈克？”

“没有，我是听霍普金斯老婆子说的。”

“可不是，我估摸着是这么回事，因为她是巫婆。”

“正是。汤姆，我知道她是个巫婆。她对我爹施过巫术，是我爹亲口跟我说的。有一天，他正走着，看见她在给他施巫术，便捡起一块石子儿。要不是她躲得快，早吃石子儿了。这不，当天夜里，他喝得烂醉，从棚子里摔下来，断了一条胳膊。”

“太可怕了。他怎么知道是她施的巫术害的？”

“老天爷，我爹不会说吗？我爹说，要是有人直勾勾地瞪着你看，那准是在给你施巫术，特别是那人嘴里念念有词的时候。因为人家嘴巴叽里咕噜的时候，准是在流利地念主祷文。”

“你说，哈克，你打算什么时候用这只猫来试？”

“今晚。我估摸着，今晚那些鬼怪会来捉老霍斯·威廉斯。”

“他不是星期六就给埋了吗，哈克？魔鬼干吗不在星期六夜里就捉了他去？”

“瞧你说的！他们的巫咒不到半夜是不灵验的，再说星期六的半夜那不就是到了星期天吗？鬼怪星期天是不会出来转悠的。我估摸着不会。”

“这我可从未想到，是这么回事。能让我跟你一起去吗？”

“没说的——只要你不害怕。”

“害怕？没有的事！你会喵喵叫吗？”

“会。到时候你就回声喵喵。上回你让我喵喵叫个不停，害得老海斯拿石子儿砸我，还骂：‘该死的瘟猫！’我便拿砖头砸他的窗子。这事你可不能对别人说。”

“不会说的。那天夜里因为波莉姨妈紧盯着我，我才没有喵喵叫。这回我准会叫。我说，哈克，那是啥？”

“没啥。只是一只壁虱。”

“哪来的？”

“外面的林子里。”

“可以拿什么跟你换？”

“说不准。我不想换掉它。”

“好吧。反正是只不起眼的小壁虱。”

“不是自己的东西，爱糟蹋就糟蹋它吧。我反正对它挺满意的。在我的眼中这可是只挺好的壁虱。”

“壁虱嘛，多的是。我想要的话，捉它千百来只准成。”

“好哇，你怎么不捉一只来看看？因为你心中明白，你没那个能耐。我估摸这是只来得挺早的虱子，是最早出来的一只虱子，是我今年见到的第一只虱子。”

“我说，哈克，我就拿我的一只牙齿来换。”

“拿出来瞧瞧。”

汤姆掏出一个小纸包，小心地解了开来。哈克贝利端详起来，显得对它很是喜爱。这颗牙太诱人了。他终于说：

"真是你的牙齿？"

汤姆掀起自己的上唇，露出那个没了门牙的豁口。

"好吧，就这么着，"哈克贝利道，"成交。"

汤姆把壁虱放进原先用来关铁钳甲虫的牢房——雷管盒子里。两个孩子各奔东西，都认为自己变得比之前更阔了。

汤姆进了学校那孤零零的小木板房，步子轻快，看那神情像是一路急着赶来似的。他把帽子挂在帽钩上，煞有介事而麻利地奔到了自己的座位上。老师高高地端坐在宽大的扶手椅上，椅子的底座是用薄木板做的，在一片催人入眠的嗡嗡读书声中打着盹。汤姆进来惊醒了他：

"托马斯·索亚！"

汤姆明白，只要有人正儿八经唤他的名和姓，他准要遭殃了。

"老师！"

"过来。我说，你怎么跟平时一样，又迟到了？"

汤姆正想撒谎来蒙混过关，猛见一个姑娘的背影，后面垂着两条黄色的长辫子，一股爱情的电流袭来，让他立即认出了她是谁。他又看到，整个教室里只有那姑娘的旁边有个空位置。他立即说道：

"我刚才跟哈克贝利·费恩说了会儿话。"

老师的心跳几乎要停止了，瞪着眼睛，显得不知所措。读书声戛然而止，学生们直纳闷，这个没脑子的孩子是不是犯傻了？老师问：

"你——你干了什么？"

"跟哈克贝利·费恩说了会儿话。"

话说得明明白白。

"汤姆·索亚，我这还是第一次听到你说大实话，真叫人吃惊。这么严重的错误不能光打手心就了事，把外衣给我脱了。”

老师使劲抽起一束枝条，直抽得手臂酸痛，枝条纷纷折断，才住了手，然后下令道：

“给我去跟女孩子坐在一起，小子！这算是给你的一次警告。”

汤姆听了感到非常局促不安，这像是由教室里响起的一声声哧哧笑声引起的，实际上这是因为他对那位他所崇拜的陌生偶像的敬畏，以及这天赐良机而激起的极度喜悦之情。他在那松木长凳的边沿坐了下来，小姑娘则挪了挪身子，把脑袋偏向了一边。孩子们有捅胳膊肘的，有挤眉弄眼的，有交头接耳的，可汤姆无动于衷，胳膊肘搁在面前低矮的长课桌上，摆出了念书的架势。慢慢地大家不注意他了，学校里那惯常的嗡嗡读书声再次在沉闷的氛围中响起。汤姆便开始偷看起那女孩子来了。她发现后，对他做了个“鬼脸”，便转过脑袋，背对着他一小会儿。待她小心翼翼地转过脸，她发现面前摆着一只桃子。她推开了桃子，汤姆又轻轻地把桃子推过去，她又推了回来，但已不再怀有那么明显的敌意了。汤姆再次耐心地把桃子推到原处，她不再推了。汤姆在石板上潦草地写下：“请尝尝——我还有。”姑娘看了一眼石板上的字，没任何表示。汤姆又在石板上比画起来，左手挡着不让她看。女孩子好一会儿不加理会。好奇心人皆有之，在好奇心的驱使下，她很快就流露出一些难以觉察的表示。汤姆假装没注意，继续画着。小女孩心痒难耐，很想看看，但这男孩子就是装作没有发觉。女孩子败下阵来，迟疑地小声说：

“让我看看你画了些什么。”

汤姆露出画的一部分。这是一幅很不出色的漫画，一座有两面山墙的房子，烟囱冒出的一股烟歪歪扭扭的。小女孩兴致勃勃，忘我地看起来。汤姆画完了，她细细看了看，小声说：

“挺不错——再画个人。”

大画家在房子的前院中添了个人，直挺挺的，像架起重机，大有一步跨过院子之势。不过这女孩子并不十分挑剔，对这个怪物还挺欣赏，并小声说：

“挺漂亮的男人——把我也画上，跟他一起。”

汤姆画了只沙漏，上面挂着一轮圆月，圆月上还有秸秆状的四肢，伸出去的手掌抓着一把古里古怪的扇子。小姑娘说：

“真漂亮——但愿我也能画。”

“挺容易的，”汤姆小声道，“我来教你。”

“哦，真的吗？什么时候？”

“中午。你要回家吃中饭？”

“要是你不回去，我也留下来。”

“好——就这么着。你叫什么名字？”

“贝基·撒切尔。你呢？哦，我知道了，你叫托马斯·索亚。”

“这名字是我挨罚的时候叫的，我表现好的时候人家管我叫汤姆。你叫我汤姆吧，好不好？”

“好。”

汤姆说罢又在石板上写了起来，写些什么呢，还是不让她看。不过这次她不再像刚才那样扭扭捏捏了，她要求看看。汤姆说：

“哦，没什么好看的。”

“有好看的。”

“没有好看的，你不爱看的。”

“有好看的，我爱看，就是要看。请让我看看吧。”

“你看了会说出去的。”

“我不会说的——真的，真的，我绝对不说出去。”

“你一个字儿也不说出去？永远，一生一世也不说出去？”

“是的，对谁都不说。请这就让我看看吧。”

“哦，你准不爱看的！”

“你越是这样，我越要看，汤姆。”——她说罢伸出小手儿，按住他的手，双方小小地争夺了一番。汤姆认真装出不让她看的架势，双手却一点点松开，最终露出三个字：“我爱你。”

“哦，你这个坏东西！”她说罢在他的手上狠狠敲了一下，脸也红了起来，不过她显得还是挺高兴的样子。

就在这节骨眼，汤姆只觉得耳朵慢慢地被人使劲揪了起来，身子也被渐渐提起来。他就这样被人揪着耳朵，穿过教室，在满堂火辣辣的哄笑声中，被安放回自己的座位上。老师就立在他眼前，煞是恐怖，几分钟后，他才一言不发，默默地走开，回到自己的宝座上。汤姆的耳朵虽说火辣辣地痛，心里却甜滋滋的。

教室里安静下来，汤姆也真心实意想好好学习了，只是内心还是闹腾得慌。到了阅读课他朗读起课文来结结巴巴，前言不搭后语。上地理课时，他把湖说成山，把山说成了河，把河说成了大陆，天翻地覆，世界又回到了混沌初开之时了。到了写字课，连小娃娃也会拼写的词他拼写起来也错误连连，得了个倒数第一，不得不把炫耀过好几个月的奖章交了回去。

第七章　不欢而散的“幽会”

汤姆越是想专心学习，越是走神。最后，一声叹气，一个呵欠，他放下了课本。他只觉得午休的时间遥遥无期，永不再来。空气像是凝固了，没有一丝声息，这是些最令人昏昏欲睡的日子。二十五名学生催人入眠的读书声恰如蜜蜂的嗡嗡声，听得人中了魔咒似的，灵魂入定了。远处，卡迪夫山在灼热的阳光下，它那柔和青翠的山坡笼罩在沉沉的热幕之中，染上一抹远空洒下的紫色。高空有几只鸟儿懒洋洋地飞过。地上除了一些打着盹的奶牛，一无所见。

汤姆急切地盼望着放学，要不然，干些有趣的事来打发这沉闷的时光也是好的。他把手伸进了口袋，摸索一阵，顿时满脸生辉，喜气洋洋，流露出了感恩之情。他悄悄掏出那只装雷管的盒子，把盒子里的壁虱放到长课桌上。这小畜生当时或许也焕发出了感恩之光，可惜高兴得太早了，就在它满怀感激之情要远走高飞之际，汤姆用一根大头针把它拨到一边，改变了它前行的方向。

跟汤姆坐在一起的是他的知心朋友，此刻，他也像汤姆那样，感到痛苦难耐。一见汤姆在玩儿，他对这玩意儿也产生了浓厚的兴趣，生出了感恩之情。他的这位知心朋友不是别人，正是乔·哈珀。一星期中，平日里这两个孩子是铁哥儿们，到了礼拜六便两相对阵，成了死敌。乔从衣领上取下一枚大头针，帮着汤姆拨弄起这个战俘来了。两个人玩着玩着，兴趣越来越浓。不一会儿，汤姆说，这种玩法两个人会互相干扰，难以尽兴。于是他把乔的石板放到课桌上，在中间自上至下画了条线。

“听好了，”汤姆说，“要是壁虱到了你那边，你可以拨它，我不去动；只要它跑到我这边来，就归我玩，它不到你那边你不能碰。”

“好哩，就这么着——动手吧。”

壁虱很快就从汤姆手下逃离开去，越过了分界线，乔玩了一会儿。它又逃开去，跑到汤姆这一边。壁虱就这样不断地来来去去。一方兴致勃勃地拨弄着壁虱，另一方同样兴致勃勃地在一旁观看。石板上，两颗脑袋紧紧挨在一起，得意忘形，竟忘了世上的一切了。后来，乔交上好运了。壁虱东躲西逃，左冲右突，逗得两个孩子又兴奋，又焦急。但是一次又一次，眼看壁虱成功地从乔的大头针下逃脱，也可以说，汤姆的手可以触到它时，乔的大头针巧妙地把壁虱的头拨转过来，又落到自己这一边。这下汤姆不干了。他太想玩壁虱了，便伸出手，用大头针拨弄起那边的壁虱来了。乔立刻发火了，说：

“汤姆，你别动。”

“我只想拨它一小会儿，乔。”

“不行，伙计，这不公平。你不能碰。”

“得了，我又不会老玩它。”

“给我听着，别动手。”

“我不！”

“你就是不可以——它可在我这边。”

“听好了，乔·哈珀，知道吗，这是谁的壁虱？”

“我不管它是谁的——反正是在我这边，你就不该碰它。”

“哼，告诉你吧，我就要碰。我的壁虱，我爱怎么着就怎么着，我死不退让！”

汤姆只觉得肩上挨了重重的一拳，乔也得到同样的报应。在短短两分钟内，两个人的外衣上顿时尘土飞扬。同学们看着这场热闹，好不快活。两个孩子全力以赴，忘我地斗着，完全没注意到老师踮着脚尖，悄悄来到他们跟前，学生们跟着静了下来。老师站在一旁冷眼旁观这场精彩的表演好一会儿，然后拿出点手段，还真是锦上添花哩。

中午放学后，汤姆飞奔着找到了贝基·撒切尔，挨近她的耳朵，悄悄说道：

“戴上帽子，假装要回家，到了拐弯处，把其他同学甩掉，你自己沿着小巷绕回来。我走另一条道，同样把他们甩掉。”

于是两个人各跟着一班同学分开走了。不久俩人在小巷尽头会合，一起来到学校。这时的学校可成了他俩的天下了。两个人挨着坐在一起，面前摆着石板。汤姆递给贝基一支铅笔，手把手教她画画儿，画着画着，创造出一座惊人的房子来。慢慢地他俩对画画不再那么感兴趣了，便说起话来。汤姆陶醉在幸福的海洋之中。他问：

“你喜欢耗子吗？”

“不，我讨厌。”

“可不，我也不喜欢——活耗子。我问的是喜不喜欢死耗子。用细绳子拴着，在脑袋四周摇来晃去的死耗子。”

“不喜欢，活的、死的都不喜欢。我就喜欢口香糖！”

“可不，我也喜欢口香糖！要是这会儿有几块就好了。”

“是吗？我有。我可以让你嚼会儿，不过得还给我。”

就这样说定了，于是两个人你嚼一口，我嚼一口，轮流着享用，两双小腿儿从凳子上耷拉下来，晃晃悠悠，其乐无穷。

“你看过马戏吗？”汤姆问。

“看过。只要我听话，我爸爸以后还要带我去看呢。”

“我看过三四次——好多次了。教堂可没马戏团有意思。马戏团里老有新鲜玩意儿。我长大了要去马戏团当小丑。”

“哦，是吗？太好了。小丑穿得花花绿绿的，漂亮极了。”

“没错，是这样。他们都是挣大钱的主儿—— 一天能挣一美元。这话是本·罗杰斯说的。我说，贝基，你订过婚吗？”

“订婚是啥玩意儿？”

“订婚就是要结婚。”

“没有。”

“你愿意吗？”

“也许愿意。我说不准。到底是怎么回事？”

“怎么回事？没什么事。你只要对一个男孩子说，你要他，就要他一个，永远，永远要他，然后你就亲他。就这么回事。这事谁都会。”

“亲嘴？干吗要亲嘴？”

“干吗？你知道——大家都这么做。”

“大家？”

“可不是，谈恋爱的人都这么做。你还记得我在石板上写些什么吗？”

“记——得。”

“写了什么？”

“不告诉你。”

“要我告诉你？”

“好——吧。以后再说吧。”

“不，这会儿说。”

“不，不是这会儿——明天。”

“哦，不，就是这会儿，求求你，贝基。我悄声说出来，悄声说出来，一下子就说出来。”

贝基一时拿不定主意。可汤姆以为她不吭声就是同意了，便伸手搂住她的腰，贴着她的耳朵，轻轻地道出了那句话，然后又补充了一句：

“现在你来悄悄地对我说——同样的话。”

她扭捏了一会儿，然后说：

“把脸转过去，那样你就看不见我了，然后我说。可以后你不能跟别人说了——好吗，汤姆？你不会说的，是不是，汤姆？”

“是的，不会说。你这就说吧，贝基。”

汤姆转过脸去。她羞答答地弯下身子，紧挨着他，嘴里呼出的气直吹得他的鬈发晃动起来。她悄声说了句：“我——爱——你。”

她说罢蹦了开去，绕着课桌椅转了一圈又一圈。汤姆跟着她也转着。最后贝基躲进了一个角落，用白色小围腰蒙住脸蛋儿。汤姆搂住她的脖子，恳求起来。

“行了，贝基，全成了——全成了，只差亲嘴了。别害怕——算不了什么。求求你，贝基。”

汤姆伸手去抓贝基的围腰和双手。

贝基慢慢地做出了让步，放下了手。方才她一阵挣扎，脸涨得通红，这时头抬了起来。汤姆亲了亲那红红的嘴唇，说：

“全成了，贝基。你知道吗？从此你不能爱别的人，只能爱我一个，除了我你不能嫁别的任何人。不能，永远不能。能做到吗？”

“好的，除了你，我不爱别的任何人。汤姆，除了你，我不嫁别的任何人。除了我，你也不娶别的任何人。”

“当然，没说的。这还不算，往后上学和放学时，只要没人看见，你始终得跟我一起。舞会上你选我做舞伴，我也选你做舞伴，因为你已订了婚，该这么办。”

“太好了。这些事以前我从未听说过。”

“哦，真叫人开心！我跟艾米·劳伦斯——”

一见对方那双大眼睛瞪了起来，汤姆赶紧住了嘴，显得很尴尬。

“哦，汤姆！原来我不是你第一个订婚的人！”

贝基哭了起来。汤姆忙说：

“哦，别哭了，贝基。我心里再也没有她了。”

“不，汤姆，你心里有她——你自己明白，你心里还是有她。”

汤姆伸出手想搂她的脖子，但她推开他，把脸转向墙壁，哭个不停。汤姆又想去搂她，说几句安慰的话，又被推开了。出于自尊心，他大踏步离开了教室。他心烦意乱地在外面站了一会儿，时不时打量教室的门，实指望她回心转意，出来找他，可始终不见她的影子。他心里觉得很不好受，心想这回自己是做错了。是不是得采取补救措施呢？但思前想后好一阵子，最后他还是鼓起勇气，进了教室。她还站在教室后面的角落里，面对墙壁，哭哭啼啼。汤姆见状心里十分难受。他走到她跟前，站了一会儿，不知如何是好，后来吞吞吐吐地说：

“贝基，我——我，除了你，谁也不放在心里。”

听不到回答——只有哭泣声。

“贝基！”——哀求声，“贝基，你就不说句话吗？”

哭得更凶了。

汤姆掏出自己的看家宝贝——从壁炉架顶上拆下来的铜把手，从她背后伸到她面前，让她看，嘴里说着：

“求你拿去，好不好，贝基？”

她一巴掌把递过去的宝贝打落在地。于是汤姆大步出了教室，翻过几座山岗，走得远远的，当天再也没有回到学校。贝基呢，等了一会儿犹豫起来，跑到门口，不见汤姆的影子。她跑遍学校操场，还是没有找到他，便喊了起来：

“汤姆！回来，汤姆！”

她留心听着，听不到回应。她孤零零的，无人相陪，四周悄无声息，好不孤独。她又坐下来哭哭啼啼起来，直怪自己的不是。很快同学们纷纷回校了，她只好悄悄藏起自己的悲痛，让那颗破碎的心慢慢平静下来，身负十字架，苦苦熬过这漫长、沉闷而痛苦的下午，身边的同学形同陌路，找不到一个可以向其倾吐心中痛苦的人。

第八章　好个威风的“罗宾汉”

汤姆在街巷里东躲西藏，好不容易才避开那些下午来上学的同学。他闷闷不乐、磨磨蹭蹭地转悠了一阵，然后先后两三次来到一条小溪旁，因为当时流行一种迷信的说法，认为蹚蹚水可以让别人找不到自己。半小时后，他的身影消失在卡迪夫山顶上的道格拉斯宅邸后面，身后坐落在远处山谷里的学校显得朦胧难辨。他进了一座茂密的树林，林子里没有路径。他摸索着来到林子中央，在一株葱茏的橡树下长着苔藓的地面上坐了下来。林子里没有一丝风。鸟儿也被正午的酷热折磨得停止了歌唱。大自然进入了昏睡状态，唯有偶尔从远处传来几声啄木鸟的笃笃声，听来反而显得周围更加寂静，令人倍感孤独。汤姆心情忧郁凄凉，与这环境倒也非常合拍。他的胳膊放在膝盖上，手掌托着下巴，陷入了沉思。在他看来，人生不过是一场磨难，他反而羡慕起去世不久的杰米·霍奇斯来了。他想，一个人长眠不醒，始终处于梦幻之中，耳听林间吹过的飒飒风声，坟头轻轻拂动着的是绿草鲜花，没有任何烦恼和纷扰，这是何等安详的境界啊！要是他在主日学校里的评价良好，他倒心甘情愿死去，一了百了。可如今有了这个小姑娘。他冒犯了她吗？丝毫没有。他的用心是世上最最好的，可人家像对待狗一样对待他——他完全被看作是条狗。

有朝一日她会后悔的——也许到时候后悔莫及了。唉，要是他能死一小会儿该多好！

可是少年充满活力的心一时是很难被长久压抑和制约着的，汤姆很快就开始对世间的种种俗务操起心来了。如果他就此把一切抛诸脑后，神秘失踪，那会怎么样呢？如果他远走高飞，一去不复返——漂洋过海，去异国他乡，不再回来，那又怎么样？那时她会怎么想呢？这时候他又想起了去做个小丑。这念头让他感到厌恶。一个人的精神境界一旦升华到朦胧、庄严又浪漫的境界，是与小丑的插科打诨和彩条紧身衣水火不容的，是一种亵渎。不，他要去当兵，多年后，他历经战火洗礼后，胜利而归。不，最好还是去与印第安人一起，猎取野牛，转战在遥远西部的崇山峻岭中和渺无人烟的大草原上，将来，作为一名大酋长，头上羽毛飘飘，身上涂着五颜六色、令人生畏的图案，在某个慵懒的夏日早晨，闯入主日学校，发出令人魂飞魄散的战斗呐喊声，让自己的同学们个个眼珠被妒火烧焦变瞎。不，还有比这更风光的。他要去做一名海盗！就这么着。现在他的前程就清晰无误地展现在他眼前，闪耀着难以想象的光辉。他的威名将传遍全球，令人闻风丧胆！他驾驶着矮而长的“风暴之神号”快船，船身漆成墨黑，船头的号旗飘飘，在波涛汹涌的大海中乘风破浪。那时他何等威风！就在他功成名就之时，他突然出现在自己度过童年岁月的村子里，大步跨进那饱经风吹雨淋的教堂，身穿黑色丝绒紧身衣和宽松的短裤，脚蹬长筒靴，肩头披着猩红的饰带，腰带上挂着马枪，腰间的短刀上满是猩红斑斑的锈迹，阔边帽上的翎毛左右摇摆。他的黑旗上绘着骷髅和两根交叉的白骨，在迎风招展。人们纷纷悄声议论：“是汤姆·索亚，他是海盗——西班牙海船上的黑衣复仇者！”听得他心花怒放。

是的，就这么办，他的终身事业就此定了。他这就离家出走，踏上事业的征途。第二天一早就动身。所以现在他得开始做准备。他要把全部家当归拢到一起。他来到附近的一根烂木前，用随身带来的巴罗小刀在木段一端的地下挖了起来，很快就碰到一段发出空洞声的木头，便把手放了上去，煞有介事地念起了咒语：

没有来的，快来；来了的，留下！

然后他把上面的土刮去，露出一块松木瓦，拿掉木瓦，下面有一只像模像样的小宝盒，盒底和四壁是木制的，盒里放着一颗弹珠。汤姆大惊失色，他摇晃着脑袋，疑惑不解地说：

“完了，全完了！”

他恼怒之下，把弹珠扔了出去，陷入了沉思。事实是，这是迷信，这一回不灵了。他和自己的伙伴一向认为这是非常可靠的。要是把一颗弹珠埋起来，念句必要的咒语，两星期内不去碰它，然后再念一遍之前念过的咒语，挖开藏弹珠的地方，就会发现，以前那些丢失的弹珠，无论丢在什么地方，都会聚集在这里。可现在看来，这办法明确无误地失灵了。汤姆的全部信念彻底土崩瓦解。以前他多次听说过这办法非常灵验，从不失灵。他自己也亲自试过几次，后来连埋藏的地方也找不到。他为此反复思量过前因后果，最终认定是巫婆作怪，破了他的咒语。他觉得非得把这事查个水落石出不可。于是他便四处寻找起来，终于发现一个中央塌成漏斗状的小沙堆。他趴了下去，嘴巴紧贴那漏斗，高声喊道：

小甲虫，小甲虫，把我想要知道的全告诉我！
小甲虫，小甲虫，把我想要知道的全告诉我！

沙堆动了起来，很快出现一只小甲虫，但转眼就吓得钻了进去。

“小甲虫不告诉我，可见是巫婆干的。这下真相大白了。”

他很清楚，自己斗不过巫婆，便灰心丧气地知难而退。但他觉得，该把刚才扔掉的弹珠找回来，于是便四处耐心地寻找起来，可就是找不到。他回到原先藏宝的地方，站到扔弹珠的位置，再从口袋里掏出一颗弹珠，朝同一方向扔出去，嘴里念念有词：

兄弟，快去找回自己的兄弟！

他看准弹珠掉落的地点，跑过去查看。然而弹珠不是飞得偏远，就是偏近，怎么也找不到原先的珠子，于是他又试了两次，最后终于成功了——两颗弹珠相距不到一英尺。

说话间，从林中绿色小道那里隐隐约约传来一阵铁皮玩具喇叭声。汤姆急忙脱下外衣和裤子，把裤子背带变成了腰带，把烂木头后面的败枝腐叶扒开，露出一副粗糙的弓箭、一柄木剑和一只洋铁皮喇叭。他一把抓起这些东西，光着脚奔出去，身上的衬衣飘飘荡荡。他很快在一株大榆树下停下脚步，吹了一声喇叭，算作回应。接着他蹑手蹑脚，警惕地四下张望，如此这般表演过后，小心翼翼地说——是对想象中的同伙说的：

“停，好伙计们！藏好了，听到我的喇叭声再出来。”

话音刚落，乔·哈珀出现了。他也像汤姆那样，一副轻装打扮，全副武装。

汤姆喝问：

“停！不经我的许可，谁敢到舍伍德森林[1]里来？”

“吉斯朋[2]是好汉，用不着别人许可！你是哪个，竟——竟——”

“竟敢口出狂言。”汤姆提醒他说，因为他俩这是在凭记忆背书上的话。

“哪个竟敢口出狂言？”

“我！我是罗宾汉。你这个下流的小人很快就会知道我的厉害。”

“你果真是那个赫赫有名的无法无天之徒？我很高兴在这片林子里与你相斗一场。看剑！”

说罢两个人各拿出木剑，扔掉各自的其他东西，摆出斗剑的架势，脚对脚，一场“两上两下”认真而谨慎的战斗开打了。不一会儿，汤姆说：

“有什么招数全使出来吧！”

于是两个人全都使出了看家本领，双方直斗得大汗淋漓、气喘吁吁。不一会儿，汤姆喝道：

“倒下！倒下！你干吗不倒下？”

“我不倒下！你自己干吗不倒下？你眼看不行了。”

“哪有的事。我不能倒。书上可不是这样说的。书上说的是：‘接着他反手一剑刺去，结果了可怜的吉斯朋的性命！’你得转过身去，让我刺中你的背。”

书上的话极富权威性，乔不能不听，便顺从地转过身，挨了

① 舍伍德森林是英国民间传说中绿林好汉罗宾汉的大本营，坐落在英国诺丁汉郡以北广大地区。

② 吉斯朋是一名卫士，曾发誓除掉罗宾汉，后来在与罗宾汉比武时被罗宾汉所杀。

汤姆的一剑，倒了下去。

“听着，”乔爬了起来，说，“你也得让我杀了你，这才公平。”

“这我办不到。书上可没这话。”

“你小气到家了。错不了。”

“好吧，乔，你可以做修士塔克，或磨坊主的儿子马奇，用铁头棒打我。要么我做诺丁汉郡长，你当一会儿罗宾汉，杀了我。”

这可是个两全其美的办法，于是“戏”继续演下去。后来汤姆又当起了罗宾汉，那个阴险狡诈的修女没有好好包扎他的伤口，他失血过多，奄奄一息。最后乔一人扮演了一大帮哭哭啼啼的歹徒，伤心地拖着汤姆往前走，把他的弓塞进他虚弱无力的手中。汤姆说：“箭落地的地方，那株绿树下就是埋葬不幸的罗宾汉的坟墓。”他说罢射出了一箭，便倒了下去。他本该这就死去，可他倒在了一丛荨麻上，猛地跳了起来，哪像是具死尸？

两个孩子穿好了衣服，藏好了各自的“装备”，打道回府，并为如今再也没有绿林好汉出没而深感惋惜。他们很想知道，为补偿他们的这份损失，现代文明该有什么作为。他俩说，宁愿在舍伍德森林里当一年绿林好汉，也不做终身的美国总统。

第九章　坟地凶杀案

当天晚上九点半，汤姆和锡德按惯例被打发去睡觉。两个人做完了祷告，锡德很快就睡着了。汤姆干躺着，焦急不安地盼着，盼着。就在他觉得已快到破晓时分，却听到时钟只敲了十响！太令他失望了。他心里憋得慌，很想翻翻身，伸伸腿脚，可又担心惊醒锡德，所以只得一动不动地躺着，眼巴巴地望着眼前的一片黑暗。四周的一切都静止不动，显得阴沉凄凉。后来，从这片悄无声息中渐渐传来一些不易觉察的声响。他首先听出那是时钟的嘀嗒声，后来又听到旧房梁发出的神秘噼啪声，楼梯也响起了吱吱嘎嘎声。显而易见，有鬼魂出没了。波莉姨妈的卧房里传出有节奏而低沉的鼾声。还有蟋蟀那令人心烦的唧唧声，再机灵的人也搞不清它是从哪里发出的。紧接着床头墙缝里传来报死蠹虫可怕的咯咯声，把汤姆吓了一跳——说明有人死期近了。后来远处响起一条狗的汪汪声，更远处另一条狗也叫了起来，声音轻些，与之呼应。汤姆异常愤慨。最后他终于认定时间已停止，开始了永恒，他才心平气和下来，不知不觉打起了盹。时钟敲打十一下，但他没有听到。后来，他在半睡半醒中，听到了猫悲悲切切的叫春声。隔壁人家窗子的开启声惊动了他，紧跟着一声“滚开，你这魔鬼”的咒骂声，和砰的一声空玻璃瓶甩到波莉姨妈棚屋后墙上破碎了的声音把他彻底吵醒了。片刻后他穿戴好，钻出了窗子，手脚并用，爬上厢房顶上。他小心翼翼地边爬边喵喵地学着猫叫，最后跳到棚屋顶上，再跳落在地。哈克贝利·费恩拿着自己的死猫，已在那里等他了。两个孩子一起离开，身影消失在夜色之中。半小时后他俩到了墓地，钻进了高高的野草丛中。

这是一片西部老式墓地，坐落在山岗上，离村子约莫有一英里半的距离。墓地四周围着摇摇欲坠的木板栅栏，木板不是往里倒，便是向外斜，没一处是直立着的。整个墓地全淹没在野草之中。所有的旧坟都已塌陷，墓碑踪影全无，插在坟头上的圆顶的、被虫蛀蚀过的木牌东倒西斜，找不到支撑，快要倒下了。木牌上曾用油漆写上“某某之墓”一类的字样，即使有亮光，大多数字迹也已看不清了。

一阵微风吹过树林，发出凄凉的飒飒声，听得汤姆心惊肉跳，只觉得那是鬼魂因清静被人搅扰而发出的抱怨声。两个孩子屏声敛息，小声交谈一两句。在这样的时刻、这样的地点，在一片庄严肃穆的氛围之中，心灵不免异常压抑。他们找到了要找的一个高高隆起的新坟堆，便在离坟头数英尺远的三株连成一片的榆树下藏了起来。

他俩默默地守候着，像是守候了很久很久。只有远处猫头鹰的叫声打破了这片死寂。汤姆感到憋闷极了，非要说说话不可了，便小声说了起来：

“哈克，死人愿不愿意咱俩来这儿？”

哈克贝利低声答道：

“我哪里知道。这里太阴森恐怖了，是不是？”

“谁说不是。”

两个人好一会儿都没有吭声，各自想着心事。后来汤姆低声问：

“我说，哈克——你说，霍斯·威廉斯能不能听到咱俩在说话？”

“当然能听到——至少他的魂儿能听到。”

过了一会儿，汤姆又说：

“我刚才该称他威廉斯先生才是。可我没有恶意。大家都唤他霍斯的。”

“既然是死了的人，怎么称呼他就不要太讲究了，汤姆。”

话不投机，再也没有说下去了。不久汤姆揪住对方的胳膊，嘘了一声。

“怎么回事，汤姆？”两个人紧紧挨在一起，心怦怦地跳。

“嘘！又来了。你没听见？”

“我——”

“可不是！现在听到了吧？”

“老天，鬼怪可来了！他们当真来了！咱们怎么办？”

“不知道。你说他们能不能看见咱们？”

“哦，汤姆，他们像猫一样在黑暗中也能看清东西。我要是不来这里就好了。”

“哦，别害怕。我相信他们不会找咱们麻烦的，咱们又没有招惹他们。要是咱们静静地待着，他们兴许不会发现咱们的。”

“我尽量不动就是，汤姆。可老天爷，我浑身在哆嗦呢。”

“听！”

两个孩子低下了头，紧紧挨在一起，大气也不敢出。远处的墓地尽头传来一个人低低的声音。

“瞧，瞧那边！”汤姆低声说，“怎么回事？”

“是鬼火。噢，汤姆，太可怕了。”

黑暗中过来几个模模糊糊的人影，一只老式的洋铁皮手提灯晃来晃去，把无数闪闪烁烁的光点投到了地面上。不一会儿哈克贝利打了个寒战，低声说：

“肯定是鬼魂。是不是三个？老天爷，汤姆，咱们没命了！你会不会祷告？”

“我试试，你别怕。他们不会伤害咱们的。‘我已躺下睡了，我——’”

“嘘！”

“怎么回事，哈克？”

“他们是人！至少其中有个是人。是老穆夫·波特的声音。”

“不对，不是的，是吗？”

“我敢肯定，这声音我熟悉。你别乱动。他可没那么机灵发现得了咱俩。看起来又喝得醉醺醺的了——这该死的老东西！”

“好吧，我不乱动。瞧他们这会儿站住了。没有找到地方。他们又过来了。争吵起来了。不争了。又争吵起来了，争得可凶哩！这回算是找准方向了。听我说，哈克，我听出另一个人是谁了，是印第安人乔。”

“是他，这个杀人成性的混血儿。就是遇见鬼也比碰到他们强。他们来这儿干吗？”

他俩不再嘀咕了，因为那三个人已来到那个坟头，离这两个孩子藏身的地方只有几英尺。

“就是这里。”说话的是第三人，他高举着提灯，照亮了一张年轻的脸——原来是罗宾森医生。

波特和印第安人乔推着一辆手推车，车上放着一根绳子、两把铁锹。他们把车里的东西拿下来后，动手掘起了坟墓。医生把提灯放到坟头上，过来背靠一株橡树坐了下来。两个孩子离他很近很近，伸手就可以碰到他。

“加把劲，伙计！”医生低声道，“月亮随时都会出来。”

另两个人嘟哝了一声算是回答，继续干下去。

一时间只听到铁锹挖土和沙石发出的声音，十分刺耳。最后，铁锹碰到棺材，响起一声沉闷的木头声，不到一两分钟，那两个人便把棺材拉了上来。他们用铁锹撬开棺盖，抬出尸体，粗暴地扔到了地上。月亮已从云层后面钻出来了，月光照亮了死者惨白的面孔。手推车被推了过来，尸体被放了上去，盖上一条毯子，用绳子捆紧。波特掏出弹簧刀，把挂在车外的一截绳子割掉，说：

“这下该死的事儿全办妥了。大夫，你得再掏五块钱，要不就让它搁在这儿得了。”

“是这话儿！”印第安人乔说。

“听着，你这是什么意思？”医生说，“价钱是早就讲好的，再说你们也收了。”

“可不是，你是付了钱，可还有呢。”印第安人乔走到站着不动的医生跟前，说，“五年前，一天夜里，我来到你家的厨房，想要口饭吃，可你爹把我撵了出去，还说我没安好心。我发誓说，哪怕过了一千年，我也要出这口恶气。你爹便把我说成无赖，投进班房。这事你以为我忘了？我身上流的可是印第安人的血。放明白点，这会儿你落到了我的手中，我是不会放过你的！”

他说罢攥紧拳头在医生跟前比画起来，可医生猛地挥出一拳，把这无赖打翻在地。波特扔下刀，嚷了起来：

“好哇你，竟敢打我的兄弟！”话音一落，他便与医生扭在了一起，两个人使出吃奶的气力斗在了一起，直斗得脚下野草被踩倒，尘土翻滚。印第安人乔也跳将起来，眼冒怒火，捡起波特的刀，像只猫，在两个搏斗在一起的人周围打转，寻找机会下手。冷不防医生挣脱出来，拿起威廉斯坟上那沉重的木牌，把波特打翻在地。与此同时，那个混血儿看准机会，拿刀捅进年轻医生的胸口，只留下一截刀柄在外。医生晃晃悠悠，倒了下去，半个身子压在波特身上，溅得波特满身是血。这时候飘过来一片乌云，遮住了这一惨状。黑暗中，两个小孩子吓得拔腿就跑。很快月亮再次露出来，只见印第安人乔站在两个人跟前，打量着他们。医生嘴里嘟嘟哝哝，不知说些什么，长长地喘了一两口气，再也没了声息。乔咕哝道：

“这笔账从此两清了——你这该死的。”

接着他搜走尸体身上的东西，又把杀人的凶器放进波特张开的右手中，然后在那具被撬开的棺材上坐了下来。过了三分钟、四分钟、五分钟，波特开始动弹起来，发出了呻吟声。他握紧手中的刀，举起来一看，一阵哆嗦，撒开了手。他赶忙坐起来，推开尸体，打量了一番，又茫然地看了看四周。他的目光与乔相遇。

“老天爷，怎么回事，乔？”他问。

“糟糕透了。”乔没有动弹，说，“你干吗这么干？”

“我？我可没干。”

“听着，你可不能一推了事。”

波特一听吓得浑身哆嗦，脸色发白。

“我还以为自己喝糊涂了呢。今晚我真不该喝酒。瞧我脑子里还留着酒——比刚才动身时还要糟。满脑子搅得像锅粥，怎么也想不起是怎么回事。跟我说说，乔——掏心窝子说，老伙计，是我干的吗，乔？我压根儿就没存这个心。我发誓，我压根儿就没存这个心。告诉我，到底是怎么回事，乔？哦，太可怕了——

瞧他，多年轻有为的一个人。”

“这不，你俩扭打在一起，他抄起木牌打了你，把你打翻在地，后来你爬起来，跌跌撞撞，晃晃悠悠。就在他再次想狠命揍你时，你拿起刀子捅了他，你也跟着倒了下去，像根木桩子一动不动地躺着，这会儿才醒过来。”

“哦，我到底干了些什么，连我自己也闹不明白。要是知道自己干了什么，倒不如死了的好。全怪我喝多了威士忌，失去了理智。我虽然跟人打过架，可这辈子压根儿就没动过刀子。大伙儿都会这么说的。乔，你可别说出去！你就答应吧。这才是我的好哥儿们。我一向喜欢你，乔，也一向护着你。你没忘吧？你不会说出去的，是不是，乔？”这可怜的家伙说罢在显得若无其事的杀人凶手面前跪了下去，双手合十，哀求起来。

“是的，你对我一向很公正，十分关照我，穆夫·波特。我不会对不起你的。好了，一个男子汉能说的就这些。”

“哦，乔，你是天使，我这辈子都忘不了你的大恩大德。”波特说罢咿咿呀呀哭了起来。

“得了，别这样。现在不是抹泪的时候。你那头，我这头，咱们分头走掉。这就走吧，千万别留下把柄。”

波特拔腿就跑，跑得越来越快，直奔了起来。那混血儿站着没挪窝，看着对方离去。他嘀咕道：

“看样子他真的被打糊涂了，也被黄汤灌得晕头转向了。他就没有想到刀子，等到想到，人已经跑远了，再说他也不敢回到这儿来取——好个胆小鬼。”

两三分钟后，除了那一轮明月，再也无人注意这被杀之人、这裹着毯子的死尸、这被撬掉盖子的棺材和这被挖开的坟墓，四周又被死寂所笼罩。

第十章 野狗冲谁而吠

两个孩子被吓得说不出话来，直向镇子飞快奔去。一路上他俩时不时战战兢兢扭过头去看看，生怕有人跟踪过来。路上的每个树墩子，都像是埋伏着人，埋伏着敌人，他俩被吓得喘不过气来。两个孩子跑过村边的几家农舍时，惊得看门狗声声吠叫，害得他们身上像长了翅膀，更快地飞奔起来。

“要是能跑到旧鞣皮厂，自己还没倒下去，那就谢天谢地了！”汤姆上气不接下气，低声道，“我可是撑不了多久了。”

哈克贝利只顾得喘气，哪有搭腔的工夫？两个孩子眼睛盯着那个目标，使出吃奶的力气奔过去。目标越来越近，两个人终于肩挨着肩，冲进了开着的大门，又惊又喜，怀着感恩之心，筋疲力尽地瘫倒在掩护他们的阴影里。他们的心跳慢慢地平稳下来，汤姆这才低声开了口：

“哈克贝利，你看这事儿会有什么结果？”

“要是罗宾森医生死了，免不了有人要上绞架。”

“是这样吗？”

“可不是，我有数，汤姆。”

汤姆想了一会儿后，说：

“谁去告发？咱俩？”

“瞧你说的！要是事发后，印第安人乔没被绞死，他迟早会宰了咱俩。咱俩算是死定了。”

“我也是这么想的，哈克。”

“要说有人出来告发，那只有穆夫·波特了，还要看他够不够傻。他可是个酒糊涂。”

汤姆没有搭腔，径自琢磨起来。过了一会儿，他悄声问道：

“哈克，穆夫·波特压根不知情，他怎么告发？”

“凭什么说他不知情？”

“因为印第安人乔干的时候，他挨了人家狠揍。这事儿你以为他能看到？你以为他清楚？”

“哎呀，可不是吗，汤姆！”

“再说，你看——挨了那一下，兴许他也没命了！”

“不，不会的，汤姆。他只是喝多了。我看得出来。再说，他一向这个样子。我爹喝多了，就是搬来一座教堂当头砸下去，也别想让他回过神来。他自己就是这么说的。穆夫·波特当然也一个样。不过我看要是遇到没喝酒、完全清醒的人，挨了那一下准没命。是不是这样我说不准。”

汤姆默默地想了一会儿，说：

“哈克，你当真会不吭声？”

“汤姆，咱俩能吭声吗？你是知道的。要是事发了，那个印第安魔鬼不被绞死，他准会像淹死两只猫那样，轻松淹死咱俩。听我说，汤姆，咱俩这就发个誓——非得发个永不吭声的誓不可。”

“我同意。哈克，这是最好的办法。你把手举起来，发誓说咱们——”

“哦，不，这还不够。对付日常生活中那些鸡毛蒜皮的小事，这样发发誓能凑合——特别是对付小丫头挺有用，因为她们往往说话不算数，发起火来什么都会给你端出去——眼下这种大事儿，得写下来，得写血书。”

汤姆对这个主意一千个赞成，一万个同意。这想法多深奥、多严肃、多令人恐怖。这时刻、这环境、这地点多适合起这样的誓。汤姆在月色下，捡来一块干净的松木瓦，又从口袋里掏出一截红赭石，借着月光，歪歪扭扭地写了起来，一笔一画都挺费劲。向下划时，得咬着牙关，慢慢地、重重地移动；向上划时，下手很轻：

> 哈克贝利·费恩和汤姆·索亚发誓：这事永不吭一声。要是有人说出去，立刻倒地死去。

在哈克贝利看来，汤姆写字本领高强，用词高雅，他佩服得五体投地。他立刻从翻领上取下一根大头针，就要去扎肉。汤姆说：

“别忙！动不得。大头针是铜的，上面可能有铜绿。”

“啥铜绿？”

“一种有毒的东西。问题就在这儿。只要吞下一丁点儿，就知道它有多厉害了。”

于是汤姆摘下身上的一根针，解下针上的线。两个小孩各自在大拇指上刺出一滴血。

经多次挤压，汤姆以小指做笔，好不容易签下了自己姓名的第一个字母。然后他教哈克贝利如何写“哈克贝利·费恩”的第一个字母H和F，誓言算是写完了。举行了一番庄重的仪式，念了几句咒语后，他俩把松木瓦埋在墙根下。如此一来，他们认定，他们的舌头就此上了锁，开这锁的钥匙也给扔掉了。

这时候，一个黑影从这座破破烂烂的房子的另一头偷偷摸摸过来，可他俩没有发现。

“汤姆，”哈克贝利悄声说，“起了誓就能阻止咱们说出去吗？——永远不说出去？”

“当然能。无论发生什么事，都有效，都能保证不会说出去。一旦说出去，就当场倒地没命——你记得吧？”

“记得，我想是这样。”

两个人又悄悄说了一小会儿话。不久，外面传来一阵狗的长长哀号声——就在离他俩十英尺的地方。两个孩子吓得不轻，不由得紧紧抱在一起。

“它是冲着你我哪一个来的？”哈克贝利喘着粗气问。

“说不准。从门缝往外瞧瞧。快！”

“不行，还是你去，汤姆！”

“我不行——我不行，哈克！”

“求你了，汤姆。狗又叫了！”

“哦，老天爷，谢天谢地！”汤姆低声说，“我听出来了。这是布尔·哈比森[①]在叫。”

“太好了——告诉你吧，汤姆，可把我吓死了。我敢打赌，这是条野狗。”

那狗又吠了起来。两个孩子的心再次一沉。

“啊，天哪！这可不是布尔·哈比森。”哈克贝利悄声说，“看看去，汤姆！”

汤姆吓得浑身哆嗦，但还是去了。他一只眼睛贴在门缝上看

① 如果哈比森先生有个叫布尔的奴隶，汤姆就会称那奴隶为“哈比森的布尔”；如果是哈比森的儿子或狗，那就称作“布尔·哈比森”。——作者原注

了起来，接着便用低得几乎听不清的声音说：

“哦，哈克，这是条野狗！”

“快，汤姆，快，看看它是冲哪个来的！”

“哈克，准是冲咱俩来的——咱俩不是一起的吗？”

“哦，汤姆，这下咱俩准完蛋了。我知道自己会落得啥下场。错不了。我这人实在太坏了。”

“这是自作自受。谁叫我逃学，净干些大人不让干的事来着？要是我乐意做个像锡德那样的好孩子，我能办到——可我不乐意。要是我能躲过这场灾祸，我发誓，往后在主日学校一定学乖守规矩。”汤姆说罢抽起了鼻子。

“你还坏？！”哈克贝利也抽起了鼻子，“得了吧，汤姆·索亚，跟我比起来，你便是‘圣人’了。哦，老天爷，老天爷，老天爷，我只要有你的一半运气就知足了。”

汤姆不再抽泣，低声说：

“看哪，哈克，看哪，它背对着咱们哩！”

哈克一看，不由得心花怒放。

“老天，果然背对着咱们！刚才是不是这样？”

“可不是，就是这样的。我怎么像个傻瓜，就没想到。知道吗？好事儿。可它冲着谁叫呢？”

狗不叫了。汤姆仔细听了起来。

“嘘！怎么回事？”他低声道。

“听声音像是——像是猪的呼噜声。不对——是有人在打鼾，汤姆。”

“说对了。哪里呢，哈克？”

“我想是在另一头。反正听声音是在那里。我爹有时候就跟猪睡在一起，老天爷，他打起呼噜来能掀翻房子。我估摸着，他再也不会回到镇子上来了。”

汤姆心里又冒出冒险的念头。

“哈克，要是我领头，你敢不敢跟我去？”

“不想去，不太想。要是遇到印第安人乔就糟了！”

汤姆听了身子哆嗦了一下，但还是挡不住诱惑。两个孩子同意一试，说好只要那呼噜声一停，就跑过去一看究竟。于是两个孩子蹑手蹑脚，一前一后，悄悄走了过去。当他俩来到离那打呼噜的人五步远的地方，汤姆一脚踩到一根树枝上，发出咔嚓一声。那人哼了哼，扭动起身子，月光下露出了他的脸。原来他是穆夫·波特。两个孩子一见他动弹起来，心几乎停止了跳动，以为这下没活命的指望了。但很快他们便忘了害怕，踮起脚尖，越过那断裂的风雨板，走了没多远，两个人就分手了。夜空中再次响起长长而恐怖的狗吠声。他俩转身一看，那条陌生的狗就立在离躺着的波特数英尺的地方，面对波特，鼻子朝天。

“哦，老天爷，原来是冲着他的！”两个孩子齐声惊呼道。

“汤姆，有人说，两星期前的一个晚上，半夜三更，有条野狗绕着约翰尼·米勒家吠个不停。还飞来一只夜鹰，落在他家的阳台上，不断叫唤。可至今他家还没死过人呢。”

“这事我知道。就算他家没死过人，可格雷斯·米勒在一周后的星期六不是跌进了厨房的火里，烧了个半死吗？”

“不错。可她没死。再说，后来她也慢慢好起来了。”

“得了，你等着瞧吧。她迟早也会像穆夫·波特一样，没好结果的。那班黑人都这么说。他们对这档子事可清楚哩，哈克。”

接着两个孩子分手了，可对这事心里还是念念不忘。

汤姆悄悄地从窗子里爬进自己的卧房，这时天差不多快要亮了。他非常小心地脱掉衣服，睡了，暗自庆幸他这次外出没被人发觉。可他不知道，别看锡德在低声打着呼噜，其实他早在一小时前就醒了。

汤姆醒来时，锡德已穿好衣服，出去了。一看天色，再看气氛，汤姆就知道天已不早了，他吓了一跳。他们怎么不唤醒他——像平日那样，非折磨得他醒来不可呢？想到这里他感到大事不妙。他花了五分钟便穿好了衣服，下了楼，浑身酸痛，打不起精神来。全家人还围在餐桌前，但已吃过早餐。没人说一句责备他的话，谁也不瞧他一眼。屋子里一片寂静，气氛严肃，令这个肇事者直冒冷汗。他坐了下来，装出快快活活的样子，可这只是白费劲——没一个人冲他笑，没人理睬他。他只好闷声不响，一颗心坠入了深渊。

早饭后姨妈把他领到了一边。汤姆以为这次要挨揍了，他反而感到高兴。但事实并非如此。姨妈对着他哭哭啼啼，问他怎么这样狠心伤她这颗年迈的心，最后请他继续胡闹下去，毁了自己，好让她这个白发苍苍的人痛苦地早进坟墓，因为她对他已无计可施了。这情景比被鞭打一千次还要糟。汤姆的心比肉体还要酸楚。他痛哭流涕，百般求饶，一次又一次保证会改过自新，这才被放走。但他觉得姨妈并没有完全宽恕他，对他的信誓旦旦也只是半信半疑。

他离开姨妈的时候可说是伤心断肠，连对锡德报仇的心也没有了。所以锡德居然从大门出逃其实也是多此一举。汤姆一副没精打采、伤心痛苦的神情，慢吞吞地去上学。因为头天逃学，他和乔·哈珀一起挨了鞭子。不过看他那架势，他仿佛早已经历过比这更大的痛苦，对这类区区小事才不放在心里呢。他在自己的座位上坐了下来，胳膊肘支在桌上，双手托着下巴，眼瞪着墙壁，那呆呆的神情表明，他的痛苦早已无以复加了。他的一只胳膊压着一件硬东西。过了很久他才伤心地调整了一下姿势，叹了口气，拿起被胳膊压着的东西。那是一个纸包，他打开，随即是一声长长的、深深的叹息，他伤心欲绝。里面包着的是他的铜把手！这完全应了一句老话：“一根羽毛压垮了骆驼背。”

第十一章　良心受谴责

快到正午时，可怕的消息电流般传遍整个镇子，用不着电报帮忙——当时人们做梦也梦不到电报机。这消息你传我、我传你，很快就家喻户晓，速度之快不亚于如今的电报。为此，校长自然下午给孩子放了半天假，不然的话镇子里的人会说他的怪话。

在被害者的身旁发现了一把血迹斑斑的刀，有人认出那是穆夫·波特的刀——传言就这般流传开来。有人说，一个夜归的当地居民在深夜一两点钟的时候见过波特在小河沟里洗澡，波特一见来人拔腿就跑——这事非常可疑，特别是波特这家伙向来没有洗澡的习惯。也有人说，为了寻找“凶手”，已把全镇搜了个遍（对于调查取证、量刑定罪之类的事公众无不争先恐后，议论纷纷），可就是找不到他这人。大路小道上，骑警已四面八方前堵后截。治安官满有把握地断定，不到晚上就可将他捉拿归案。

全镇的人纷纷拥向坟地。汤姆顾不得自己的伤心事，也加入这一行列。这倒不是因为他有千百条理由不去那里，而是因为有股可怕而难以估量的魔力吸引着他非去不可。一到那恐怖的地方，他那瘦小的身子便钻进人群。看到那悲惨的场景，他只觉得自己是前世到过这里的。他的胳膊被人捏了一下，他回头一看，原来是哈克贝利。两对目光对视片刻，立即转移到了别处，担心被人发觉。但是大家忙着你言我语，注意力全集中在眼前可怕的场景上。

“可怜的人儿！”“可怜的年轻人！”“这对那些盗墓贼应该是个教训！”“只要找得到，穆夫·波特为此该被吊死！”——如此这般，人们议论纷纷。牧师说：“这是报应。上帝无处不在。”

汤姆一见到若无其事的印第安人乔，从头到脚就直哆嗦。就在这时候人群骚动起来，挤挤挨挨。有人在高声喊叫：“是他！是他！他自己送上门来了！”

“谁？谁？”问话的有二十人之多。

“穆夫·波特！”

“喂，拦住他！别让他跑了！”

汤姆头顶的树枝上有些人说，他不会逃的——他只是显得惶恐不安、疑疑惑惑。

“一个世上少有的不要脸的家伙！”说话的是位旁观者，“自己过来，见了自己干的好事还像没事似的——没有想到会遇见这么多人。”

人群让开了一条道，治安官拉着波特的一只胳膊，威风凛凛地走了过去。这可怜的人儿显得面容憔悴，神色恐惧。他面对被害者时，浑身哆嗦，双手掩面，哭哭啼啼起来。

“不是我干的，朋友们，”他哭诉道，“我发誓，用名誉担保，我没干。”

“是谁告发了你？”有人大声问。

这话问得好，击中了要害。波特抬起头，朝四周看了起来，眼里流露出的是哀怨和绝望的目光。他看见了印第安人乔，高声道：

“哦，印第安人乔，你答应过绝不——”

“这刀是你的吗？”治安官把刀扔在了他的面前。

要不是有人扶着，让他坐下去，波特很可能这就要瘫倒在地了。他接着说：

“我就想到过，要是不回来拿——”说到这里他哆嗦了一下，神经质地挥了挥手，一副无可奈何的架势，接着说，“告诉他们，乔，告诉他们——瞒也没用。”

哈克贝利和汤姆目瞪口呆，听着这铁石心肠的骗子若无其事地说出一大篇谎话。他们实指望上帝这就显灵，来个晴天霹雳，打到他的脑袋上，直纳闷这天雷怎么迟迟不下来。可印第安人乔说完了，竟还是好好的，毫发无损。眼看着冲动之下，他俩这就要违背自己的誓言，去拯救那个蒙冤受屈的可怜“囚徒”一命，但这冲动最终还是消退了，化为乌有。因为显而易见，这个无赖已把自己出卖给了魔鬼撒旦。去管有那么强的靠山的人的闲事，恐怕不会有好下场的。

“你为什么不逃走？你回来为的是哪般？”有人问。

“我这是不由自主——不由自主。”波特呜咽道，“我想过跑掉，可除了这儿，哪里也去不了似的。”说罢他又哭哭啼啼起来。

数分钟后，验尸的时候，印第安人乔又信誓旦旦、若无其事地把说过的话复述了一遍。两个孩子见天雷没动静，更相信他确实已把自己的灵魂出卖给魔鬼了。在他俩的心目中，他已成了前所未见的最歹毒而引人关注的对象了，所以他俩就一直目不转睛地注视着他那张脸。他俩暗下决心，夜里，只要逮到机会，就监视他，希望能一见他那可怕的嘴脸。

印第安人乔帮着把被害者抬上大车运走。被吓得哆哆嗦嗦的人群中有人低声说，刀口处流出一点血。两个孩子认为，这是个喜人的情况，这可以把怀疑的对象转到正确的方向。但是他俩大失所望，因为不止一人指出：

“刀口滴血的时候，穆夫·波特离尸体只有三英尺。”

此后的一星期，汤姆被这可怕的秘密和自己的良心折磨得睡不好觉。有一天早晨吃早饭的时候，锡德说：

“汤姆，你睡觉的时候老翻来覆去，还讲梦话，害得我有一半时间没睡好。”

汤姆的脸色变得苍白，他垂下了眼皮。

“这可是个不好的信号。”波莉姨妈严肃地说，“你满脑子都想些什么，汤姆？”

“什么也没有，我什么也不知道。”可这孩子说着说着，手直哆嗦，把杯子里的咖啡也泼了出来。

“可你净说胡话。”锡德说，“昨天夜里你说：‘血！血！就是血！’这话你说了一遍又一遍。你还说：‘别这么折磨我——我说。’说什么？到底想说什么？”

事事都在汤姆眼前晃动，实难料定会出现什么情况。幸好波莉姨妈关切的神情逐渐消散，她没有了解到真相，让汤姆舒了口气。她说：

“哟！这可是件可怕的谋杀案，害得我每晚都做噩梦。有时候我还梦到这事是我干的呢。”

玛丽说她也受到同样的影响。锡德似乎也消除了疑虑。汤姆赶紧逃离了现场。此后的一星期汤姆说自己牙痛，天天晚上硬是把下巴用绷带包扎起来。他并不知道，晚上锡德都在监视他，常常解下他下巴上的绷带，然后用手支撑着身子，听上好一阵子，再把绷带包扎回去。汤姆的心病渐渐治愈，可牙痛病却日见加剧，干脆不用装了。即使锡德从汤姆的那些语无伦次的胡言乱语中听出了什么，他也放在心里，不外传。

汤姆觉得他的那些同学不断玩给死猫验尸的游戏，没完没了，害得他老想起那件惨事，令他烦恼不堪。锡德发现，汤姆以前玩新花样的时候事事踊跃争先，可如今玩给死猫验尸的游戏时，他从来不来当验尸官，他也发现，汤姆甚至连看都不愿看一眼——你说这有多怪。所以锡德没有忽视这么一个事实：汤姆对验尸表现出了强烈的厌恶，尽可能避而远之。锡德想不通，可没有说出来。好在后来同学们不再热衷于玩给死猫验尸的游戏了，从此汤姆的良心也少受折磨了。

在这痛苦的日子里，汤姆每一两天都会瞅住机会，跑到装了铁格栅的牢房小窗前，偷偷塞给“杀人犯”一些自己所能弄到的小小“慰问品”。这牢房就在镇子边洼地上一个砖砌的不显眼的小地窖里，没有人守护，很少关过人。汤姆赠送这些小物品有助于减轻自己良心的不安。

镇子里的居民很想把印第安人乔身上涂上柏油，粘上羽毛，用一根棍子抬着他游街示众，作为对他盗墓行为的处罚。只是他生性凶狠，没人敢出来挑头，这事就搁下来了。他在受到调查时所做的两次陈述中都谨慎地说到打架的事，对盗墓一事只字未提，所以大家都认为，最明智的做法是目前且把这案子搁一搁，暂时不去审理。

第十二章　良药风波

汤姆内心的烦恼被搁在一边，原因之一是他发现了一件新鲜而重大的事，这引起了他的关注：贝基·撒切尔不来上学了。汤姆同自己的自尊心斗争了好几天，想把她彻底“抛”到脑后去，可还是以失败告终。连续好几个晚上，他在她父亲的房子周围转悠，好不伤心。她病了。要是她一命呜呼，该怎么办？想到这里他痛苦不堪。他对打仗已失去兴趣，也不想当海盗了。生活已没了魅力，他感到的唯有索然无趣。他把铁环和球棒抛到了一边，提不起玩儿的兴趣。姨妈不禁担心起来，想方设法拿各种药物来治他的病。她属于这样一类人，最相信享有专利的药品和新奇的保健和治病的疗法。在这方面她堪称一名坚持不懈的试验者。一旦有什么新花样出现，她就会狂热地去试验一番，只是不在自己身上试，因为她从来不害病，而是拿身边的人做试验品。她订阅种种“健康”杂志和骗人的看相书，里面骗人的鬼话成了她的生活指南，诸如如何让空气流通啦，如何睡眠啦，吃什么啦，喝什么啦，需要多大的运动量啦，该保持什么样的心情啦，穿什么衣服啦——凡此种种，无不被她视为金玉良言，可她就是没有注意到当月的健康杂志所刊登的内容与上一期所鼓吹的背道而驰。她头脑简单，心地善良，所以容易上当受骗。她珍藏自己那些骗人的健康杂志和药品，无异于请来了死神。打个比方说，她这是骑在灰色的马上，四处游走，“地狱紧随其后”[1]。可是她压根就没有想到，对那些病痛缠身的左邻右舍来说，她不是治病救人的天使，也不是变了身的基列的镇痛膏[2]。

水疗法是新近流行的疗法，萎靡不振的汤姆正好成了她的试验品，得来毫不费功夫。每天早晨她都催他起床，到小木棚去，给他来一阵冷水浇头，再拿毛巾从头到脚使劲擦遍他全身，就像用锉锉他一通，让他振作起来。然后她用条湿床单将他裹起来，压上几条毯子，让他出一身汗，从而心灵就一尘不染，干干净净。按汤姆的说法，那样“灵魂里黄色的脏东西就从毛孔被撵出来了”。

可是这孩子被这般折腾之后，神情反而更加萎靡不振，面色更加苍白，意志更加消沉。于是她又给他添上热水浴、坐浴、淋浴、浸浴等诸多名目，可这孩子还是死气沉沉，活像辆柩车一样。于是她采取进一步的措施，除水疗外，辅以稀燕麦粥，再加发泡膏。她把他当成了药罐，容量不小，天天净拿各种万灵药往他肚子里塞。

汤姆对姨妈的种种折磨已无动于衷。其间老太太也心存恐惧，非不惜代价改变他的这种精神状态不可。这时候她第一次听说有一种止痛药很灵，一口气就买了一大堆。她亲口尝了尝，直觉得是天赐的神丹妙药。这简直是液态的火，于是她不再用水疗法和其他的种种疗法，把希望全寄托在这止痛药上。她让汤姆服下一汤勺，急不可待地等着会出现什么样的神效。她的忧虑立即冰消，灵魂再次得到了安宁。因为汤姆的“萎靡不振”已消失

① 参看《圣经·启示录》第六章：“看见有一匹灰色马，骑在马上的名字叫作死。”

② 基列的镇痛膏，意为万能良药。见《圣经·耶利米书》。

了。哪怕在汤姆身下生起一堆火，他也不会显得这般野性十足，兴致勃勃。

汤姆觉得，自己该清醒过来了。这种精神状态下的生活固然够新奇的，可就是缺乏刺激，单调乏味，太没情趣，所以他盘算着找些轻松的事来干，最终想到了假装喜欢止痛药这一招。他老向她要止痛药，害得姨妈不胜其扰，最后干脆让他自己去拿，好落个清静。换了锡德，她大可放心地由他去，可汤姆到底叫她不放心，她不免暗暗留神起药瓶里的变化。她发现药确实少下去，可怎么也没有想到，这孩子竟拿药去填起居室的地板缝。

一天，汤姆正埋头给地板缝填药，姨妈的黄猫走了过来，眼盯着汤勺，喵喵地叫个不停，很嘴馋的样子。

“要是不想吃，别叫唤了，彼得。”

可彼得却是一副很想尝尝的架势。

“你得拿定主意。”

彼得像是真的很想吃。

“那好，既然你想要，我就给你，因为我可不是个小气鬼。要是尝了不喜欢，那可怪不得别人，要怨就怨你自己。”

彼得没异议。汤姆便扒开它的嘴，把药灌下去。彼得一下子蹦得很高，怪叫起来，落地之后满屋子乱窜，撞得家具砰砰响，还打翻了几只花盆，闹得天翻地覆。最后它后腿直立，昂起脑袋，蹦蹦跳跳绕着圈子，乐颠颠地叫唤着，显得说不尽的兴奋。接着猫又满屋子东奔西跑，所过之处，乱哄哄的，一片狼藉。这时候波莉姨妈进来，猫正好在翻三百六十度的跟斗，拼着老命一声叫唤，从敞开着的窗子蹿了出去，连带着把窗台上仅存的花盆也掀了下去。老太太透过眼镜，看得目瞪口呆。汤姆躺在地板上，笑得喘不过气来。

“汤姆，这猫到底犯了什么毛病？”

“我不知道，姨妈。”汤姆喘着粗气说。

“过去我可从未见过它这模样。到底是什么原因？”

“我真的不知道，波莉姨妈。猫高兴的时候老这样。”

“当真？是这样吗？”姨妈的口气让汤姆有点害怕。

“是的，姨妈。我相信，它们是这样。”

“你相信？”

“是的，姨妈。”

老太太弯下身子。汤姆又紧张又兴致勃勃地注视着她，等到看出她的“动向”，已晚了一步。床帷下露出的汤勺柄泄露了天机。姨妈拿起汤勺，高高举起。汤姆身子一缩，垂下了眼皮。波莉姨妈拎起那常拎的把手——他的耳朵，手上的顶针在他头上敲了几下。

“我说，少爷，你干吗这样对待那不会说话的畜生？”

“我这是可怜它——因为它没有姨妈。”

“没有姨妈？——你这笨蛋。这跟姨妈有什么相干？”

“关系大着哩。要是它有姨妈，她准会拿火烤它，就不会想到人家是人，烤得人家肠子焦烂！”

波莉姨妈一听这话懊悔不迭。她开始用全新的眼光看待这事。既然这样对待猫是残酷的，那么对待一个孩子同样也是残酷的。她感到自责，心也跟着软了下来，眼眶里出现了泪花，手放到汤姆的头上，温和地说：

“我那是一番好意，汤姆。汤姆，那么做对你是有好处的。”

汤姆抬起头，看着她的脸，看得出，难受中他的眼里闪出一丝光芒。

“我知道，你是好意，姨妈。我对彼得也是好意，对它也是有好处的。我从未见过它这么兴奋——”

“哦，你走吧，汤姆，可别再惹我生气了。你该努力努力，看能不能做回好孩子。你用不着再吃什么药了。”

汤姆提前到了学校。大家都感到这事挺怪，最近他怎么天天如此？现在他常常这样，只是在校门口转悠，并不和同学们一块儿玩。他说，他病了。看样子是病了。他装作在东张西望，其实他的目光在注视着学校前面的那条路。不一会儿，杰夫·撒切尔过来了。汤姆立刻面露喜色。他仔细地打量了片刻，又伤心地转过身子。杰夫·撒切尔来到跟前，汤姆跟他打起招呼，小心地把话题引到贝基身上。可这不开窍的小子就是想不到汤姆的真实用意。汤姆看了又看，实指望来个裙裾飘飘的女孩子，可见到的不是他望眼欲穿的那位，心里恨恨的。最后，穿裙子的再也不出现了，他也垂头丧气地进了空荡荡的教室，坐下来承受痛苦的煎熬。后来校门口又出现了一位穿裙子的，汤姆的心猛地一跳，紧接着往外就跑，像印第安人那样“表演”起来：又是笑，又是叫，追逐男孩子，冒死翻栅栏，也不怕摔胳膊断腿，翻跟斗，拿大顶——拿得出来的英雄手段全使出来了，可目光始终旁视，看贝基是不是注意到他。可她就是旁若无人，对他不理不睬。是不是她压根就没有注意到他在这里？于是他干脆就到她跟前表演起英雄壮举来。他模仿印第安人作战时那样喊着嚷着，抢了一个男孩子的帽子，一把扔到教室屋顶上，在一群男孩子中左冲右突，撞得他们东倒西歪，自己在贝基眼皮底下翻身倒地，险些撞倒了她。她鼻子朝天，转过身去，只听得她说：“哼！有人自以为了不起——老爱出风头！”

汤姆脸上火辣辣的。他爬了起来，垂头丧气，没精打采，悄悄走了。

第十三章　孤岛历险

现在汤姆已下定了决心。他灰心丧气，绝望透顶。他说自己成了个没人理睬、缺朋少友的孩子，没人喜欢他。可他们一旦发现自己把他逼到这般地步，会后悔莫及的。他原想做个规规矩矩的好孩子，跟他们和好，可他们不让。他们就是不想跟他好，那就随他们去吧。落得这样的结果全怪他，那就怪吧——干吗不呢？没有朋友的人有什么权利抱怨呢？是的，是他们逼得他落得这样的下场。他就要过着罪人的日子，别无选择。这时他已来到远远的“芳草地”，隐隐约约听到学校的钟声响起。他一想到自己将永远永远听不到这听惯了的熟悉钟声，不禁哭泣起来。他恋恋不舍，但他是被逼无奈的，他是被逼着走向这冷酷无情的世界的。他只好屈从——但是他宽恕他们。他哭得越来越凶，哭声越来越响。

就在这节骨眼儿上，他遇见了自己心贴心的好朋友乔·哈珀。乔目光坚毅，显而易见，他心中藏着个了不起的、不可告人的主意。这下真的是“两个人一条心”了。汤姆边用袖子抹眼泪，边断断续续地向对方诉说自己的遭遇，说他在家里受到粗暴对待，缺少温暖，决心离家出走，天南地北地闯荡一番，永不回来，最后希望乔不要忘了他。

巧的是这也是乔想对汤姆提出的要求，他正是为这一目的找汤姆的。原来他的母亲怀疑他偷吃了奶酪，抽了他一顿鞭子，可他连尝都没尝一口，压根就不知道有这些奶酪。明摆着，她这是嫌弃他了，巴不得他走。如果这是她的真实想法，那他就顺着她，让她开心。她是不会因赶走自己苦命的孩子，让他沦落到这无情的世界，受苦受难死去而后悔的。

两个孩子悲悲切切地走着，一路上还订了一个新盟约，说好今后要互相扶持，成为好哥儿们，至死不分离，有难同当。接着两个人开始谈起今后的计划。乔说他想做一名隐士，隐居在一个偏远的洞窟里，吃糠咽菜，在饥寒交迫、伤心绝望中慢慢死去。但是听了汤姆的设想后，他承认，还是过着犯点儿小罪的生活有明显的好处，当名海盗他也没有意见。

圣彼得斯堡南面的三英里处，便是密西西比河了，河宽一英里，河中有一座狭长的小岛，树木葱茏。岛的前面，有个浅滩，正好当作他们很好的碰头地点。岛上没住人，远远地延伸到对面河岸附近，与其平行的是一片茂密的、人迹罕至的森林。于是他们就看中了这个叫杰克逊岛的小岛。既然是海盗，那先对谁动手，他们倒是没有想过。后来他俩又找来了哈克贝利·费恩，他一口答应入伙，因为他干什么事绝不挑剔，全不在乎。于是三个人便分头行动，说好在彼此方便的时候，也就是说深夜，在村北两英里一个僻静的地方会合。岛上有只小木筏，他们想把它夺过来。三个人都带上钩子和绳索，以及作为不法之徒凭借所能施展的肮脏而神秘的手段搞到的种种装备。下午还未过去，他们就急不可待地等着享受这样的甜蜜荣光，到时候全镇子都会议论纷纷，说是就要发生一件大事。而听到这一模糊不清的消息的人无不得到警告，要他们“不可声张，等着看结果”。

半夜时分，汤姆搞到了一块煮火腿和几样零碎的东西。他站在一个小峭壁下的灌木丛中，从这里可以俯瞰到会面地点。天上星光闪烁，四周一片寂静。静静而宽阔的大河看似一片海洋。汤姆听了一会儿，但没有任何声音打破这片恬静。他发出一声低而清晰的口哨声。峭壁下有人回了一声。汤姆又吹了两声，对方同样有了回应。接着有人警惕地问了一句：

“哪个？”

“汤姆·索亚。西班牙海船上的黑衣复仇者。报上你的姓名！”

“血手大盗哈克贝利·费恩和海上阎王乔·哈珀。”这些头衔都是汤姆从他喜欢的小说里找来的。

“很好。口令！”

只听得两个嘶哑的声音同时对着沉睡中的夜空吐出了一个令人心惊肉跳的字：

血！

汤姆听罢把火腿扔过峭壁，自己也跟着下来，结果皮肤和衣服不同程度地遭了殃。峭壁下的河岸上有条便捷易行的小径，但缺乏海盗所看重的那种艰难和危险的氛围。

海上阎王带来一片咸肉，一路上把他累了个半死。血手大盗偷来一只长柄平底锅和一些晒烤得半干的烟叶，外加几个可用作烟斗的玉米棒芯。可三名海盗中除了他自己，其他人都不抽烟或“嚼烟草”。西班牙海船上的黑衣复仇者说，没有火，什么也办不成。这是一个有先见之明的说法。当年火柴还是稀罕之物。他们看见在上游一百码开外的一条大木筏上生着一堆火。三个人偷偷摸了过去，拿来一块烧着的木块，当作是经历了一次了不起的冒险，嘴里不停地发出嘘声，还时不时突然停下来，把手指儿放到嘴唇上。走路时，他们想象着手里握着短刀，嘴里轻声发出庄严的命令：如果“敌人”轻举妄动，就一刀捅过去，深深刺死他，因为“死人是不会告发的”。他们很清楚，木筏上的人这时候不是在村子的店铺里，就是去寻欢作乐了，但他们不能以此为借口就不按海盗的方式行事。

于是他们撑着木筏走了。汤姆做指挥。哈克掌后桨。乔管前桨。汤姆立在木筏中央，神情威严，眉毛紧锁，双手抱胸，威严地低声发出命令：

“掉转船头，迎风行驶！”

“得令，长官！”

“稳住，稳——住！”

“是，稳——住，长官！”

“外转！”

“是，外转，长官！”

三个孩子稳稳而单调地撑着木筏朝河中央而去，一看就知道，汤姆下的这些命令只是装腔作势，毫无实际意义。

“这会儿挂的啥样帆？”

“大横帆，中横帆，三角帆，长官。”

“升大桅帆！直升到顶！我说，你们六个——升起前中桅的副帆。加把劲，嘿！”

“得令，长官！”

“快要起风了！左转舵！迎风转舵！齐心协力干，伙计们！”

“得令，长官！”

“向前！风来时，站稳了！左舷，左舷！加把劲，伙计！站稳了！”

“站稳了，长官。”

三个孩子把木筏划到了河中央后，拨正了船头，划起了桨。河水不深，流速只有两三英里。在此后的三刻钟内，大家一声不吭。这时候木筏已远远驶过镇子，见到的只有镇上稀稀拉拉的灯火。透过映在水面上的点点星光，沉睡中的镇子隐约可见，它意识不到此时此刻正发生着大事。那黑衣复仇者仍然双手抱胸挺立着，“最后一望”这个曾给他带来快乐，又令他痛苦不堪的地方，实指望那个“她”这时能看到他正置身在波涛汹涌的大海上，无所畏惧地面对凶险和死亡，嘴角带着微笑行走在不归途中。就在他紧张地沉醉在想象之中，刹那间，他对杰克逊岛竟视而不见，所以在朝镇子作“最后一望”时，他既感到忧伤，又显得心满意足。另两名海盗也在作最后的一望。他们望了很久很久，想不到水流险些把木筏远远冲离杰克逊岛。好在他俩及时发现了这危险，全力避开了险情。深夜两点钟左右，木筏在岛的前部约莫两百码的沙洲上搁了浅，他们涉水来回好几趟才把货物搬上了岸。小木筏上的物品中有一张旧帆，他们把它在灌木丛中铺开，成了一个帐篷，用来遮盖食物，而天气好的时候，他们只好睡在露天了，这很符合海盗的做派。

他们向密林深处走了二三十步，发现了一根木段。他们紧靠木段，生起了一堆火，用平底锅烧好咸肉当晚餐，消耗掉了带来的足足一半的玉米饼。在这么一个远离人世、没有人烟的原始密林中，自由自在地大摆宴席，真是人生一大快事，他们还表示再也不回到文明世界了。闪烁不定的殷红火光照亮了他们的脸庞，映红了森林中他们的圣殿中挺立着的树干，也照亮了亮晶晶的绿叶和悬挂着的色彩绚烂的藤蔓。吃罢最后一片煎得松脆的咸肉，吞下了最后一口分到手的玉米饼，三个孩子心满意足，伸了伸懒腰，在草地上躺了下来。他们本可以找个更清凉的地方躺躺，可实在舍不得这极富浪漫情调、热烘烘的篝火。

“这下够快活吧？”乔说。

“快活得没法说了。”汤姆道，“要是让别的孩子看见，他们会说些什么？”

“说什么？能到这儿来还不开心死了——是不是，哈克？”

“我估摸是这样，”哈克贝利说，“反正合我的意。再也找不到比这儿更让人开心的地方了。平日里我老吃不饱——再说也没人上这儿来揍人，不把你当人看。”

“我要的就是这样的生活，”汤姆说，“大清早不用着急起床啦，上学啦，洗脸刷牙啦，做这些个该死的破事。知道吗，乔？海盗上了岸，用不着非做什么事不可，可要是隐士，那得没完没了地祷告，孤零零一个人，没丁点快活。”

“不错，是这个样。”乔说，“之前我就没有多想过这档子事。这会儿试了一下，当个海盗可真叫好。”

“知道吗？”汤姆道，“不像古时候，如今想做隐士的人不多了。可海盗呢，始终受人尊敬。再说，隐士睡觉时得尽可能找个最硬的地方，头上还得披上麻布，抹上灰，下雨时站在露天处，还有——”

“头上干吗披上麻布，抹上灰？”哈克贝利问。

“不知道。可他们非这么做不可。隐士都得这么做的。要是你去做隐士，也得这么做。”

“我可不愿干。”哈克说。

“那你怎么办？”

“说不上。可就是不愿干。”

“得了，哈克，你非干不可。不干过得了关吗？”

“我就是受不了。那我就逃走。”

“逃走？那不成了天底下最要不得的隐士了吗？太丢人了。”

血手大盗忙着别的事，没有搭腔。他掏空一只玉米芯，插上一根芦苇管，塞进烟叶，夹了一块火炭，点上了烟，吞云吐雾起来，陶醉在香喷喷的烟雾中，怡然自得。另两名海盗对他的这一恶习羡慕不已，暗暗下决心，短时间里学会它。哈克便问：

“那海盗得干些啥？”

汤姆说：

“过的日子那叫痛快哩——抢了人家的船，烧了；抢到的钱，埋起来，埋在他们岛上吓人的地方，有鬼怪什么的替他们守着；船上人的性命一个也不留下——逼他们跳海。”

“他们把女人带上岛，”乔说，“他们是不杀女人的。”

“是的，不杀，”汤姆肯定说，“他们就是不杀妇女——太了不起。带上岛的妇女个个都挺漂亮的。”

“穿的衣服不都是挺讲究吗！哦！个个穿金戴银，珠光宝气。”乔兴致勃勃道。

“你说谁？”哈克问。

“不是海盗，还有谁？”

哈克可怜巴巴地看了看自己的一身寒酸装束。

“我这身打扮可不配做海盗。”他说，听声音他很沮丧，挺难受，“可除了这身上的，我没别的衣服。”

另两个孩子说，只要他们把冒险事业干下去，好衣服不愁没有。他们让哈克明白，虽然有钱的海盗开始时照例打扮得很风光，但他穿着破衣烂衫也可以凑合着干起来的。

渐渐他们的话越来越少，倦意袭上了这几个小流浪儿的眼皮。烟斗从血手大盗的手指间滑了下来，倦意蒙眬中他不知不觉睡着了。海上阎王和西班牙海船上的黑衣复仇者一时却难以入睡。他俩躺着，默默地做了祷告，因为这时候身边没有说话管用的人逼着他们跪着大声念祷词。事实上，他们内心原本不愿祷告，只是怕太不守规矩会被天打雷劈。后来他们很快便进入瞌睡蒙眬的状态，偏偏在这时有样东西硬是过来干扰，硬是不走。那就是良心。他俩开始隐隐担心这么偷偷跑出来是不是做错了。接着他们又想到了偷来的肉，良心真的折磨起他们来了。于是他们辩解道，以前也多次偷吃过甜食和苹果，不是没事吗？可是良心是听不进这些貌似有理的辩解的。最后，他们似乎觉得有一个事实是无论如何都推翻不了的，那就是拿人家的甜食不过是“顺手牵羊”而已，而拿火腿、咸肉和值钱的东西，那显然才是不折不扣的盗窃——《圣经》上就有“不许偷盗”这么一条戒律。于是他俩暗下决心，只要他们还干这一行，就绝不让盗窃行为玷污他们的海盗生涯。最后良心不再来纠缠，这两个性格古怪、思想摇摆不定的海盗才得以安然进入梦乡。

第十四章 军心不稳

早晨，汤姆一觉醒来，恍惚中竟不知道自己身在哪里。他立起身，揉了揉眼睛，打量四周，这才明白过来。这是个凉爽而灰蒙蒙的清晨，树林中一片深沉的静寂，焕发出一种安宁而怡人的氛围。树叶纹丝不动。没有什么声音搅扰大自然的沉思。树叶和青草上闪烁着串串露珠。篝火上覆盖着一层白色的灰烬，蓝色的轻烟袅袅飘向高空。乔和哈克还没有醒来。这时候在树林深处响起了一只鸟的啼鸣，紧接着另一只鸟叫了起来，与之遥相呼应。渐渐地，清凉的灰色晨曦消融，天色更亮，种种声响也慢慢地跟着丰富起来，处处显得生机勃勃。大自然苏醒过来，在这个陷入沉思的孩子面前展示自己美妙的奇景。一只绿色的小毛虫爬过一片沾满露珠的叶子，时不时抬起三分之二的身躯，到处"嗅嗅"，像汤姆说的，它这是在丈量哩。这毛虫主动向他爬了过来，可他还是一动不动地坐着。毛虫直向他爬过来，又好像要爬向别处。他忽而满怀希望，忽而失落。最后，不经意间毛虫弯曲的身子伸向空中，痛苦地迟疑了一会儿，毅然决然地落到汤姆的腿上，开始在他身上作一番游历，喜得他心花怒放——这意味着他将得到一套新衣服。毫无疑问，是一套艳丽的海盗服。这时候不知从哪里出来一群蚂蚁，忙着它们的活儿。有一只蚂蚁大无畏地抓住一只比它的身体大五倍的死蜘蛛，跌跌撞撞，往树干上爬。一只长着褐色斑点的瓢虫爬到一片高高挺立着的青草叶顶上，汤姆欠下身子，紧贴着它，说：

瓢虫呀瓢虫，快回家，
你家着火了，你的孩子可没人管。

瓢虫听了展开翅膀回家看个究竟——汤姆对此并不感到大惊小怪，因为他早就听说，只要提到哪里着火，瓢虫就信以为真，上当受骗。他不止一次对这种头脑简单的昆虫做过试验。接着又来了一只金龟子，推着粪球一个劲往前挪。汤姆用手碰了碰，只见它收拢了腿脚，装起死来了。鸟儿叽叽喳喳欢叫起来。飞来一只猫鸟，也叫北方学舌鸟，停在汤姆头顶的树枝上，埋头学着四周鸟儿的叫声，煞是高兴。又来了一只松鸦，尖声怪叫，从天而降，像一道蓝色的火焰一闪而过，近近地停在汤姆几乎伸手可及的树枝上，歪着脑袋，好奇地打量几位陌生来客。一只灰松鼠、一只跟狐狸有点沾亲带故的家伙急急忙忙奔过来，立起身子时不时打量这三个孩子，朝他们嘀咕几声。不过这两个畜生也许生平没见过人类，说不好它们这是害怕还是不害怕。这时候整个大自然已经彻底苏醒，开始骚动起来。长长的阳光似箭如矛，穿过枝叶，直落在远远近近的繁枝密叶上。几只蝴蝶翩翩而来，与这良辰美景融在一起。

汤姆推醒另两名海盗，他们喊着嚷着，跑了开去。一两分钟后他们已脱光了衣服，在白色沙洲晶莹清澈的浅水里追逐、翻腾。他们不再留恋茫茫河水对岸远处那个沉睡中的小村子了。一股急流，也许是稍稍上涨的河水已把他们的木筏冲走了。这正合他们的心意，没有了木筏不啻烧了他们通向文明社会的桥梁。

他们回到宿营地，神清气爽，喜笑颜开，只觉得饿得不行，很快就生旺了篝火。哈克在附近找到了一眼泉水，清澈透明。他们用橡树和野胡桃宽大的叶子做了几只杯子，喝起了泉水，只觉得那水带有一种野生树木的香甜，足可与咖啡媲美。乔在忙着切咸肉做早餐，汤姆和哈克让他停会儿。三个人一起到了河边一个很有希望钓到鱼的地方，抛出了钓鱼线，很快就有了收获。乔的兴致还很浓，可那俩人却停下不钓了。他们带回去几条漂亮的鲈鱼、两条翻车鱼，还有一条小鲶鱼——多得足够一家人饱餐一顿。他们把这些鱼与咸肉一起煮着吃，结果让人惊呆了，想不到鱼的味道竟这等鲜美。他们不懂得淡水鱼越早下锅味道越好的道理。他们也没有想到，这是露天睡眠、露天运动、游水和狠狠饿了一场所带来的好处，等于往锅里又添加了一种鲜美的佐料。

早饭后，三个孩子在树荫下四散躺了一会儿。哈克抽了一会儿烟后，几个人就一起钻进树林探险去了。他们兴高采烈地一路过去，跨过倒地的朽木，钻过枝条虬结的灌木丛，穿行在一棵棵号称森林之王的威严大树间。野葡萄藤根根像皇冠上长长的饰带，垂挂下来。后来他们到了令人心旷神怡的所在，这儿绿草如茵，香花簇簇。

他们找到了许多赏心悦目的东西，可是没什么令人惊奇的。他们发现，这岛长约三英里，宽四分之一英里，离河岸最近处有一条不足两百码宽的水道。他们每隔一小时就游一回水，所以回到营地时，半个下午已过去了。他们已是饥肠辘辘，顾不得停下来钓鱼，冷火腿也吃得津津有味。后来他们在树荫下躺下来，说一会儿话，但很快就失去了兴趣，干脆不再吭声了。林子里一片寂静，显得那么庄严肃穆和孤独，大大影响了三个孩子的心绪，于是他们便思索起来。一种难以言表的渴望悄悄袭上他们心头，很快这种渴望变得隐隐约约，有形有体了——他们萌生出想家的念头了。就连血手大盗费恩也想念起了那些他睡过的门前台阶和空木桶。但大家都为自己的这些弱点感到丢脸，谁也没有足够的勇气把自己的想法说出来。

这时候，孩子们恍恍惚惚间似乎听到远处有一种特别的声音，已响了好一会儿了，就像是人们有时不经意间听到的时钟的嘀嗒声，只是没有十分留意。这时这种神秘的声音越来越清晰，不能不引起他们注意。三个孩子都吃了一惊，相互对视一眼后，便都摆出仔细倾听的姿势。四周笼罩在深沉而打不破的寂静之中，过了很久，远处传来一阵沉闷的轰隆声。

"什么声音？"乔压低声音惊叫道。

"我也想问呢。"汤姆低声道。

"雷声，"哈克贝利惶恐地说，"因为雷——"

"听！"汤姆说，"听——别说话。"

三个人等了一会儿，像是过了一辈子似的，接着同样沉闷的轰隆声打破了肃穆的寂静。

"看看去！"

三个孩子立即跳起身子，急忙向对着镇子的河岸奔去。他们拨开河岸上的灌木，朝河面看去。河下游约莫一英里处有艘用作摆渡的小汽艇，顺流漂着。宽宽的甲板上挤满了人。渡船的周围有许多小船，有的有人划着，有的随波漂浮，但是三个孩子拿不准船上的人到底在干什么。很快船的一侧船舷旁冒出一大股白烟，白烟像云朵，懒洋洋地在扩散、上升，随之又传来同样沉闷的轰隆声。

"现在我知道了！"汤姆惊叫道，"有人淹死了！"

“不错，”哈克说，“去年夏天，比尔·特纳淹死的时候，他们也这么干。他们对着河面放炮，好让他浮上来。他们还拿来一块块面包，里面灌满水银，丢进水里，让它漂着，只要到了淹死人的地方，面包就停下来不动了。”

“不错，我听说是这么回事。”乔说，“可我不明白，面包怎么会有这能耐？”

“哦，面包可没这能耐。”汤姆说，“我估摸多半是因为他们事先给面包念了什么咒语，然后抛进了水里。”

“可他们什么也没念，”哈克说，“我亲眼所见，什么也没念。”

“那就怪了。”汤姆说，“兴许他们是在心中默默念的。肯定是这样。大家都知道是这回事。”

那两个孩子听了觉得汤姆说得有道理，因为没头没脑的面包，要是没被施了法，哪能让它去执行这么重大的使命，而且干得这么出色？

“老天爷，这会儿我真想上那儿看看去。”乔说。

“我也想去，”哈克说，“要是让我知道那是谁，我什么都愿拿出来。”

三个孩子继续听下去，看下去。不一会儿，汤姆心头突然闪出一个想法，嚷了起来：

“伙计们，我知道谁淹死了。是咱们！”

顷刻间他们一下子都成了大英雄似的。人家这是在举行隆重的仪式，在思念他们、悼念他们，为他们伤透了心，在痛哭流涕，想起过去亏待这几个失踪了的孩子，此刻正懊悔不已。可任你怎么悔恨，百般歉疚，也无济于事。最令人叫绝的是，现在他们这三个逝去的人已成了全镇人的议论中心了，所有的孩子一想到他们成了大名人，都妒忌得要命。好极了。海盗毕竟值得一做。

夜幕降临，渡船回去执行例行的任务，那些小船也不见了。三名海盗返回营地，无不为自己再次获得的辉煌和制造的巨大麻烦而欢欣鼓舞。他们钓来鱼，准备好晚饭，吃过之后，开始猜测起镇里人会如何议论他们，如何看待他们。他们勾画出了一幅幅公众如何悲伤的画面，这在他们看来，是一件赏心乐事。但是当夜色笼罩了他们的身影，他们的话语渐渐少了，最后便一声不吭，只是呆呆地眼望着篝火，心想着别的地方。这时候他们再也兴奋不起来了。汤姆和乔不由自主地回想起家里的一些人，他们是不会像自己那样欣赏这样的恶作剧的。汤姆和乔开始忐忑不安，心里难受，烦躁而痛苦，不禁唉声叹气起来。慢慢地，乔转弯抹角试探着问他们对重回文明有何想法——不是此时此刻，而是……

汤姆给了他一通讽刺，封了他的口，本来中立的哈克便站到汤姆一边。结果这个动摇分子赶快做出“解释”，尽力洗刷自己身上沾上的胆小鬼和恋家的污点，幸好最终还是留得个清白之身。“军心”总算稳定了下来。

夜越来越深，哈克跟着打起了盹，很快便响起了呼噜声。乔也随后跟进。汤姆头枕在胳膊上，一动不动地躺着，紧紧盯着他俩看。不久他小心翼翼爬了起来，在摇曳的篝火的映照下，跪着在草丛中寻找起来。他捡来几片半圆形的白色梧桐树皮，审视过后，选了两片合意的，然后跪在篝火前，用红赭石费力地在树皮上写了几个字，接着把其中的一片卷起来放进了外衣的口袋里，另一片放进乔的帽子里，再把帽子拿到离乔稍远的地方。他还在乔的帽子里放进小学生心目中的无价之宝——一截粉笔、一只橡皮球、三只鱼钩、一颗被称作“货真价实的水晶球”的弹珠。最后他踮起脚尖小心翼翼地进了林子，到了他认为两个伙伴再也听不到他的动静的地方，便拼命朝沙洲直奔过去。

第十五章　夜探姨妈

几分钟后，汤姆到了沙洲的浅水中，蹚着水朝伊利诺伊州那边的河岸走去。他到了河中央，水还没有齐腰深，但水流湍急，再也不能蹚水过去了，他便满怀信心地要游完剩下来的一百码。他逆着水流，斜着向前游去，不料水流太急，他很快被冲向下游。但是最终他还是游到了岸边，让自己的身子就那么漂着，直漂到一个水浅的地方，爬上了岸。他摸了摸外衣的口袋，发现那片树皮还在，便一头钻进一片树林，浑身湿漉漉的，衣服滴着水，沿着河岸走去。将近十点钟时，他来到镇子对面的一片开阔地，只见那只渡轮还停在高高的河岸的树荫下。闪烁的星光下，万籁无声。他东张西望，爬下河岸，下了水，胳膊划了三两下就爬上渡轮尾部的一条"备用"小艇里。他在划手座下面躺了下来，气喘吁吁，等待着。

不久船上刺耳的钟声响了，有人发出了"开船"的命令。一两分钟后，船首高高翘起，迎风破浪。航行开始了。汤姆觉得挺开心，因为自己这一招终于成功了。他知道，这是这条渡轮夜间最后一个航班。熬过了漫长的二十或十五分钟之后，渡轮终于停了下来，汤姆溜下船，乘着夜色游到了岸上。为了避免被迷了路的人遇见，他特意向下游游了五十码才上了岸。他急急忙忙过了几条少有人来往的小巷，很快就到了姨妈家的后栅栏那里。他翻过栅栏，进了厢房，朝起居室窗内一看，里面亮着灯，波莉姨妈、锡德、玛丽、乔·哈珀的妈妈全都坐在那里，说着话。大家坐在床边，床就在他们和门之间。汤姆到了门前，悄悄地拨开门闩，轻轻一推，门开了一条缝。他又小心推了推。门每吱嘎一响，他就吓了一跳。最后他估计跪着身子能挤进去了，便把头伸了进去，小心地往里爬。

“哪来的风吹得烛光摇摇晃晃的？”波莉姨妈说。汤姆加快了速度。“我看门像是开了。哟，果然开着。这年头怪事没完没了。锡德，快过去关上门。”

汤姆借机藏到了床底下。他趴着喘了口气，便爬到姨妈脚跟前。

“我不是说过吗？”波莉姨妈道，“他人不坏，只是太淘气了点。不守规矩，冒冒失失的，这你们是知道的。到底还是个毛孩子，能负多少责任呢？他向来心眼不坏，是天底下最善良的孩子。”她说到这里，哭哭啼啼起来。

“我家的乔也一个样——老闹腾个不休，哪样错都犯。可他一向心地善良，一点儿私心也没有。上帝宽恕我吧，想起来我真不该硬说他偷吃奶酪，还拿鞭子抽他。可就是记不起是奶酪酸了，我自个儿扔了的。这辈子再也见不到他了。见不到了，再也见不到我那受屈的苦命孩子！”好个哈珀太太，哭得心都碎了。

“但愿汤姆在那里日子过得更舒坦，”锡德说，“不过要是他在世的时候行为多检点些——”

“锡德！”汤姆能感觉得到老太太对着锡德露出的严厉的目光，“现在他已不在人世，你可不能说他半句坏话。上帝会关照他的——你别多嘴多舌，老祖宗。哦，哈珀太太，我怎么丢得下他呢？怎么丢得下他！虽说他老折磨我这颗老迈的心，可他到底是我的心肝宝贝。”

“是上帝将孩子赐给了我们，也是上帝收回了他。感谢上帝的大恩大德吧！可到底太让人伤心了——太让人伤心了。就在上星期六，他在我的眼皮底下放爆竹，我一脚踢得他趴倒在地。那时我压根就没想到他这么快就没了。要是他再来放一次，我准会搂着他，愿上帝多保佑他哩。”

“对，对，对，是这么回事，我理解你的心情，哈珀太太。我完全理解。就在昨天中午，我家的汤姆捉了小猫，喂了它一肚子止痛药。我以为那小畜生准会闹腾个天翻地覆。老天宽恕我吧，我竟拿顶针狠敲了他的脑袋。可怜的孩子，可怜我那死去的孩子。现在他已脱离了苦海。我听他最后说的一句话是责怪……”

但是往事不堪回首。老太太说到这里伤心得说不下去了。汤姆听着听着鼻子酸酸的，抽起了鼻子——他这不是同情别人，而是可怜自己。他听到玛丽时不时为他哭哭啼啼，插嘴说他的好话，他开始觉得自己其实挺高贵的，并不是个卑微的人。不过最让他感动的是姨妈，她那么伤心，他恨不得从床底下钻出来，出其不意地给她个天大的惊喜——他天生就会感情冲动，爱搞些戏剧性的场面。但他还是克制着，一动不动地在床下躺着。他接着听下去，从他们的只言片语中，他听出：开始时，他们以为这三个孩子准是游泳时淹死了。后来又发现木筏丢失，又有几个孩子说，这三名丢失的孩子曾说过，镇子里很快就会发生“大动静”的。几个脑子灵的人根据这种种迹象认定，他们准是坐着木筏跑掉了，很快就会在下一个镇子露面的，可很快他们的希望落了空。快到中午，木筏在村子下游五六英里的密苏里河的河岸附近搁浅了，如此说来他们准是淹死了，要不到了夜里他们饥饿难耐非得回家不可。大家都认为，打捞尸体之所以一无所获，完全是因为他们是在河中央淹死的。不是吗？这三个孩子个个都是游泳好手，要是在别处落水，他们都能游上岸的。现在是星期三晚上。要是星期天之前尸体还没有着落，那就毫无指望，星期天上午就要举行葬礼了。汤姆一听直哆嗦。

哈珀太太抽抽泣泣，道过晚安，转身要走。两位同遭丧亲之痛的妇女，互相拥抱，失声痛哭一阵之后，才相互告别。波莉姨妈对锡德和玛丽道晚安的口气比平日温和多了，锡德低声哭泣，玛丽则号啕大哭起来。

波莉姨妈跪下为汤姆祈祷，情真意切，感人至深。她的话语和苍老颤抖的声音充满无限的爱，没等她祈祷完毕，汤姆已哭成泪人儿了。

波莉姨妈上床后很久，汤姆一直不敢动弹，因为她时不时发出伤心的呼号，辗转反侧，十分不安。她终于安静下来，但睡梦中还是偶尔发出叹息声。这时候汤姆才偷偷爬出来，挨着床沿慢慢立起身子，一手挡住烛光，站着凝视她一阵。他心里充满了对她的怜悯。他掏出一片梧桐树皮，放到蜡烛旁。但他又想起了什么，便犹豫起来。他终于做出决定，脸上顿时呈现出喜色。他急忙把树皮放回口袋，俯身吻了吻她那苍白的嘴唇，径直悄悄到了门口，开了门，随手闩上门闩，走了。

他转弯抹角回到渡轮码头，发现那里没人，便大着胆子进了渡轮。因为他知道，船上除了看船的，没别的人，而看船的这时早已回到自己的安乐窝，睡得活像只死猪。他解下船尾的小艇，悄无声息地上了小船，小心翼翼地往上游划去，到了离镇子一英里的地方，转了向，弯腰使劲径直朝对岸划去。他上了岸，干得干净利落，说来他对这活熟门熟路。他本想把小艇留下来做战利品，理由很充分：他且把小艇看成是艘大船，而大船正是海盗打劫的目标。但他知道，如此一来，人家必然会大动干戈，彻底搜查，真相就会暴露。于是他上了岸，钻进了林子。他坐下来休息了好一会儿，竭力不让自己睡着，然后小心翼翼地起程走完最后一段路。黑夜很快就要过去了。他来到小岛沙洲前时，曙光初露。他又休息了一会儿，眼看太阳已完全升上地平线，阳光将河水染得金光点点，他纵身跃入河中。不久之后，他浑身湿漉漉地在营地附近停了下来，只听得乔说：

“不，哈克，汤姆挺仁义的，他会回来的。他不会溜号的。他知道，海盗不会干这种丢脸的事，他挺傲气，绝不会溜号的。他是干什么事去了？什么事呢？我说不准。”

“反正这些东西都归咱们了，是不是？”

“有点道理，可还是说不准。树皮上只写着，要是他赶不回来吃早饭，这些东西才归咱们。”

“他这不是来了吗！”汤姆大声说道，演戏似的，高高兴兴地进了营地。

早餐吃的是咸肉和鱼，很丰盛，很快就做好了，三个孩子吃了起来。汤姆讲了自己这趟回家的经历，免不了加油添醋渲染了一番。说完之后，三个人个个都成了自吹自擂、爱虚荣的好汉。饭后汤姆找了个僻静的树荫，睡了，直睡到大中午。其他两名海盗则忙着为捕鱼和探险做准备。

第十六章　快乐的“印第安人”

午饭后，这帮海盗去沙洲上找乌龟蛋。他们四处寻找，用棒往沙中戳，发现软的地方，就跪下来用手抠。有时候在一个洞里能找到五六十枚乌龟蛋。乌龟蛋白白的、圆圆的，比英国胡桃小点儿。当天晚上他们美美地享用了一顿丰盛的煎蛋，星期五早晨又吃了一顿。吃了早饭，他们呐喊着直向沙洲奔去，在沙洲上你追我赶，边跑边脱衣服，最后脱得一丝不挂，闹腾着，跑进了沙洲的浅水洼，迎着湍急的水流，听任河水没过腿肚子，给他们平添了不少乐趣。有时候三个人挤挤挨挨在一起，用手掌撩水往对方脸上泼，挨得太近时，就转过脸去，免得被水花溅得透不过气来。最后三个人扭成了一团，打打闹闹，直到本领最高强的人把别人摁入水中，方才罢手。然后大家都钻入水中，三对雪白的手脚纠缠在一起，闹腾一阵之后，大家都钻出水面，鼻子、嘴巴喷着水花，喘着大气，大笑不止。

玩累了，三个孩子便懒洋洋地躺倒在热烘烘的干沙上，用沙子把自己埋起来。过一会儿，他们又跑到水里去，再玩一遍刚才玩过的游戏。最后他们的裸露的皮肤足可以充当小丑穿的肉色“紧身衣”，于是他们便围成一圈，表演起了马戏—— 一场马戏居然有了三名小丑，谁也不愿把这么出尽风头的角色让给别人。

接着他们掏出弹珠，玩起了各种花样的游戏，玩腻了才停下来。乔和哈克又去游了一会儿水。汤姆不敢去游，因为他刚才在甩裤子时，把那串响尾蛇铃铛甩掉了。他想不通，没有了这件护身符，刚才游了这么久，自己怎么没抽筋。不找到他是不敢再下水的。不一会儿，其他两个孩子游累了，准备歇息了。三个人分头各自东走西逛，情绪渐渐地低落下去，怀着渴望的神色，眺望起河对岸那沐浴在阳光下的镇子。汤姆用大脚趾在沙上写了“贝基”两个字，又赶忙抹掉，他为自己这样不争气而生气。但抹掉后他又写了一遍。他这是情不自禁。他再次抹了它。他把其他两个同伙叫在一起，一块儿玩，这才摆脱了相思之苦。

但是乔的精神已到了萎靡不堪的境地，他太想家了，他再也受不了这份痛苦，泪珠儿眼看着就要夺眶而出。哈克也感到很不是滋味。汤姆情绪低落，但竭力不表现出来。他有一个秘密，只是这会儿不想说出来。如果这种难以遏制的压抑情绪不解决，他很可能要流露出来了。他装得兴致勃勃，说：

“伙计们，我敢肯定，从前这个岛上有海盗出没过。咱们再去打探打探。他们在这儿的某个地方藏了宝。要是有那么一只破箱子，里面尽是金银财宝，你们有什么感觉——嗯？”

但这话只点燃了一点点热情，对方居然没有搭腔，等于当头泼了盆冷水。汤姆又抛出一两个诱饵，但都没有奏效。真叫人丧气。乔坐着，用棍子拨弄着沙子，脸色阴沉。最后他说：

“哦，伙计们，算了吧，我想回家了。这儿太寂寞了。”

“哦，别，乔，慢慢地你会开心起来的。”汤姆说，“单想想在这儿钓鱼多好玩。”

“我才不在乎钓鱼哩。我要回家。”

“可乔，哪里找得到这样理想的游泳的地方？”

“游泳有什么好？虽然这儿没人拦着我游泳，可这点好处我不在乎。我就是想回家。”

“呸！毛孩子！我看，你是想娘了。”

“不错，我是想念娘了。要是你也有娘，你准会想念的。你说我是毛孩子，你也好不了多少。”乔说罢抽起了鼻子。

“得了，咱们就让这哭鼻子的毛孩子回家见他娘去吧，怎么样，哈克？可怜的东西。他不是想娘了吗？那就让他走吧。你喜欢留下来，是不是，哈克？咱俩就待在这儿，怎么样？”

哈克答道：“好——吧。”答得十分勉强。

“这辈子我再也不理你了，”乔说着站了起来，“从现在开始。”他怏怏不乐地走了开去，穿起了衣服。

“谁稀罕？”汤姆说，“没人需要你。回家去吧，看人家不笑话你。哦，好你个海盗！哈克跟我可不是哭哭啼啼的毛孩子。咱俩就待在这儿，是不是，哈克？他要是想走就走吧。我看，没有他咱们也会过得好好的。”

话虽这么说，可汤姆心里还是不踏实。他一见乔板着脸穿衣服，很不安。而且哈克怀着渴望的神情看着乔做离去的准备，始终一言不发，这情景让汤姆产生一种不祥的预感，引起了他的警觉。很快，乔一句告别的话也没说，蹚着水向伊利诺斯那边去了。汤姆的心一沉。他瞥了哈克一眼。哈克受不了投过来的目光，垂下了眼皮，说：

“我也想走，汤姆。待在这儿太寂寞了，今后更糟。咱俩也走吧，汤姆。”

“我不想走，要是你想，干脆走吧。我说过我要留下来。”

“汤姆，我还是走的好。”

“得了，走吧——哪个硬要拦着你？”

哈克动手收集起自己四散的衣服。他说：

“汤姆，我希望你也走吧。好好琢磨琢磨。我们到了岸边等着你来。”

“得了，愿意等就等吧，别嫌等太久了。”

哈克伤心地走了，汤姆望着他的背影。他内心也很想走，但出于自尊心，他不能不压下这强烈的愿望。他希望那两个孩子能停下脚步，等着他过去，但他俩还是慢慢地蹚着水离开了。此情此景令他感到分外地孤独和凄凉。他苦苦挣扎一阵之后终于克服了自尊心，向两位伙伴奔过去，大声喊了起来：

“别走，别走！我有话要说！”

两个孩子立即停了下来，转过身。汤姆到了他俩跟前，便透露了自己的秘密。开始时他俩不很乐意地听着，但听着听着，听出了其中的“妙处”，不禁鼓掌欢呼起来，说：“太棒了！”还说要是他一开始就说出来，他们是不会走的。他编造了貌似有说服力的理由为自己开脱，但真正的原因是，他生怕这个秘密未必能让对方留下来长时间跟他在一起，所以不到万不得已他是不会使出这一杀手锏的。

几个少年兴高采烈地回转营地，再次尽情嬉戏玩乐，对汤姆的了不起的计划赞不绝口，议论不休，说那只能出自天才之手。享用过美味可口的乌龟蛋和鲜鱼之后，汤姆说，他想学抽烟了。乔一听这主意，觉得挺合自己的心意，说他也要试试。于是哈克就做了两只烟斗，装满了烟草。这两位新手过去除了葡萄藤做的烟外，没尝过别的，因而抽起来特别“呛口”，到底缺了点男子汉的气概。

三个人趴在地上，胳膊肘支着身子，战战兢兢地开始吞云吐雾起来。烟味有点辣，抽起来不好受。汤姆被呛得喘不过气来，但还是说：

“哟，学抽烟挺容易的！早知道就这么回事，我早就学会了。”

“我也有同感，”乔说，“算不了什么。”

“我多次见过抽烟的人，心想：‘但愿我也能抽。’可我从没想到自己果然能抽了。”汤姆道。

“我也一个样，是不是，哈克？你有没有听我说过同样的话，哈克？让哈克来说是不是这样。”

“可不是，多次听你说过。”哈克答道。

“哦，我也一样，”汤姆说，“都说过千百次了。有一回是在屠宰场附近，你记不记得，哈克？我说的时候，鲍勃·唐纳、约翰尼·米勒和杰夫·撒切尔他们几个全在。哈克，你记不记得我说过这样的话？”

“不错，是这么回事。”哈克答道，“那是我丢了白弹珠的第二天——不对，是前一天。”

“可不是，那天我就跟你说过这话。”汤姆道，“哈克还记得。”

“我相信自己能整天抽着这烟斗，”乔说，“我不会头晕的。”

“我也不会，”汤姆说，“我也可以整天不停地抽。可我敢跟你打个赌，杰夫·撒切尔肯定不成。”

“杰夫·撒切尔！他只要抽上两小口，就会晕头转向。再让他试一次，准有他好看的。”

“我敢说，准够他受的。约翰尼·米勒也一个样——我倒想看约翰尼·米勒抽一口试试。”

“哦，你说我不想看看吗？”乔说，“我跟你打个赌，约翰尼·米勒再也抽不了烟了。他只要闻到一点烟味，就会要了他的命。”

“果真是这样，乔。我说呢，真希望其他的孩子这会儿能看见咱们是怎么抽烟的。”

“我也一样！”

“我说，伙计，别再谈这档子事了。等到有那么一天，在他们跟前，我就会找你们，说：‘乔，带烟斗了没有？我想抽一口。’你装得无所谓的样子，漫不经心地说：‘带着。是我那只旧烟斗，另外还有一只。只是烟不怎么好。’我就说：‘哦，没事，只要味儿够烈就行。’你便掏出两只烟斗，咱俩就从容地点上烟，然后就等着瞧他们那傻样儿！”

“哦，天哪，太棒了，汤姆！我真巴不得现在就见到这场面！”

“我也一样！咱们告诉他们说，咱们是在当海盗的时候学会抽烟的，他们不希望跟咱们一起才怪哩！”

“可不是，我估摸着准是这样。我敢说他们准想。”

三个孩子就这么说着话。可不多时，说话的劲头就没了，有一句没一句的，后来慢慢地不吭声了，可越来越频繁地啐起了唾沫星儿，脸颊内成了一座喷泉，舌头底下仿佛成了地窖，储满了泛滥的洪水，怎么也排不干。任他们怎么费劲，还是有一些溢进了喉咙，冷不防紧跟着出来一阵干咳。两个孩子都变得脸色苍白，十分受罪。乔的烟斗从手指间掉落在地，紧随其后的便是汤姆的烟斗。泉水源源不断往嘴里涌，两只水泵不停地往外排，闹得乔有气无力地说：

“我的小刀不见了，我还是去找找的好。”

汤姆的嘴唇哆哆嗦嗦，结结巴巴地说：

“我帮你一起找。你上那边去，我到泉水周围找找去。不，哈克，你用不着去——我俩会找到的。”

哈克听罢又坐了下去，等着他们回来，足足等了一个小时，觉得太无聊，便去找自己的同伴。只见他俩各自待在林子里，相距很远，个个脸色苍白，昏昏沉沉地睡着。种种迹象表明，也许他俩刚才受过一阵苦，这会儿没事了。

当晚吃晚饭的时候，三个人都不太想说话。饭后，哈克装好自己的烟斗，准备给他俩装烟斗的时候，他俩一副受屈的模样，忙说：不必了。晚饭吃了什么东西，这会儿还让他们感到挺不舒服呢。

第十七章　雷雨之夜

乔半夜里醒了过来，把另两个孩子唤醒。空气给人一种沉闷压抑的感觉，似乎预示着要变天了。尽管周围死一般的闷热让人透不过来，害得三个孩子感到窒息，但他们还是挤在篝火前，以求得到友情和慰藉。他们静静地坐着，紧张地等待着什么。火光照不到的地方，完全被黑夜吞没。不久，划过一道闪电，一时间照亮了枝枝叶叶，刹那间便消失了。过了一会儿，又划过一道闪电，比刚才的还要耀眼。接着又是一道。随后林子里的枝叶间响起低低的呻吟声，几个孩子感到面前掠过一股气息，不禁打了个寒战，以为是夜游神从他们身旁经过。接着是片刻的宁静。之后一道怪异的闪电照得黑夜成了白昼，他们脚旁远远近近的青草细茎也清晰可见，也照出三个孩子苍白受惊的脸庞。当空一串低沉的雷声轰隆隆滚滚而来，又沉闷地消失在远方。一阵冷飕飕的风吹过来，吹得树叶瑟瑟作响，火堆旁的灰烬随之四散飞扬。又一道刺眼的闪电把整个林子照得透亮，紧随而至的是一声炸雷，仿佛在这几个孩子头顶的树梢上炸开。过后又是漆黑一片，黑暗中他们吓得抱成了一团。几颗豆大的雨点落在了树叶上。

“快，伙计们，快躲到帐篷里去！”汤姆喊道。

几个人赶忙拔腿就跑，黑暗中纷纷被树桩和葡萄藤绊倒，慌乱中几乎找不到正确的方向。可怕的狂风在树木间肆虐，所过之处，呼呼声乍起。炫目的闪电一道连着一道，震耳欲聋的炸雷一声接着一声。倾盆大雨接踵而至，风过处，大地上竖起一道道雨帘。孩子们相互招呼，但越来越响的呼呼风声和隆隆雷声完全淹没了他们的声音。但最终他们还是先后跌跌撞撞地躲进了帐篷里，又冷又湿，胆战心惊，不过谢天谢地，总算与自己的伙伴在一起了，值得庆幸。即使没有别的声音干扰，这顶又旧又破的帐篷被风刮得哗啦啦地响，也害得他们开不了口。狂风越刮越猛，刮得帐篷从固定处脱开，随风飘走。三个孩子手拉着手，踉踉跄跄，夺路逃窜，摔得鼻青脸肿，最后躲进河岸的一棵大橡树下。这时候大自然的战斗正酣。闪电一个接一个，把天空照得雪亮。大地上的景物纤毫毕露，树木东倒西歪，河水咆哮，浪花飞溅，水雾一片片随风翻卷，河对岸轮廓模糊的陡岸，全都在飘浮的乌云和雨雾中若隐若现。每隔一小会儿就有参天大树在战斗中成了牺牲品，噼噼啪啪倒在较年轻的树丛中。此刻，毫不示弱的雷鸣变成了震耳欲聋的爆炸声，吓得人魂飞魄散。疯狂的暴风雨作最后一搏，显示其无可匹敌的威力，大有片刻间把这个岛撕成碎片、烧成灰烬之势，妄图要水淹树顶，让岛上的生灵顷刻间都失去听觉。离家出走的幼小之人这时候待在户外，这一夜对于他们来说是何等恐怖！

这场战斗终于结束了。随着种种威胁和咆哮声偃旗息鼓，大自然的威力也败下阵来，大地又恢复了平静。三个孩子诚惶诚恐地又回到营地。他们发现还有些事足可自慰。因为那棵原来作为他们栖身之所的高大梧桐树已被雷电劈倒，当时他们没有待在树下，也算是不幸中的万幸了。

营地被荡涤一空。篝火早被浇灭。他们像同龄的孩子一样，凡事欠考虑，事先没有做好防雨的准备。这时候他们够狼狈的，浑身湿透，冷得厉害，一副无可奈何的模样。不过他们很快发现，起初点的篝火把挨着的一段木头（木头有一段翘在地面上）烧得凹进去很深，留下一个巴掌大的地方没有被雨淋湿。他们耐心地努力忙碌着，从挡风的木段下搜集来一些碎屑和树皮，终于又点燃起篝火。添上大量的枯树枝后，篝火终于熊熊燃烧，大家无不欢欣鼓舞。三个孩子烤干了熟火腿，美美地享用起来。吃完后，三个人在篝火前坐了下来，把自己夜半的历险大大吹嘘了一番，直到天亮还没睡，因为周围找不到一块干燥的地方睡觉。

阳光悄悄地照在孩子们身上，倦意也随之袭来，他们便出了林子，跑到沙洲上去睡了。很快他们被阳光烤得浑身发烫，便懒洋洋地回去准备早餐。吃了早饭，他们感到头脑麻木，关节僵硬，再一次想家了。汤姆看出了点端倪，便开始设法让这几个海盗快活起来。但是他们对弹珠、马戏、游泳什么的都不感兴趣，后来提起了那个天大的秘密才稍稍提振了点士气。趁着他们还有点儿劲头的时候，汤姆给他们出了个主意。这就是暂时不当海盗，先扮演一会儿印第安人。他们被这一主意吸引住了。很快三个人脱光了身上的衣服，全身从头到脚涂上一道道黑泥巴，个个都成了斑马了。他们三个当然全都是酋长，于是便冲进林子，去攻击英国人的聚居区。

后来三个人分成三个敌对的部落，各自设埋伏，喊着令人提心吊胆的战斗口号，相互攻击。数不尽的杀戮，千百次的剥头皮，这可是血淋淋的一天，也是他们心满意足的一天。

快到吃晚饭的时候，三个人才回到营地，又饿又高兴。可是又碰到了难题——敌对的印第安部落没有讲和是不能坐在一起分享吃食的，可讲和之前非得抽讲和烟不可。此外他们没有听说过还有别的办法。三个印第安人中有两个说，想来还是当海盗的好。但既然别无选择，他们只好硬装出高高兴兴的样子，拿来烟斗，按规矩轮流抽了起来。

瞧，他们又为过上了印第安人的生活而沾沾自喜，因为这样一来他们到底有所收获。不是吗？他们发现，这一次他们能抽上一会儿烟，不必非走开去找丢失的小刀不可了。他们没有落到被烟呛得头晕眼花、恶心呕吐的境地。他们可不傻，只要花点力气，是可以抽好烟的。晚饭后，他们用心练习了一阵，结果大获成功。这一夜他们过得可称心如意了。即使让他们剥光六个印第安部落的人的头皮，剥了他们身上的皮，也没有这等自豪和快活。我们还是不要去打扰他们，任其抽他们的烟、聊他们的天、吹他们的牛吧，因为眼下我们可以暂时不必去理会他们。

第十八章　参加自己的葬礼

然而在这个平静的小镇子里，同样是星期六下午，却没有往日的欢乐。哈珀夫妇和波莉姨妈一家都陷入悲痛之中，人人都伤心断肠，泪水涟涟。整个村子是一片非同寻常的寂静，虽然平日里这个村子也够宁静的。村民们仍然忙着各自的操心事，但无不显得心不在焉，很少说话，却连连叹息。星期六虽是个假日，可这天对孩子们来说，无异于压在肩头的沉重的负担，他们无心游戏，慢慢地也就不玩了。

下午，贝基·撒切尔待在空无一人的学校院子里，闷闷不乐，倍感凄凉。这里没有任何东西令她感到安慰。她自言自语起来：

“哦，要是我又能得到他的铜把手，该多好呀！现在我手头没有一件东西可以让我想起他来了。”说罢她不禁抽泣了起来。

很快她便不哭了，暗自说道：

“哦，就是在这里。要是能再来一次——我就不会说那样的话了。我永生永世也不会说那样的话了。可他已不在人世，我永远、永远、永远见不到他了。”

一想到这里，她就难受得再也待不下去，便眼泪汪汪，走开了。一群汤姆原先的玩伴，有男孩子，也有女孩子，走了过来，站在栅栏前，往里张望，用一种崇敬的语气回忆起他们最后一次见到汤姆时汤姆是如何表现的情景，以及乔拉拉扯扯过的一些小事。（现在轻而易举就可看出，他俩的表现竟预示着必然会有可怕的事发生。）每个人都指出当时那两个失踪的孩子说话时所站的确切位置，并补充说："当时我就是这么站着——跟现在一模一样，你就像那时的他——我离他就这么近——他就这么在笑，当时我浑身有一种异样的感觉——知道吗？好可怕。我直纳闷：怎么回事？现在我明白了。"

接着产生了争论：最后见到那两个死去孩子的到底是哪个。许多人都把这一令人伤感的荣誉归于自己，言之凿凿，但他们提出的证据或多或少是被篡改过的。一旦得出定论，到底是哪个最后见到死者，并跟他俩说过话，那几个幸运儿便自以为了不起，他人对他们自然是另眼相看，羡慕至极。有一个苦命的孩子，他实在拿不出此等荣耀，只好回忆一件往事，以此为豪：

"可不，汤姆·索亚曾揍过我。"

可是这样来夸耀自己的做法并不奏效。大多数孩子都有过这样的经历，这些"壮举"只能使荣誉大为逊色。这群孩子慢慢地走开，对两位逝去的英雄无不怀着敬畏而念念不忘。

第二天上午，主日学校放学的时候，教堂的钟声响起，已不像平日那样悦耳。这是一个宁静的安息日。低沉哀怨的钟声与笼罩大自然的默然的沉思相协调。村民们纷纷聚拢来，在教堂的门厅徘徊一阵，低声交谈着这件伤心事。但教堂内听不到人语声，只有妇女们坐到自己的座位上时丧服摩擦发出的沙沙声打破了寂静。大家都记得，小小的教堂从来没来过这么多人，把教堂挤得满满的。最后大家都默默地等待着。期待中的沉默。波莉姨妈进来了，身后跟着锡德和玛丽。哈珀夫妇随后跟着进来。他们全都一身黑衣服。会众们和年迈的牧师都恭恭敬敬地站了起来，直到丧主在前排就座他们才坐下来。又是一阵寂静，大家都陷入了沉思。偶尔传来压抑着的哭泣声。牧师摊开了双手，开始祈祷。大家唱起了感人至深的圣歌，歌词是："复活在我，生命亦在我。"

葬礼仪式进行过程中，牧师为死去的孩子描绘出一幅幅图景，说他们是何等优雅、何等可爱，他们前途无量。在场的人无不觉得这一幅幅图像描绘得恰如其分，只觉得自己过去忽视了他俩，只看到这两个苦命的孩子犯下的种种过失和错误，为此深感沉痛。牧师也列举了两个孩子生前感人的事迹，从中看出他俩具有多么可爱、多么慷慨的品性。在座的人一眼就看出，这些事例又是多么的可爱、多么的高尚。他们不由得伤心地回忆起，这些事发生的时候，却被看成是流氓勾当，该挨鞭子。随着牧师动人的叙述，会众们越来越受感动。最后，他们再也克制不住，不禁与丧主一起哭哭啼啼起来。牧师也情不自禁，在讲坛上抹起了眼泪。

门廊里响起一阵窸窣声，但没人注意到。不一会儿教堂的门嘎吱一声，牧师抬起蒙在手帕后面朦胧的泪眼一看，顿时傻了！一双又一双眼睛顺着牧师的目光看了过去。刹那间，所有的会众无不站了起来，呆呆地望着三个死了的孩子沿着过道迈步走上前来。领头的是汤姆，随后是乔和哈克，一身的破衣烂衫，羞羞答答，欲前又止。刚才他们就躲在没人的门廊里，听着为自己的葬礼布道哩！

波莉姨妈、锡德、玛丽和哈珀夫妇各自扑向两个死而复生的孩子，一阵亲吻，害得他俩喘不过气来，嘴里还一迭声地发出感恩祷词。可怜的哈克手足无措地待在一边，惶惶不安中不知如何是好，不知该如何躲开这一双双不友好的目光。他犹豫一阵后，想拔腿就跑，可汤姆一把抓住他，说：

“波莉姨妈，这不公平。也该有人见到哈克高兴才是。”

“应该高兴！我见了他就高兴，可怜的没娘的孩子！”可波莉姨妈倾注在哈克身上的爱意却使他更不自在。

突然，牧师扯起了喉咙，高声道：

“赞美我主，是他赐福众生——唱吧——虔诚地唱吧！”

于是大家唱了起来，唱着《老百首》[①]，洪亮的歌声中充满了胜利的喜悦，震撼着教堂的屋椽。海盗汤姆·索亚则望着四周那些对他羡慕不已的孩子，暗自承认，这是他一生中最值得骄傲的时刻。

“被骗上当”的会众陆续从教堂里出来，说是要是能再次听到今天这样动人的《老百首》，他们心甘情愿再被人愚弄一次。

那天，汤姆所挨的耳光和得到的亲吻——数量多寡全由波莉姨妈的心情变化来定——比以往一年所得的还要多。但他判断不了其中哪种最能表达出对上帝的感恩，哪种是对自己的关爱。

①《老百首》指根据《圣经·诗篇》第一百篇编成的赞美诗。

第十九章　好灵验的梦

这可是汤姆秘而不宣的一大秘密——如何跟自己的海盗弟兄策划一起回家，参加自己的葬礼。星期六向晚时分，他们凭着一根木头，划着水，横渡到了密苏里的岸边，在距离村子六英里的地方上了岸，然后在镇子边上的林子里睡了一晚，天快亮的时候悄悄地过街穿巷，到了教堂，在门廊里的一堆坏长椅上又睡了个囫囵觉。

星期一早晨吃早饭的时候，波莉姨妈和玛丽对汤姆疼爱有加，对他有求必应。彼此的话语比平时多了许多。交谈中，波莉姨妈说：

"嗯，我倒不是说，你这次开了个挺漂亮的玩笑，害得大家受了一个星期的罪，你们这几个孩子倒也逍遥自在。你害得我遭了这么大痛苦，也太狠心了，这多遗憾。你既然能凭着一根木头过来参加自己的葬礼，事先就不能给我们透个风，让我们知道你还活着，只是从家里跑了？"

"说对了，你原本可以做到的。"玛丽说，"我相信，你要是想到了，会这么做的。"

"是吗，汤姆？"波莉姨妈说，眼睛一亮，面带期待的神情，"要是想到了，你会这么做的，是不是？"

“我，这个——我不知道。那会把事儿全搞砸的。”

“汤姆，我原以为你对我存有很大的孝心。”波莉姨妈说，听口气她很伤心，汤姆感到很不自在，“你该想到的，想到了即使没有做，我也高兴的。”

“姨妈，反正没造成什么坏后果。”玛丽恳求了起来，“汤姆做事就是这么怪——风风火火，从不思前顾后。”

“这就更令人遗憾了。锡德就会想到。要是锡德，他就会回来，把事儿办妥。汤姆，日后有一天你回想起来，准会后悔的，后悔没有对我多付出点孝心，这对你来说原本算不了什么。”

“姨妈，从现在起我会对你尽心的。”汤姆说。

“要是真的说到做到，最好不过了。”

“要是当时我这么想就好了，”汤姆带着悔恨的口气说，“可我到底梦见过你。这也算是我的一份心吧，是不是？”

“这算不了什么——猫也会做梦哩。不过好歹比什么也没有表示强。你都梦见了什么？”

“可不是，星期三晚上我梦见你就坐在床边，锡德坐在木箱子旁，旁边坐着玛丽。”

“还真有那么回事。我们老这么坐着。你在梦里如此为我们操心，我很高兴。”

“我还梦见乔·哈珀的娘也在这里。”

“可不是，她是在这里！你还梦见别的没有？”

“梦见了许多许多。只是现在记不清了。”

“使劲想想——行吗？”

“好像风就那么吹着——吹着——吹灭——”

“再使劲想想，汤姆！风确实吹灭了什么，接着想想！”

汤姆把手指按在脑门上，苦苦地思索了片刻后，说：

“想起来了——想起来了！风把蜡烛吹灭了。”

“天哪！接着想，汤姆——接着想！”

“我好像记得你说：‘怎么啦，我相信门——’”

“说下去，汤姆！”

“让我想想——只一会儿。哦，是的，你说，你相信门开着。”

“说我这么坐着，没错。我是坐着！是这样吗，玛丽？说下去！”

“后来——后来，我不敢肯定，后来你像是让锡德去——去——”

“去什么？去什么？我让他去干什么，汤姆？我让他去干什么？”

“你让他——你——让他去关门！”

“老天爷！我这辈子还没听说这档子怪事儿。谁说梦中的不能当真？我这就把这奇事跟塞拉尼·哈珀说道说道。她老说什么迷信不迷信一类的废话，这回我倒要她解释解释。接着说下去，汤姆！”

“现在我全记得一清二楚了。接着，你说我不坏，只是太淘气了点，不守规矩，冒冒失失的，说我到底——嗯，说我还是个毛孩子，能负多少责任呢？”

“是这么说的！没错。接着说，汤姆！”

“后来你哭哭啼啼起来了。”

“我哭了。是哭了。还不是第一次哭呢。后来——”

“后来哈珀太太，她也哭了起来。她说了乔同样的话。说她悔不该怪乔偷吃了奶酪，用鞭子抽了他一顿，事实是她自己扔掉——”

“汤姆！你果真是神灵附身哪！你这是未卜先知——是这么回事！上帝显灵了！——接着说下去，汤姆！”

“后来锡德说——他说——”

“我以为我什么也没说。”锡德道。

“不对，你说了，锡德。”玛丽道。

“闭嘴，让汤姆接着说！他说了什么，汤姆？”

“他说——我想他说但愿我在另一个世界日子过得更舒坦，不过要是行为检点些——”

“可不是，这都是你亲耳听到的？他说的正是这话。”

“你还狠狠训了他呢。”

“我打赌，我是训了他。当时准有个天使在场，准有个天使藏在什么地方。”

“哈珀太太还说到乔放爆竹吓了她的事。你说了彼得和止痛药——”

“明镜似的，丝毫不差！”

“后来又说了一大堆话，有关在河上如何打捞我，如何准备在星期日办葬礼。你和哈珀太太还抱在一起痛哭流涕哩。后来她走了。”

“跟你说的一模一样，一模一样！汤姆，就算你亲眼看见了，也说不出比这更准确的了。后来呢？接着说，汤姆！”

“后来，我想，你为我做了祷告——你的一举一动我全看到了，你说的话我全听到了。接着你去睡了。我呢，觉得很难过，便拿来一片梧桐树皮，在上面写了这几个字：‘我们没有死——我们只是出去当海盗了。’写完了，就把梧桐树皮放到桌子上蜡烛的旁边。后来我看你睡着了，气色挺不错，便弯下身子，在你的嘴唇上亲了亲。”

“是吗，汤姆？是这样吗？冲着这一点，不管你干了什么事，我全都宽恕你。”她说罢一把把这孩子紧紧搂在怀中，害得汤姆只觉得自己一下子成了罪恶滔天的大浑蛋。

“这倒挺不赖，可惜只是一场梦。”锡德暗自嘟嘟哝哝，声音低得勉强能听到。

“住嘴，锡德！一个人醒着的时候也会做梦中做过的事。汤姆，这只大苹果是我专门为你留着的，是我省下的，要是还能找到你——好啦，上学去吧。你到底回到我们身边了，这得感谢上帝的赐福。我们虽然长时间担惊受怕过，但圣父对那些相信上帝并听从他的话的人是仁慈的，只是天知道，我还不配上帝的赐福。但是如果只有配得上的人才能得到他的保佑渡过难关，那当黑夜来临时，今天在这里欢笑的人中在他怀抱里安睡的人就寥寥无几了。去吧，锡德，玛丽，汤姆——上学去吧。你们耽误我太久了。”

三个孩子上学去后，老太太便去拜访哈珀太太，要用汤姆的奇妙的梦境征服对方的现实至上的念头。锡德心里很清楚，知道是怎么回事，只是没直接说出来。离开家后，他认为：“这么长的梦，居然没半点差错，可能吗？”

现在汤姆成了个大英雄了！他走起路来不再蹦蹦跳跳，而是大摇大摆、神气活现，活像个海盗，成了个众人瞩目的人物了。他摆出的确实是这副架势。他显得旁若无人，对人似乎视而不见，对人家的议论装作无所谓，可人家的举动正中他下怀，他心里乐开了花。比他小的孩子紧紧跟着他，觉得与他在一起自己也沾了光，受了委屈也沾沾自喜。汤姆就像是游行队伍的领队鼓手，要么就是马戏团进城时领头的大象。和他一样大的孩子装作压根不知道他出走过，可心里却对他羡慕不已。要是能有一身汤姆那样被阳光晒得黝黑的皮肤，以及他那耀眼的名声，付出一切代价都在所不惜。汤姆呢，要是让他拿出这两件宝贝中的一件就可以进马戏团，他也不情愿。

在学校里，汤姆和乔引起了很大的轰动。人人眼里无不流露出深深的崇敬之情，两位英雄很快就傲慢得令人难受。他俩对那些如饥似渴的听众大讲自己的历险——那还只是他们历险的开端，有意思的还多着呢，因为凭他们的想象力，在自己的素材中可以不断加油添醋的。最后，当他俩拿出烟斗，怡然自得地四处吞云吐雾的时候，他们的荣耀才达到了顶峰。

汤姆认定，现在他用不着理睬贝基·撒切尔了。有了这身荣誉他就心满意足了。他要为荣誉而活。既然现在他已是大名鼎鼎了，也许她想跟他“言归于好”。得了，看她怎么办吧——她会看到，他像其他人一样，会表现得若无其事的。不久她来了。汤姆装作没看见她。他转身跟一班男女孩子在一起，聊起了天。他很快注意到，她涨红着脸，高高兴兴地东跑西转，眼睛瞟来瞟去，装作跟一班同学追追赶赶，抓到了人，又是笑又是叫的。不过他注意到，她每次总是在他身旁不远处抓到人的，这时候，她就有意识地朝他这个方向瞥上一眼。这让他那不端的虚荣心得到了充分满足，因而她非但没有得到他的好感，反而让他“鼻子翘得更高”，更加克制着自己，故意不去注意她的存在。不一会儿，她再也没劲叽叽喳喳嬉闹下去，而是迟迟疑疑地转悠起来，叹息一两声，朝汤姆偷偷看上一眼。她发现，汤姆老跟艾米·劳伦斯说话，说得比谁都多。她感到一阵钻心的疼痛，立刻变得焦躁不安起来。她很想这就走开，可两腿就是不听她使唤，反而挪步向那帮人走去。她对一个紧挨汤姆的女孩子说——装着快快活活的样子：

“听我说，玛丽·奥斯丁！你是个坏孩子，干吗不上主日学校？”

“我去了——你没见到我？”

“没有！你去了？你坐在哪个位置？”

“我在彼得斯小姐那个班。我总是去那个班。我可见到你了。”

“是吗？怪哩，我可没见到你。我本想跟你说说野餐的事儿。”

“这可是挺开心的事儿。是哪个来主办的？”

“我妈妈让我来办。”

“啊，太棒了！我希望她也让我参加。”

“她会的。这可是一次为我举办的野餐会。谁想来都可以来。我也乐意你来。”

“再好不过了！定在什么时候？”

“不会太久，兴许在放假前后吧。”

“太有意思了！你把所有的男孩子和女孩子全请了去？”

“是的，把我的朋友，还有愿意做我朋友的人，都请了去。”她说着，眼角偷偷瞟了汤姆一眼，可他还是在跟艾米·劳伦斯起劲地说着岛上那场可怕的暴风雨，说着闪电如何把那棵梧桐树“撕成碎片”，那时他离那树只有“三英尺”。

“哦，我可以去吗？”格雷斯·米勒问。

“行。”

“我呢？”问话的是萨莉·罗杰斯。

“行。”

“我也能去吗？”苏珊·哈珀问，“还有乔呢？”

“行。”

等等等等。几个姑娘听了乐得拍起掌来，最后除了汤姆和艾米，其他所有的人都说要去，并获得同意。汤姆若无其事地领着艾米，说说笑笑，转身离去。这时候贝基嘴唇哆嗦，泪水夺眶而出。但她还是强自忍着痛苦，装得高高兴兴的样子，继续跟别人说话。此时此刻，野餐和其他的一切，早已丧失其乐趣了。她很快便转身走了，找了个地方，像姑娘们常说的，“痛哭一场”。哭罢，她闷闷不乐地坐下来，只觉得自尊心深受伤害。她坐了很久，听到上课的铃声响起，才站了起来，带着复仇的目光，甩了甩自己的长辫子，说她知道该怎么办。

课间休息的时候，汤姆继续跟艾米亲热，开开心心，自得其乐。他到处找贝基，想方设法去伤害贝基。他终于看到她了，可是那股得意劲却没了踪影。只见她舒舒服服地坐在教室后面的小长凳上，跟艾尔弗莱德·坦布尔一起看图画书。两个人看得着了迷，两个脑袋挨得很近很近，像是除了图画书，他俩忘了世界上还有别的什么了。汤姆心中充满了深深的妒意。他恨自己怎么错过贝基用来表示和解的大好机会。他称自己是傻瓜，把自己骂了个狗血喷头。他气得想大喊大叫一场。这时候艾米就在他身边，走着走着，絮絮叨叨个不停，她正兴高采烈着哩。可汤姆的舌头却不灵了，他连艾米说些什么也没听进去，遇到艾米停下来等着他有所反应的时候，他只能结结巴巴地有一句没一句地应付，结果往往完全会错了她的意思。他不断往教室后面去，来来回回，那边可恨的场面令他眼珠子都冒火了。他已忍无可忍。他以为，他已发现贝基·撒切尔认为世上压根就没他这人，这让他简直发了疯。不过其实她看到他了，而且知道自己已胜券在握，看到他像她刚才那样也在活受罪，让她十分高兴。

身边艾米兴高采烈的絮叨叫他不堪忍受。汤姆暗示她，他得去办一件事，一件非办不可的事，而且延误不得。可没用——这姑娘还是叽叽咕咕个没完没了。汤姆心想："该死，我就摆脱不了她吗？"最后他终于等到了去办那件非办不可的事的时候了。可她还不知趣地说，放学后她就在附近等着他。他拔腿跑了开去，恨死了她。

"谁都可以，"汤姆咬牙切齿地说，"全镇所有的男孩子，除了那个来自圣路易的自以为了不起的家伙，他以为自己穿得体面，就是上等人了！哦，不是吗？你来镇子的第一天，我就赏你一顿好揍了，小子。现在我又想揍你了！等着瞧吧，只要我逮到了机会，我就要——"

他设想着如何揍那个想象中的男孩子——对空做出了拳打脚踢、抠人家的眼睛等种种动作来，嘴里嚷嚷着：

"你尝到滋味了吧？够你受的了吧，是不是？这下你学乖了吧！"

这场想象中的搏斗以汤姆心满意足而告终。

中午汤姆溜回了家。艾米那种自我陶醉的快乐叫他受不了，而满腹的醋意折磨得他苦不堪言。贝基再次跟艾尔弗莱德一起看起了图画书，可是苦等苦熬了好一会儿，都不见汤姆过来领罪。她的得意劲蒙上了阴影，再也没了兴趣，随之而来的却是心情沉重，茫然不知所措，最后落得闷闷不乐的境地。她三两次竖起耳朵，实指望能听到脚步声，到头来还是希望落空。汤姆没有来。最后她感到伤心至极，后悔自己刚才做得太过分了。可怜的艾尔弗莱德觉察到对方对自己失去了兴趣，却不知到底为了什么，一个劲地嚷嚷："哦，这画多棒！瞧啊！"最后她被搅得很不耐烦，说："哦，别来烦我！我没兴趣！"说罢眼泪汪汪，起身走掉。

艾尔弗莱德走过去，想安慰她。她说：

“走开，让我一个人待着，行吗？我讨厌你！”

这男孩子停下脚步，直纳闷：自己到底做错了什么了？刚才她还说，整个中午她都要看图画书的——现在她却离开了，边走边哭。艾尔弗莱德茫然不解地进了空无一人的教室。他感到又羞辱又气愤。他不费吹灰之力就猜出了其中的因由——这女孩子纯粹是拿他当出气筒，把原本发在汤姆·索亚身上的怨气发泄到自己头上了。一想到这里，他对汤姆更加愤恨了。他希望能想出一个办法，让汤姆吃点苦头，而自己用不着冒什么风险。他一眼就看到了汤姆的拼写课本。机会来了。他高兴地把书翻到了下午要上的那一页，在上面倒了些墨水。这时候贝基正好在他身后的窗外往里看，见了这情景，转身就走，没有被对方发现。她离开学校，想去找汤姆，把这事告诉他。汤姆听了一定会对她感激不尽的，那么他俩的别扭就此便会烟消云散了。她刚走到半路，忽又改变了主意。一想起刚才说到野餐时汤姆对自己的态度，她心头便火辣辣地发痛，又羞又气。她决心让他因拼写课本沾上墨水挨一顿揍，而且要恨他一辈子。

第二十章　姨妈的心软了

汤姆回到家，情绪糟糕透了。姨妈对他说的第一句话说明，在这里他的伤心是没人理会的。

“汤姆，我真想活剥你的皮。”

“姨妈，我做错了什么？”

“得了，你干的好事还少吗？我像个老傻瓜一样跑去找塞拉尼·哈珀，实指望让她相信你那些鬼话。可你瞧，她从乔那里听说你曾来过这里，把那天晚上我们说的话全听了去。汤姆，我不知道，能干出这种事的孩子，将来会变成什么样子。一想到你居然让我上塞拉尼·哈珀家出丑，自己却一声不吭，我难受极了。”

汤姆可没想到这一层。此前，汤姆只认为自己是耍点儿小聪明，开个玩笑，还觉得挺巧妙哩。现在看来这玩笑挺卑劣、挺肮脏的。他耷拉下脑袋，一时间说不出话来。过了一会儿他才说：

“姨妈，我悔不该干出这事儿——可当时没有想过会这样的。”

“哦，孩子，你从来就不用脑子，除了自己，你从来就不想想别的。你可以想到夜里从杰弗逊岛一路过来，为的就是笑话我们。你可以拿梦来糊弄我，可你压根就不想同情我们，不让我们伤心。”

“姨妈，现在我知道了，我的行为很缺德，可我并不是存心缺德。说实在话，不是的。再说，那天晚上我来这里也不是为了看你的笑话。”

“那你回来干吗？”

“我是想来告诉你们，别为我们操心，因为我们没有在河里淹死。”

“汤姆，汤姆，要是你真的这么好心想过，那就谢天谢地了。可你压根没有想过——我知道你没有想过，汤姆。”

“真的，姨妈，我真的想过——要是我没有想过，让我立刻死去得了。”

“哦，汤姆，别撒谎——别撒谎了。那只会让事儿糟糕一百倍。”

“我没撒谎，姨妈，我说的是实话。我是想让你们别再伤心——我就是为了这个回来的。”

“要是我让天底下的人都相信你的这番话，那我简直是在掩盖天大的罪孽了。相比之下，我反倒为你这么跑出去胡闹一阵感到高兴哩。可你说的这番话很没有道理，要不然你干吗没跟我说呢，孩子？”

“是这么回事，姨妈，就在你们谈论如何举办丧礼的时候，我满脑子净想着怎么赶回来，躲在教堂里，这么着就把事儿搞砸了。最后我把树皮往口袋里一塞，什么话也没留下，走了。”

“什么树皮？”

“我在上面写着我们要去当海盗的那张树皮。现在想来，当时要是我亲你的时候你就醒过来，那有多好——真的，我说的是真话。”

老太太一脸严肃的皱纹舒展开来，刹那间，眼睛里流露出慈祥的目光。

“你亲过我了，汤姆？”

“可不是，亲过。”

“当真亲过，汤姆？”

“可不是，亲过，姨妈——当真亲过。”

“你干吗亲我，汤姆？”

“因为我非常非常爱你，看着你躺在那里那么伤心，我心里别提多难受了。”

这话听来倒像是真话。老太太掩饰不住内心的感动，声音颤抖，接口说：

“再亲我一次，汤姆！这就上学去，别再给我添烦恼了。”

他走后，她到了衣柜前，从中拿出汤姆玩海盗游戏时穿过的外衣，衣服破破烂烂的。她突然住了手，自言自语起来：

“不，我没勇气看。可怜的孩子。我琢磨着，他又没说实话。不过他的这番谎话出自善意，令人宽慰。但愿上帝——我知道，上帝会宽恕他的，因为他编造了这些话，用心良苦。这番谎言我不想戳穿。衣服我不看了。”

她把那件外衣放回柜子里，沉思了片刻，先后两次伸手去拿那外衣，但都把手缩回。最后她还是鼓起勇气，伸出手。这次她找到了理由，决心更大了。她心想：“这是个善良的谎言——善良的谎言——我不会因此而伤心的。”她摸了摸那外衣的口袋，很快就摸到了树皮。她含着泪看着树皮，说：

“现在就算他犯百万次罪，我也能原谅他了！”

第二十一章　英雄救美

波莉姨妈的态度变得很神奇，她吻了汤姆一下，汤姆的低沉情绪便一扫而光，又变得轻松愉快起来了。他去上学，幸运的是居然在芳草胡同口遇到了贝基·撒切尔。他的情绪始终决定他的一举一动。他毫不犹豫地跑到她跟前，说：

“今天我的行为太不地道了，贝基，请你原谅。这辈子我不再这样了——咱们和好吧，行不行？”

这女孩子停住了脚步，面带鄙夷的神色看着他，说：

“你能自个儿待着去，我就感谢不尽了，托马斯·索亚先生。我再也不跟你搭腔了。”

她把脑袋一甩，走了过去。他愣了，来不及回她一句“谁稀罕，神气的小姐”，人家早走了。所以他什么话也没说，可心里那个火就甭提了。他拖着脚步进了学校，心里想象着，要是她是个男孩，他就如何痛打她一顿。不一会儿，他再次遇到了她，从她身边经过时，他说了一句刻薄的话，她也回敬了一句。于是俩人的关系就彻底完了。贝基这时候正在气头上，迫不及待地盼着快点“开课”，好让汤姆早些为弄脏的拼写课本挨罚。如果说此前她还为要不要揭发艾尔弗莱德·坦布尔而犹豫不决，那么汤姆方才的冷嘲热讽逼得她彻底打消了揭发的念头。

可怜的姑娘，她还不知道自己这就要遭罪了。他们的老师杜宾斯先生人到中年，郁郁不得志。他一心盼着当一名大夫，可为贫穷所迫，不得不去做乡村学校的一名老师。每天只要是用不着听学生背课文的时候，他就从书桌中取出一本神秘的书，埋头看起来。他向来把书紧紧锁起来，学校里的淘气鬼谁都想看看，哪怕是看一眼这本书，可就是没机会。这到底是本什么样的书，不论是男生还是女生，都有一套说法，各有不同，可就是得不到事实的真相。那张书桌就摆放在门边，贝基从旁边经过时，发现钥匙竟插在锁上！真是千载难逢的机会。她打量四周，除了她没别的人，紧接着那书就到了她的手上。书的扉页上写着"某教授的解剖学"。可她不懂这几个字是什么意思，所以便翻起了书，很快就翻到卷首的一张精美彩色插图—— 一张人体图，全身一丝不挂。就在这时候，一个人影落在书页上，是汤姆·索亚进了门，也瞟见了那张画。贝基急忙把书合上，不幸的是把那画撕破了一半。她把书塞回了书桌，锁上，又羞又恼地哭喊起来：

"汤姆·索亚，你偷偷摸摸站在人家身后，偷看人家看的东西，卑鄙得不能再卑鄙了！"

"我怎么知道你在看东西？"

"你该感到害羞才是，汤姆·索亚。你会告发我的，哦，我如何是好，如何是好！我准要挨鞭子了，可我从没在学校里挨过鞭子。"

接着她的小脚儿一跺，又说了起来：

"要是你想做个卑鄙的人，做去吧！我知道迟早会有这么一天的。你等着瞧吧！我恨你，恨你，恨你！"她说罢冲出了教室，又是一阵哭哭啼啼。

汤姆呆呆地站在那儿，被这番辱骂搞得不知所措。过了一会儿他自言自语道：

“多怪的傻姑娘，说什么在学校里没挨过鞭子哩！嘿，挨鞭子算得了啥？真是姑娘家，皮薄胆又小。当然喽，我不会向老杜宾斯告发这个小傻瓜的，因为有的是别的办法治她，用不着这么卑鄙。可什么办法呢？老杜宾斯会问哪个撕了他的书。没人会招认。那他就会按老方法，一个挨一个问，等问到干这事的姑娘，他就会知道，用不着再问下去了。女孩子的秘密就写在自己的脸上。她们可都是些软骨头。那她就要挨揍了。这下贝基·撒切尔可就没好果子吃了，她过不了这一关。”汤姆心里算计了一会儿，接着说，“不过，这也好。她不是巴望着我碰上这种倒霉的事吗？让她也受点儿罪吧。”

汤姆出了教室，到外面跟一班学生玩儿去了。不久，老师来上课了。汤姆对功课并不那么感兴趣。只要他朝女孩子那边偷眼望去，每每见到贝基就让他心烦。想起发生过的种种事，怎么也不能让汤姆对贝基生出同情心来。他呢，能做的只有这些。接着他发现自己的拼写课本被弄脏了，好一会儿，他忙着自己的烦恼事，顾不了其他了。这时，贝基已从茫然而痛苦中摆脱出来，兴致勃勃地注意事态的发展。她预料，汤姆即使不承认自己弄脏了课本，也会叫他吃不了兜着走。她想得没错。他越是不承认，情况越糟。贝基觉得，自己会因此而高兴的，她相信自己会这样的。可结果她发现自己居然做不到。当事情发展到糟得不能再糟的时候，她只感到一阵冲动，要站起来告发艾尔弗莱德·坦布尔了。但是她还是竭力控制住了自己，保持沉默，因为，她心想：“他肯定要把我撕书的事说出来的，我也一个字不说，不来救他！”

汤姆挨了鞭子后回到自己的座位上，丝毫也不伤心。他认为，很可能是自己在和同学闹着玩的时候，无意中打翻了墨水瓶，弄脏了课本——他刚才嘴上是没有承认，那是因为这是惯例，坚决不承认可是原则问题。

慢慢地过去了一个小时，老师坐在自己的宝座上打盹。教室里嗡嗡的读书声催人入眠。不一会儿，杜宾斯先生坐直了身子，打了个呵欠，打开抽屉，伸手去拿书，可拿不定主意该拿还是不拿。多数孩子都懒洋洋地抬起头看了看他，但有两个孩子却紧张地盯着他的举动。杜宾斯先生心不在焉地摸了一会儿书，拿出了书，在椅子上坐定后，看起了书！

汤姆飞速瞥了贝基一眼。他曾见过一只被追逐的野兔，当时猎枪瞄准了它的脑袋，它已走投无路，就跟贝基这时的神色一模一样。汤姆顿时忘了跟她争吵的事。快，得赶紧采取措施！说干就干！可情急之下，平时那机灵劲不知哪里去了，他呆呆的，浑身都麻木了。好哩，他灵机一动，要跑过去一把抢过书，然后冲出门逃之夭夭！可片刻间他的决心动摇了，从而失去了机会——老师打开了书。要是这良机失而复得该多好！可惜太迟了。他心想，贝基这下在劫难逃了。接着老师转身面对全班同学。在他的逼视下，人人都垂下了眼皮。面对他那目光，即使是无辜的人也感到害怕。教室里一片肃静，一、二、三……足足延续了十秒钟之久。老师也在鼓足狠劲，怒气冲冲地问：

“书是哪个撕的？”

谁也不吭声。教室里静得掉下一枚针也能听到。还是寂静。老师查看每张脸，想发现犯罪的痕迹。

“本杰明·罗杰斯，是你撕的书吗？”

得到的是否认。停顿了一会儿。

“约瑟夫·哈珀，是你吗？”

又是否认。审问慢慢进行下去，这过程折磨得汤姆越来越难受。老师的目光从一排排男生脸上掠过，想了想，转向女生：

“艾米·劳伦斯，是你？”

对方摇了摇头。

“格雷西·米勒，是你？”

同样的反应。

“苏珊·哈珀，是你撕的？”

还是否认。下一个是贝基·撒切尔。汤姆激动得从头到脚哆嗦起来。看来她在劫难逃了。

“丽贝卡·撒切尔——”汤姆看了一眼她的面孔，那脸已吓得一片苍白——“是你撕了——不，看着我的脸——”（眼看她举起双手求饶了。）“是你撕了这书？”

汤姆的脑袋里灵光一闪，想出了主意。他跳起身，大声道：

“是我撕的！”

全班同学瞪大眼睛，看着这个不可思议的愚蠢家伙。汤姆默默地站了好一会儿，让自己镇定下来，然后迈步上前去接受惩罚。可怜的贝基向他投来的惊讶、感激、崇敬的目光他都能感受得到，即使挨一百鞭子他也在所不惜。杜宾斯先生手下毫不留情，这是一次前所未有的残酷鞭刑，但汤姆在自己壮举的鼓舞下，没有发出一声喊叫。此外他还满不在乎地接受了另一项残酷的惩罚——放学后在学校里留两小时——因为他知道，谁会在外面等着他“刑满释放”，他也不会把这两小时看作是一大损失，从而过得枯燥乏味。

当天晚上去睡觉的时候，汤姆算计着如何报复艾尔弗莱德·坦布尔，因为贝基又害羞又悔恨地把一切全告诉了他，也忘不了自己的背叛行径。但是渴望如何报复之后，他很快便想起了种种开心的事，最后也就入睡了，但梦乡里耳边还响着贝基临走时说过的话：

“汤姆，你怎么这么高尚！”

第二十二章　考试闹剧

学校就要放假了。这位老师向来很严厉，现在变得更严厉、更吹毛求疵了，因为他想让全班学生在“考试”日这天好好表现自己。现在他的教鞭和戒尺难得有空闲的时候——至少对年龄较小的孩子是如此。只有十八到二十岁的男孩子和姑娘才能逃过这一劫。而且杜宾斯先生鞭打起人来那才叫狠。他戴着假发，脑袋光秃秃的、亮晶晶的。他已届中年，肌肉却不见有丝毫衰弱的迹象。随着这重大的日子临近，他的残暴性子便暴露无遗了。人家稍有差错，他就要鞭子相向，似乎能从惩罚中获得莫大的乐趣。结果是，年龄小的学生，白天里受尽折磨，痛苦不堪，夜晚就算计着如何报复老师。他们殚精竭虑，不失时机地给老师制造麻烦，可他每每高人一筹。学生们每次报复的后果是受到凶残狠毒的惩罚，学生们无不以惨败而告终。最后他们集思广益，一起谋划出一个保证能取得辉煌战果的方案。他们让一位招牌油漆匠的儿子入伙，把方案告诉了他，求得他的帮助。这个方案正中招牌油漆匠儿子的下怀。他也有自己的理由，因为这位老师就在他父亲家寄宿，害得这孩子有充分的理由恨他。老师的妻子几天之后就要来村子探亲，到时候就万无一失了。每逢重大日子，老师往往把自己灌得烂醉。招牌油漆匠的儿子说，考试那天晚上，等这位先生醉到一定程度，他一准把事儿“搞定”。也就是说，就在老师坐在椅子上休息的时候，夜里招牌油漆匠的儿子看准机会设法弄醒他，让他匆匆忙忙往学校赶。

有趣的日子终于如期而至。晚上八点钟，教室里灯火通明，绿叶和鲜花编织成的花环和彩饰点缀其间。这位老师就端坐在高台的宝座上，他身后放着一块黑板。他看上去已有几分醉意，他的左右各有三排长凳，前方则是六排椅子，坐着镇上的显要人士和学生家长。他的左边，市民席的后方临时搭着个宽敞的台子，上面坐着的是当晚应试的小学生。一排排男孩子梳洗得干干净净，穿戴得齐齐整整，好不别扭。那些大男孩呢，则傻傻地坐着。小姑娘和年轻的女士身穿细麻布和平纹细布衣衫，白白的，像一大堆雪，挤挨在一起，显然为自己裸露的胳膊、为祖母辈留下的老式小首饰、为身上粉红色和蓝色的饰带及插在头上的花儿而显得羞答答的。教室里其余的部分则被不参加考试的学生挤得满满当当。

考试开始了。一名年龄很小的男孩子站了起来，羞怯怯地背起“你们不大会想到，像我这么小年龄的孩子会站在讲台上当众讲话”等等。伴着背诵声，他还做出一些精确异常、抽风似的手势，活像是被机器操纵着——这机器可能还出了点故障。不过，尽管他一直战战兢兢，还是完成了“使命”，在满场热烈的掌声中，他做作地鞠了一躬，退场。

一位羞涩的小姑娘，含含糊糊地朗诵完“玛丽有只小羊羔”等等，行了个招人怜爱的屈膝礼，博得一片应得的掌声，红着脸蛋，高高兴兴地坐了下去。

汤姆·索亚显得很自负，信心十足地走上前去，背诵起那气势磅礴、遗世万年的《不自由毋宁死》[1]的演讲。他满腔激情，慷慨激昂地打着手势，可只背了一半，就背不下去了。原来他犯了可怕的怯场症，他两腿打战，几乎喘不过气来。他明显地博得全场的同情——但也造成了冷场，这比同情还要糟。老师皱起了眉头，这无异于变成了一场大灾难。汤姆挣扎了一番之后，只得退场，落得彻底失败的下场。有人勉强鼓了几下掌，但掌声很快就销声匿迹了。

接下来是《小男孩站在燃烧的甲板上》《亚述人来了》等一些名篇的朗诵。然后是朗读测试和拼写比赛。拉丁文班寥寥几个学生的朗诵倒也获得满堂彩。接下去是当晚最出色的节目——年轻姑娘的创意“作文”。轮到的人来到讲台边，清清嗓子，捧起稿子（稿子都用鲜艳的缎带系着）朗读起来，在表情和抑扬顿挫上煞是卖力。文章的题材陈旧，脱不了其母亲、祖母辈的窠臼，甚至可追溯到十字军[2]时代。其中有“友谊”啦，“忆往昔”啦，“历代宗教”啦，“梦乡”啦，“文化之优越性”啦，“政治统治之对比和比较”啦，“愁思”啦，“孝道”啦，“心向往之”啦，等等，不一而足。

这些文章最大的特点就是：矫揉造作的忧伤及“华丽辞藻”的过度堆砌，加上死搬硬套一些时髦词语，不把它们用滥死不罢休。此外还有一个显著的标志性的特点，使得朗诵大为逊色，那就是篇篇文章的结尾无不充斥着陈腐而令人生厌的说教，就像拖着根残缺不全的尾巴甩来晃去。无论文章标榜的是什么题目，

---

① 《不自由毋宁死》是美国独立战争时期政治家和演说家帕特里克·亨利（1736—1799）的一篇鼓吹革命的演说。

② 十字军：伊斯兰世界称为法兰克人入侵（1096—1291），是一系列在罗马天主教教皇的准许下，由西欧的封建领主和骑士对他们认为是异教徒的国家（地中海东岸）发动的持续近两百年的宗教性战争。

总是煞费苦心地扯上种种说教，想让那些道学家和宗教家从中得到些教益。虽然明知这些说教是言不由衷，但它们至今在学校里仍旧大行其道，还无法把它们从学校里清除出去。也许只要这个世界还存在，它们就仍有市场。我们国家的每所学校里，年轻的姑娘们无不觉得，但凡作文，非要来这么一段说教不可。诸位会发现，学校里那些最轻浮、宗教意识最薄弱的姑娘的作文里，说教往往是最长的、显得最虔诚的。不过，这些事也不必多费唇舌了。反正大实话人家是不爱听的。还是转而谈谈“考试”的事吧。应试者朗诵的第一篇作文题为《那么，难道这就是生活吗？》。我这里且引一两个片段，或许诸位能耐心听一听吧：

> 在日常生活中，年轻人始终怀着喜悦的心情，憧憬着喜庆节日的欢乐场景。他们在想象中描绘出的是玫瑰色的欢快画面。在幻觉里，沉湎于追逐时尚的人把自己看作是节日人群中“众人瞩目的人物”。她形体优美，身着雪白的长裙，在翩翩起舞的欢乐的人群中，傲然独立。她的明眸灿然，她的舞步最为轻盈。时间在这样美妙的幻境中飞速流逝，于是她进入梦寐以求的极乐世界。在她那五彩缤纷的梦境中，这就是爱丽丝梦游过的童话的世界。在她看来，一切都是那样的赏心悦目、引人入胜！一处更胜另一处。但不久之后，她发现，无非是镜中花、水中月，徒有其表，虚空一场。曾使她昏昏然的甜言蜜语变成刺耳的噪音。舞厅失去其魅力。她劳精耗神，心力交瘁，转身离去。因为现在她深信，世俗的欢娱满足不了灵魂的需求！

如此这般，等等。朗读过程中，不时响起赞许的嗡嗡声，伴以低声的赞叹：“多甜美！”“好有说服力！”“太对了！”等等。在文章以一大段令人难堪的说教结束时，人们报以热烈的掌声。

接着一位身材苗条、神情忧郁的女生站了起来，由于长期服药和消化不良，她的脸白得“有趣”。她朗诵了一首诗。且引它两段足矣：

密苏里少女作别亚拉巴马

再见，亚拉巴马！我非常爱你！
　现在我要离去，暂且与你分离。
忧伤，是的，我把思念藏在心底，
　燃烧的记忆活跃在我的眼眉！
我曾徘徊在你鲜花盛开的林地，
　在塔巴波萨溪畔漫步，读书，
倾听过塔拉瑟的急流的呢喃。
　驻足库萨山坡，欢呼它的黎明。

我虽羞愧，却丢不下满腹的愁肠，
　满含泪水，转身离去，并不脸红。
我知道离别的不是陌生的土地，
　我的叹息也不留给陌生之人。
这个国家热情好客，也有我的家，
　我离别它的山谷——也告别山巅。
当我与你以僵冷的眼睛相对，亚拉巴马，
　那时我的双眼、心脏已经死亡。

在场的人未必都能听懂诗中的每个词句，但大家都听得津津有味。

接着上场的是位黑皮肤、黑眼睛、黑头发的年轻姑娘。她上得台来，略停片刻，创造了良好的氛围，然后带着悲怆的表情，以颇有分寸的语调朗诵了起来：

幻境

漆黑的夜，风雨交加。高高的苍穹几乎不见星星的踪影。低沉的雷声不绝于耳。摄人心魄的闪电愤怒地在乌云密布的天穹施虐，像是不把英名显赫的富兰克林[①]对它倒行逆施所施加的威力放在眼里！甚至狂风也神秘地倾巢而出，给这张狂雷电呐喊助威。就在这样的时刻，在如此暗黑、恐怖的夜晚，出于对人类的同情，我的灵魂只能发出声声叹息，但是，此外——

我最亲密的朋友，我的顾问，我的安慰者，我的领路人，我悲伤中的欢乐，我欢乐中的又一个极乐，来到我的身旁。

她就像那些浪漫年轻人笔下的天使，在想象中的伊甸园漫步，沐浴在阳光下，步履轻盈，美如皇后，除了自身的美貌，用不着任何雕饰。她举步轻盈，悄然无声。她像其他美女一样，她亲切温柔的抚摸，令人激动销魂。她也会从你身边飘然而过，不为人知，不引人追逐。她脸上露出的愁意，就像是冬季之神长袍上凝结着的泪花。她手指户外搏斗中的暴风雨，令我思索其间的深意。

① 本杰明·富兰克林（1706—1790）：美国著名政治家、科学家和发明家。他曾经进行过多项关于电的实验，并且发明了避雷针。

这篇噩梦般的文字足有十页之多，结尾处的说教摧毁了非长老会教徒所有的希望，因而获得了头奖。这篇作文被誉为当晚最出色的作品，村长给该文作者的颁奖辞热情洋溢，说这是他听过的文章中最感人的一篇，连丹尼尔·韦伯斯特①很可能也会引以为豪。

顺便提一句，那种滥用“美丽”一词、爱把人生经历比作“生命的一页”的文章，也是司空见惯的了。

且说那位老师，这时已醉得可以，变得和蔼可亲起来。他把椅子往旁边一移，转身背对大家，在黑板上画起了美国地图。他要考地理了。不料他双手哆嗦，画出的地图很是糟糕，看得在场的人忍俊不禁，哧哧笑了起来。他知道是怎么回事，便使劲补救。他擦掉一些线条，再画一遍，但越画越糟，笑声随之越来越响。可他全身心投入画图，仿佛决心不为这阵阵笑声所影响。他感到双双眼睛都注视着自己，他想象中，眼看成功在望。但笑声仍然不停，显然笑得更响。说来也不足为奇。原来，他的上方有一个阁楼，阁楼有一扇天窗就在他的头顶上，一只猫腰、腿被绑着从天窗上吊了下来。它的脑袋、嘴全被破布蒙着，免得它叫出声来。猫被慢慢地往下吊，弓起身子，抓着绳索，身子晃晃悠悠往下掉，爪子在空中乱抓挠。笑声越来越响。小猫离埋头画图的老师只有六英寸了，越来越近，再低一点儿。小猫把老师的假发拼命一抓，顷刻间小猫和它的战利品被拉上了阁楼的天窗内。老师光秃秃的脑袋即刻变得光亮耀目——那是招牌油漆匠的儿子事先在他头上漆上了一层金漆。

考试就此收场。孩子们终于报仇雪恨。假期到了。

---

① 丹尼尔·韦伯斯特（1782—1852）：美国第十四、十九任国务卿。他是美国著名的政治家、法学家和律师，擅长演讲。

注：本章引用的几篇“作文”，均一字未改地选自《散文与诗歌》（作者：西部一女士）——不过这些作文完全是按女生风格写的，因此比其他任何模仿出来的文章更令人称心满意。

第二十三章　难熬的假期

汤姆加入了一个新社团“少年节制会”，吸引他的是该会那一套耀眼的“徽志”。他答应在会期间不抽也不嚼烟，不做出亵渎神明的行为。现在他发现了一个新情况，也就是说，当一个人越答应不做某件事，他越是想去做，这是世上千真万确的道理。汤姆很快发现自己非常想喝酒，想说脏话。这愿望非常强烈，要不是有望穿上一套配上红绶带的制服，他准要退会了。七月四日[①]就要到了。不过他很快感到失望了——他戴上那些枷锁还不到四十八小时，就想放弃这一希望了。于是他又把希望转到老法官富兰茨身上。富兰茨这时候显然已命悬一线，由于他是一名身居高位的官员，到时肯定会举办一场隆重的葬礼。连续三天，汤姆对这位法官的生死非常关注，急切打听这方面的消息。有时候他感到大有希望，不禁取出红绶带在穿衣镜前试戴了一番。可法官的病情时好时坏，起伏很大，令人大失所望。最后居然宣布说，法官的病情好转，不久康复了。汤姆大有上当受骗、被人羞辱之感。他当机立断申请退会。可就在当天晚上，法官旧病复发，一命呜呼。汤姆决心再也不相信这样反复无常的人了。葬礼举办得很风光。少年节制会会员的游行出尽了风头，这位原会员

① 七月四日是美国独立日。

妒忌得要死。

不过，汤姆又是自由之身了。这有许多好处——现在他可以喝酒，可以说脏话了。可令他想不到的是，他居然不想喝酒和说脏话了。道理很简单——正因为他可以这么做，所以才不想做，那些东西再也没什么吸引人的魅力了。

很快汤姆惊奇地发现，那日盼夜盼的假期，他竟觉得成了难以打发的苦日子了。

他原打算写日记，可三天里什么事也没发生，于是打消了这个念头。

首先是黑人滑稽表演队来到了镇上，轰动一时。汤姆和乔·哈珀也组织了一个演出队，快活了两天。

七月四日这样光辉的日子也显得黯然失色。因为下起了大雨，结果游行不举行了。连世上最伟大的人物（汤姆是这样认为的）本顿先生，一位货真价实的参议员，也令人大失所望，你看他身高只有二十五英尺，甚至还不到这个高度。

马戏团来了。此后孩子们用破地毯搭了个棚子，高高兴兴玩了三天马戏——要收门票，男孩每人三根别针，女孩两根——玩腻了就收场。

后来又来了一位颅相家、一位催眠师——很快又走了，村子反而显得比过去还要沉闷，枯燥乏味。

镇上举办过几场男女生的聚会。可是这样的聚会虽然叫人开心，但机会少之又少，所以没有聚会的时间越发显得令人痛苦难耐了。

贝基·撒切尔上康斯坦丁堡的家去了，跟她老爸老妈一起度假。这样一来，汤姆的生活的方方面面都失去了光彩。

那场谋杀案成了可怕的秘密，像毒瘤，长期折磨人。

接着又流行起了麻疹。

汤姆像个囚犯一样在床上足足躺了漫长的两个星期，外面发生的事他一概不知。他病得很重，对任何事都提不起兴趣。他终于可以走动了，便到镇上转悠了一阵，只觉得身体异常虚弱，人人事事都发生了变化，叫他好不沮丧。镇子里似乎举办过一场“鼓动性的福音布道会”，不论男女老幼，人人都“入了教”。汤姆到处转悠，明知不可能，还是希望能见到一张该死的邪恶面孔，结果处处令他大失所望。他发现乔·哈珀在读《圣经》，便掉头走开，免得看到这令人心酸的场面。他找到了本·罗杰斯，见他正提着一篮子的布道小册子要去探访穷人家。他又找到基姆·霍利斯，对方提醒他说，他最近得麻疹是千载难逢的福气。他每遇见一位玩伴，无不让他的心头更添几分沉重。绝望之余，他去找知心朋友哈克贝利·费恩，以求得到心灵的慰藉，却听到哈克给他念起了《圣经》语录。他伤心欲绝，拖着沉重的步子回家，上了床，只觉得整个镇子的人都已堕落，永远回不了头。

恰逢那天晚上来了可怕的暴风雨。瓢泼大雨，雷电交加。他用被子蒙住头，在恐怖中等着厄运临头。他毫不怀疑，这种种可怕的景象全都是冲他而来的。他相信，他对上苍的冒犯已使上苍到了忍无可忍的地步，他这就得到了报应。可他又觉得这不啻是大炮轰臭虫，徒费弹药而已。但是为了整治他这只小臭虫，又是风又是雨，大动干戈，似乎也顺理成章。

慢慢地暴风雨成了强弩之末，最后带着未完成的使命，销声匿迹了。这孩子的第一个反应就是对上苍感恩戴德，决心洗心革面，接下来的反应便是觉得看情况再说——说不定再也不会来暴风雨了。

第二天大夫又被请了回来。汤姆旧病复发。他又卧病在床三个星期，这期间他只觉得像是过了一辈子那样漫长。当他又可以外出，他想起自己曾经何等凄凉，何等缺朋少友，何等孤单，就再也没有了感恩的心情。他没精打采地在街上转悠，看见基姆·霍利斯正扮演一名少年法庭的法官，当着被害者—— 一只鸟的面，审理一只犯了杀人罪的猫。他还发现乔·哈珀和哈克·费恩在一条巷子里吃着偷来的瓜。这两个可怜的家伙，也像汤姆一样，老毛病又犯了。

第二十四章　出手相救冤屈人

死气沉沉的气氛终于被打破——而且格外地活跃。杀人案开庭审理，立刻成了村子里的焦点话题。汤姆不会成个旁观者。每每有人提到杀人，无不在他心里引起一阵颤抖。他良心不安，他的恐惧促使他相信，人家的这些言语是针对他说的，无异起着试探的作用。他猜不透，人家怎么会怀疑他知道那次杀人案。但一听到人们的闲言碎语他就觉得不自在，这些闲话让他打起了寒战。他领着哈克来到一个僻静的地方要与他谈谈。让这根贴了封条的舌头解放片刻，与另一位“难友”分担一下自己痛苦的重负，不失为一种放松自己的好办法。此外，他也想摸清，哈克是不是仍然守口如瓶。

“那事儿你有没有告诉过别人？”

“啥事儿？”

“啥事儿你自己明白。”

“哦，当然没。”

“一个字儿也没说？”

“行行好吧，我可没说过。你干吗问这个？”

“我只是担心。”

“我说，汤姆·索亚，要是这事儿泄露出去，咱俩两天都活不成。你是清楚的。”

这下汤姆放心多了。停了片刻后，他说：

“哈克，没人能让你说出去的，是不是？”

“让我说出去？要是我希望那狗杂种淹死我，我倒会说出去。可没门。”

“那就好。我想，只要咱们死活不说，就万无一失。不过咱俩还得再起一次誓，这样更保险。”

“行。”

于是俩人又起了一通毒誓。

“哈克，他们到处都在议论些啥？我可听到了不少。”

“议论？净在议论穆夫·波特、穆夫·波特、穆夫·波特。我听了出了一身冷汗，所以我想找个地方躲躲。”

“我听到的也净是这些。我估摸着他死定了。有时候你是不是为他感到不好受？”

“差不离老是这样——差不离老这样。他是算不了什么，可他没干过伤天害理的事，不过是钓点鱼，换几个钱把自己灌个烂醉—— 一有时间就东游西逛。可老天爷，咱们不都是一个样吗？——至少大多数人是这样——就连牧师也一个样。可他这人倒不赖。有一次，他钓来的鱼不够俩人吃，他还是分给了我一半哩。好几次，我倒霉的时候，他还出手帮助过我。”

“可不是，他帮我修过风筝，哈克，帮过我往线上装鱼钩。要是咱们能救他出来就好了。”

“天哪！这事咱们办不到，汤姆。再说，这也没有用。到头来他们还是会把他抓回去的。”

“不错——是会把他抓回去的。可我就不爱听他们把他骂得像个魔鬼，他什么也没干。”

“我也一样，汤姆。老天爷，我常听他们说他是乡里最残忍的坏蛋，就是想不通，过去人家怎么没吊死他。”

“不错。他们老这么说。我也听说过，要是他被释放出来，他们就动用私刑整死他。”

“他们是不会放过他的。”

两个孩子交谈了很久，但心里还是非常不安。天色越来越暗，不知不觉间他俩已逛到了那座孤零零的小班房的旁边，也许心里藏着一个朦胧的希望，但愿当晚会发生一件事，一举解决他们的难题，但是什么事也没发生。似乎并没有什么天使或仙女对这个不幸的囚犯产生兴趣。

他俩像过去常做的一样，来到铁窗前，递给波特一些烟草和火柴。他被关在底层，牢房没有看守。

过去，他对他们送来的礼物表示出的感激之情反而使他们的良心受到谴责——这一次更甚。一听波特说出了以下的一番话，他们就更觉得自己怯懦和卑下：

“孩子，你们对我好到家了——是镇上对我最好的人了。我忘不了你俩，忘不了。我老跟自个儿说：‘过去我常帮孩子们修风筝，修别的东西，告诉他们在哪里能钓到鱼，尽量跟他们交朋友。可老穆夫遭了殃，他们就忘了他了。汤姆没忘，哈克也没忘——他俩没忘了他。’我说：‘我也没忘了他俩！’我说，孩子，我干了件可怕的事——当时喝醉了酒，疯了，我只能这么说，为这事我就要被吊死。没说的，没说的，我估摸着，这是最好的下场，也是我希望得到的下场。得了，咱们还是不谈这个。我不想害得你们难受。你们跟我做了朋友。我想说的是，你们往后可不能贪杯，那样就不会落到这种地方了。再往西站过去一点儿。好，就这样。一个遭大难的人能见到一张亲切的脸，心里别提有多舒坦。除了你俩，还有谁来这里看我？两张多亲切的脸蛋儿——多亲切。你俩先后各站在对方的肩膀上，好让我摸摸你俩的脸蛋儿。就这么着。握握手——把手伸进铁栅内，只是我的手太大了。小手儿好，只是弱了点，给了穆夫·波特力量。要是办得到，这两双手还能帮他更多的忙哩。”

汤姆忧心忡忡地回了家，晚上净做噩梦。第二天和第三天，他都在法庭外转悠，总有一种难以抑制的冲动，催着他进法庭，但脚就是挪不开。哈克也有相同的体验。他俩有意避着对方，各自时不时地从法庭门前走开，但鬼使神差地很快就转了回来。每当看热闹的人从法庭里出来，汤姆就竖起耳朵听起来，但听到的净是些叫人扫兴的消息。无情地套在波特身上的法网越来越紧。第二天晚上，村民们议论纷纷，说印第安人乔的证据确凿，不可推翻，陪审团会做出什么样的裁决是铁定了的。

汤姆很晚才回家，翻窗进了房。他激动至极，过了好几个小时他才睡去。第二天，村民们全部出动，纷纷拥向法庭，因为这是重大的日子。挤得水泄不通的旁听者中几乎男女各半。经过长时间的等待后，陪审团的成员鱼贯而入，各就各位。很快，波特戴着脚镣，被带了进来，他脸色苍白，面容憔悴，一副怯生生而绝望的样子。众人好奇的目光全都集中到了他坐着的地方。印第安人乔也坐在同样显眼的地方。他一如既往，不动声色。又是一阵等待之后，法官到来，这时执法官宣布开庭。紧接着响起律师的絮语声，混杂着翻动文件的沙沙声。这些小细节和被耽搁了的时间无不使人感受到开庭前准备工作期间的那种庄严神秘的气氛。

一位证人被传上来，他证实就在杀人案发生的那天清晨，他看见穆夫·波特在小溪沟里洗过澡，后来便悄悄溜走了。经过一番审问，控方律师说：

“询问证人。”

犯人抬起头看了片刻，但他的律师一开口，他又垂下了眼睛。律师说：

“我没有问题要问。”

第二个证人做证说，那把刀是在尸体旁边找到的。控方律师说：

“询问证人。”

“我没有什么要问他。”波特的律师说。

第三位证人发誓，他经常看到波特带着那把刀。

“询问证人。”

波特的律师仍旧没有什么要问的。

旁听的人个个面露怒色。莫非这位律师不愿花点力气就让自己的当事人丢掉一条命吗？

又有几个证人供述了波特被带到杀人现场时所做出的心虚的举动。这些证人没有受到反诘就离席了。

那天早晨发生在墓地里的种种对波特不利的细节，在场的人都记得清清楚楚，证人的供述也明白无误，但这些证人没有一个受到波特的律师的诘问，怪不得法庭上立即响起了不满声。大家交头接耳，十分愤慨，但遭到法官的呵斥。这时控方律师说：

“根据几位本镇市民的证词来看，他们所说的简单的话是毋庸置疑的，据此断定，这起骇人听闻的罪行是这个不幸的在押犯人所为。我们宣布终止对本案的辩护。”

可怜的波特听罢哼了一声，双手捂住脸，身子微微前后摇晃着。法庭笼罩在一片痛苦的沉默中，许多男人为之动容，许多妇女为他流下了同情的眼泪。被告律师站了起来，说：

“法官大人，本案审理伊始，我们一度认为，我们此次的目的在于证明，我们的当事人受了酒精的毒害产生了神经错乱，他就是在这种迷乱和无法控制的情况下，做出了这一可怕的事。现在看来这一说法言之过早，我们不得不改变自己的观点。我们将不再提出辩诉。（转对书记员）请传汤姆·索亚。”

大厅里人人都露出迷惑不解的惊讶神色，连波特也不例外。汤姆站了起来，来到证人席，双双眼睛都惊讶地紧盯着他看。这孩子显得六神无主，他吓坏了。他宣了誓。

“汤姆·索亚，六月十七日，半夜里，你在哪里？”

汤姆瞥了一眼印第安人乔那板着的铁青的脸，舌头僵直了。在场的人喘着大气，等着听他说什么。可他硬是说不出话来。过了好一会儿，这孩子终于缓过了劲儿，好不容易发出了点声，大厅里部分人这才听清了：

“在墓地！”

“请再大声点。别害怕。你是在——”

“墓地里。”

印第安人乔脸上露出不以为然的神色。

“你是在霍斯·威廉斯坟墓附近的某个地方吗？”

“是的，先生。”

“请再大声点。离得有多远？”

“就像我现在离你这么近。”

“你是不是躲着的？”

“我是躲着的。”

“躲在哪里？”

“坟墓边上那棵榆树后面。”

印第安人乔脸上露出一丝难以觉察的惊讶神色。

“有人跟你在一起吗？”

“有，先生。跟我一起去的——”

“且慢——且慢。别提跟你一起的那个人的姓名。我们会在适当的时间请他到场的。你随身带什么东西没有？”

汤姆迟疑了一会儿，显得不知所措。

“说出来，孩子——别害怕。真话永远受到尊重。你带去了什么？”

“只是——只是一只死猫。”

庭上响起了一阵嬉笑声，但被法官喝止了。

“我们会出示猫的尸骨。孩子，把发生的事全说出来——放心说出来，什么也别遗漏，别害怕。”

汤姆说了起来——开始时有点结结巴巴，后来越来越流畅了。有一会儿，除了他的说话声，谁也不吭一声，一双双眼睛全盯着他。大家无不张大嘴巴，屏住呼吸，聚精会神地听着他的话，完全被这离奇恐怖的叙述所吸引，忘记了时间的流逝。当他说到以下一段话时，人们压在心头的愤怒达到了顶点：

“——医生举起了木板，穆夫应声倒地，印第安人乔拿着刀跳了过来——”

哗啦！那杂种快如闪电般地扑向窗户，冲开所有拦阻他的人，逃之夭夭。

第二十五章　心有余悸

汤姆再次成了光彩夺目的大英雄——老年人的宠儿，年轻人羡慕的人物。他的名字甚至上了镇里的报纸，被大加赞美，流传千古。有人说，日后要是他能逃脱被吊死的厄运，他准能坐上总统的宝座。

这个变化无常而毫无理智的世界，一如既往，过去起劲地侮辱了穆夫·波特，现在又对其百般关爱，竭力抚慰。不过这也是这个世界的人之常情，倒也不必大惊小怪。

白天里汤姆的日子过得逍遥自在，辉煌荣耀，可到了晚上，则充满了恐惧。印第安人乔夜夜都眼含杀机，搅扰他的清梦。天黑之后，任你的诱惑有多大，他都吓得足不出户。可怜的哈克也不例外，时时处于恐怖和苦恼之中，因为在审判前一天，汤姆已把事情的原委向律师和盘托出。尽管印第安人乔的逃脱，使哈克免遭出庭做证之苦，但哈克还是惴惴不安，唯恐泄露了消息，牵连到他。可怜的家伙虽然得到律师的承诺，会严守秘密，但这也无济于事。汤姆曾立下毒誓，说什么都守口如瓶，可经不起良心的折磨，晚上他跑到律师家，把这个可怕的秘密告诉了律师。如此一来，你叫哈克如何再相信世人呢？白天，穆夫·波特对汤姆说出了实情表示千恩万谢，汤姆听了很受用。可一到晚上，他便后悔起来，不该泄露了秘密。一来汤姆害怕印第安人乔逃脱法网，同时又担心印第安人乔被抓住。他相信，除非这家伙死了，他亲眼看到了这家伙的死尸，否则他是永无宁日的。

捉拿罪犯的悬赏公布了。各处搜寻个遍，可就是不见印第安人乔的踪影。从圣路易斯来了一位无所不知、无所不能、令人生畏的大侦探。他四处搜索了一番，摇头晃脑，像个拥有大智大慧的能人，做出了他那个行当的人都能做出的惊人成绩。也就是说，他“找到了一条线索”，可你不能凭线索将杀人犯送上绞架。所以这位大侦探办完案打道回府后，汤姆还是觉得和过去一样不安全。

日子慢吞吞地过去，恐惧心理也一天天略略减轻。

第二十六章　挖宝记

每个智力健全的男孩子，一生中总会出现这样一个阶段，他往往会产生强烈的愿望，要去某个地方寻找地下宝藏。一天，汤姆也突生这样的愿望。他心血来潮，出去找乔·哈珀，可没有成功。接着找本·罗杰斯，他不在家，钓鱼去了。很快他碰巧遇到了血手大盗哈克·费恩。哈克·费恩一向与汤姆志同道合。汤姆领着他到了一个隐蔽的地方，信心十足地向他透露了自己的心事。哈克听后，二人一拍即合。凡是好玩的事，又用不着花钱，哈克无不趋之若鹜，因为他有的是多余的时间，它们不但当不了钱用，反而惹来了不少麻烦。

“上哪儿挖去？”哈克问。

“哦，哪里都可以。”

“这么说，到处都有？”

“哪能呢，不是这样。宝贝都藏在非常非常特别的地方，哈克——有时藏在岛上，有时在一株枯死的老树底下的烂箱子里，就在半夜树枝投下的阴影处。不过最有可能是在闹鬼的房子的地板下。”

“是谁埋下的？”

“当然是强盗——不是他们，你说还会是谁呢？主日学校的校长会藏吗？”

“我说不上。换了我，是不会藏的。我会花了它，开开心心过日子。”

“我也一样。可强盗不会这么干。他们就爱把宝贝藏起来，然后就不管了。”

“以后他们就不再回来取了吗？”

“那倒不是。他们原打算要回来取的，可后来渐渐忘了自己做的记号，要不就是他们死了。反正，宝藏埋了很久很久，都生起锈来了。后来有人找到了一张发黄的旧纸片儿，标明哪儿有宝藏——这样的纸片儿得花上一个星期才能搞清楚其中的含义，因为上面记的净是符号和象形文字。”

“象形——啥？”

“象形文字——画儿和一些东西，看起来也不明白是啥意思。”

“你有这样的纸片吗，汤姆？”

“没有。”

“得，那你怎能找到标记？”

“我可不需要什么标记。他们一向就把宝贝埋在闹鬼的房子下、岛上，要不就藏在枯死的老树下。那好，我们已在杰克逊岛试过一回，可以再去找。那儿有座闹鬼的房子，就在酒坊溪上游，那儿有许许多多枯树——多极了。”

“株株树下都有？”

“瞧你说的！不是！”

“那你怎么知道哪株树下有？”

“把所有的树都找个遍不就行了吗？”

“我说，汤姆，那还不得花上整整一个夏天吗？”

“可不是，这算得了什么？你想想，找到了一只铜壶，里面有一百块钱币，全生了锈，颜色发灰，要不就是装满宝石的烂箱子，那会怎么样？”

哈克的眼睛顿时发了光。

“太开心了，开心死我了。我只要那一百块钱，宝石全归你。”

“好哩。不过跟你实说吧，宝石我是不会扔掉的，可值钱哩，每粒抵二十元，没有一粒低于六毛或一元的。”

“是吗！你说的当真？”

“当然当真，谁都这么说。你没见过宝石，哈克？”

“我记得没见过。”

“哦，国王就有一大堆宝石。”

“得了，我可没见过什么国王。”

“我想你没见过。要是你去一趟欧洲，就会看到一大帮国王蹦来跳去的。”

“他们在蹦蹦跳跳？”

“不，娘的！不是！”

“那你干吗说他们蹦来跳去？”

“废话！我是说你会见到他们——当然不蹦来跳去——他们干吗要蹦来跳去？我只说你会见到他们——到处都有—— 一般来说是这样。譬如说那个驼背的老理查吧。”

“理查？他还有别的名字吗？”

“他没别的名字。当国王的有名无姓。”

“没有姓吗？”

“没有。”

“得，随他们的便，汤姆。可我不想当国王，像个黑人，有名无姓，我才不干哩。那好，你说，咱们先在哪儿挖？”

“可不，我也不知道。譬如说对酒坊岔道对面山岗上那株老枯树动手试试，怎么样？”

“行。”

两个孩子搞来了一把坏十字镐、一把铁锹，动身走了，走了三英里，累得大汗淋漓、气喘吁吁，躺倒在附近一棵榆树下歇息，抽了一会儿烟。

“这地方我喜欢。”汤姆说。

“我也喜欢。”

“我说，哈克，要是在这儿找到宝藏，你打算拿你那一份怎么办？”

“我要天天吃馅饼，喝一瓶汽水。只要有马戏表演，我便看个遍。我敢说，那就过上快快活活的日子了。”

“那你就不省下一点吗？”

“省？干吗要省？”

“不是吗？省点下来往后好过日子呀。”

“哦，这没用。总有一天我爹要回到镇子上来，要是我不把钱花光，他就会抢了去。告诉你吧，他很快就会花得一文不剩的。那么你拿自己的一份去干什么，汤姆？”

“我要去买只新鼓，买把真正的剑，再买一条红领带、一只小狗，然后结婚。”

“结婚？！”

“不错。”

“汤姆，你——你这不是疯了吗？”

“等着瞧吧。”

“你干的是最最蠢的事，汤姆。瞧我爹和我娘吧，净闹架！他俩干吗整天打打闹闹的？我记得可清啦。”

“不相干。我娶的女孩子不会闹架。”

“汤姆，据我所知，女孩子全一个样。她们都会折磨人。这事儿你得多寻思寻思。告诉你，最好多寻思寻思。那丫头叫什么来着，汤姆？”

“不是丫头——是姑娘。”

“反正是一回事。有人爱说丫头，有人爱说姑娘——差不离，一个样。那么她叫什么来着，汤姆？”

“以后告诉你——现在不行。”

“得了，就这么办。你一结了婚，我就更孤独了。”

“不会的，到时候你过来跟我们一起过日子。不说这个了，还是动手挖宝吧。”

两个人干了半个小时，流了一身汗，可毫无结果。又干了半小时，还是白费劲。哈克说：

“人家是不是老埋得这么深？”

“有时候——不是老这样。不是老埋得很深。我看咱俩是不是没有挖对地方？”

于是他们又选了个地方，再次挖了起来。这次手脚慢了些，可还是有进展的。他们一声不吭地又埋头苦干了一会儿。最后哈克身子靠在铁锹上，用袖子擦着额上的汗珠子，说：

“干完了这次，你还打算到哪里去挖？”

“我看也许该到寡妇屋后的卡迪夫山崖上的那株老树下试试。”

“我看那是个好地方。可是那寡妇会不会抢了宝藏去，汤姆？那可是她的地盘。”

“她抢了去？！那叫她试试看。哪个找到宝藏，东西就归哪个。这跟地是哪个的没有关系。”

哈克这就放心了。于是两个人又干了起来。后来哈克又说：

“该死！咱俩又找错了地方。你说呢？”

“太怪了，哈克。可把我搞糊涂了。有时候巫婆硬是来捣乱。我猜想，麻烦就麻烦在这里。”

“瞎说！大白天巫婆使不上劲。”

“哦，你说对了。我就没有想到这一点。现在我明白了到底是怎么一回事。该死！咱俩真是大傻瓜！该在半夜树影落下的地方挖才是！”

“见鬼，傻干了大半天，全是白费劲，到头来晚上还得再回来。路可远哩。你能跑出来？”

“保证能。今晚非得干不可。因为要是有人看见这些窟窿，立马就知道里面藏着什么，肯定会来挖。”

“好吧，今晚我去找你，学猫喵喵叫几声。”

“说好了。工具就藏在树丛中得了。”

两个孩子夜里大约在约定的时间到了那里。他俩坐在树影下等着。这地方很偏僻，加上古老的传说，使得这里显得更加阴森凄凉。沙沙的树叶声中，鬼怪在窃窃私语，阴暗的角落里有阴魂出没，远处传来狗的低沉吠声，猫头鹰报丧般的叫声与之应和。两个孩子被这阴森的气氛镇住了，话也不敢说。后来他俩推测，该是夜半十二时了，便在树影落下的地方做上记号，挖了起来。他们的希望开始上升，兴趣越来越浓，劲头也越来越足。窟窿越挖越深。每次听到铁镐碰到什么东西，他们的心脏就跟着跳得快起来，但结果只是一次又一次的失望。碰到的只是石头或土块。最后汤姆说：

“白费劲，哈克，咱们又挖错了地方。”

“不，不可能搞错。树影对得很准，丝毫错不了。”

“这我知道，不过还有别的原因。”

“什么原因？”

“时间上咱们只是猜的，很可能不是太迟了就是太早了。”

哈克随手把铁锹一扔。

“说对了，”他道，“麻烦就出在这儿。咱们又得放弃这儿。咱俩不可能知道准确的时间，再说干这种事也太邪乎了，半夜三更，到处都有巫婆、鬼怪晃来晃去，我老觉得背后待着什么东西，吓得我不敢回头看，兴许还有别的鬼怪在等待时机哩。自打来到这儿，我老起鸡皮疙瘩。”

“可不，我也好不了多少，哈克。人家在树下埋财宝的时候，总要放进一个死人，让他看守着。”

“老天爷！”

“真的，他们是这么干的。我老听人家这么说。”

“汤姆，我可不爱在有死人的地方转悠。跟死人待在一起会惹麻烦的，错不了。”

“我也不愿惊动他们，哈克。要是这里的死人伸出骷髅头，说起话来，那多可怕！”

“汤姆，别说了。吓死我了。”

“可不是，正是这样，哈克。我心里也打着鼓哩。”

“汤姆，咱们还是离开这儿吧，上别的地方试试。”

“好吧，我想那样更好。”

“上哪儿呢？”

汤姆想了想，回答说：

“找个闹鬼的房子。错不了。”

“该死！我不喜欢闹鬼的房子，汤姆。哎呀，那些地方比死人还要可怕。死人兴许会说话，可他们不会像鬼怪那样，披着裹尸布到处乱闯，趁人不注意的时候，冷不防在身后紧紧看着你，牙齿咬得咯咯响。这我可受不了，汤姆——谁都受不了。”

“话是不错，可是，哈克，鬼魂只是在夜里出来——大白天他们是不会打搅咱们挖宝的。”

“说得也是。可你很清楚，不论是白天还是黑夜，谁也不会去闹鬼的房子的。”

“我说，那很可能是因为人家不愿去杀过人的地方。就是在夜里，也没见发生过什么事——只是窗边会出现些幽幽的蓝色火光——没有常说的鬼怪。”

“得了，当你见到幽幽的蓝光，后面肯定紧跟着鬼。这说法准有道理。因为你知道，除了鬼怪，谁会用那玩意儿？”

“说对了，不过大白天他们是不会出来的，所以有什么好怕的？”

“好吧，既然你这么说，那就找闹鬼的房子吧。不过那还得碰运气。”

这时候他俩开始下山。山谷里月色皎洁，山谷中间便是座“闹鬼”的房子，孤零零的，房子周围的栅栏早已不知去向，门前台阶上长满荒草，烟囱倒塌，窗框空荡荡的，房顶的一角也已塌陷。两个孩子凝神打量了一会儿，有点担心窗后会有蓝光闪过。他们彼此交谈了几句，声音压得很低。在那样的时刻、那种环境下，他们是不会高声说话的。随后他们向右，远远绕过闹鬼的房子，与它保持一个安全的距离，再穿过卡迪夫山后的林子，回家了。

第二十七章　金币落到了强盗手里

第二天中午，两个孩子找到了那株枯树，他们是来拿工具的。汤姆急着要去那座闹鬼的房子，哈克也有相同的想法，可是他突然说：

“听着，汤姆，你知道今儿是星期几？”

汤姆暗自算了算：今天倒是星期几呢？然后抬起眼睛，惊讶地说：

“啊哟，我压根就没想过今儿是星期几，哈克！”

“可不是，我也没有想过，我猛地想到今儿是星期五[①]。”

“该死，看来凡事得多小心，哈克。星期五干这种事，很可能会惹大麻烦的。”

“很可能？不如说准会惹大麻烦的！好日子有的是，星期五可不行。”

“傻瓜也知道这道理，也不是你第一个发现，哈克。”

“得了，我没说我第一个发现，是不是？还不单单是星期五这个日子呢。昨晚我还做了个可怕的噩梦——梦见耗子了。”

“该死！这可是坏兆头！耗子打架了？”

“没有。”

---

① 星期五为耶稣受难日，西俗认为这天是不吉利的日子。

"那就好，哈克。知道吗？耗子没打架，那只是表示会有麻烦。我们只要处处留神，别惹上就好了。今儿不干了，改日再说吧。你知道罗宾汉的故事吗，哈克？"

"不知道。罗宾汉是哪个？"

"他嘛，他是早年英国的一名好汉，最了不起的人物。他是名强盗。"

"老天爷，我多想做名强盗。他都打劫了谁？"

"只打劫郡长、主教、富人、国王这些人。他从不打劫穷人。他喜欢穷人。他老把抢来的东西与他们平分。"

"好嘛，他肯定是名好汉。"

"告诉你吧，他肯定是，哈克。哦，从来没见过他那样高尚的人。实说吧，现在这样的人到哪里去找？就是绑上他的一只手，哪个英格兰人都斗不过他。他使起紫杉长弓来，就是一英里半开外的一枚银角子，他也百发百中。"

"紫杉长弓是啥玩意儿？"

"不知道。反正是种弓呗。要是只射中银角子的边，他准坐下来哭个半天——骂自己是孬种哩。咱们这就来演罗宾汉吧，可好玩哩。我教你。"

"行！"

两个孩子演了足足一个下午的罗宾汉，时不时热切地瞅一眼下面那闹鬼的房子，交谈几句有关第二天会有什么收获、有什么运气之类的话。太阳渐渐下山了，他们穿过长长的树影，踏上回家的路，他俩的身影很快消失在卡迪夫山的林子中。

星期六，刚过了中午，两个孩子又来到那棵枯树下，在树荫下抽了会儿烟，聊了一会儿天，在挖过的坑里又挖了一会儿。他们这么做倒不抱有多大的希望，只是因为汤姆说，多次出现过这样的情况：有人在挖到离财宝只有不到六英尺的地方便停了下来不挖了，后来别的人来了，只动了几锹就把财宝挖走了。可是这次他们还是以失败告终。两个人扛着工具，走了。他们觉得自己并不是只来碰好运，寻宝该做的事他们反正全都做了，已尽心尽力了。

两个人一到那闹鬼的房子，只感到在热辣辣的阳光下，这里却是一片死寂，弥漫着一种阴森恐怖的怪异气氛，这个原本偏僻而孤独的地方显得分外压抑，令人望而生畏，不敢进去。两个孩子蹑手蹑脚地来到门口，战战兢兢地朝里张望。但见一个房间里杂草丛生，没了地板，墙上石灰脱落，有一个古旧的壁炉，窗户空荡荡的，楼梯破败不堪，四处都是残缺破烂的蜘蛛网。两个人悄悄地走了进去，提心吊胆，压低声音说话，耳朵警觉地捕捉着哪怕是最细微的声响，浑身肌肉紧绷，准备随时逃走。

过了一会儿，他们对情况慢慢地熟悉了，也不再那么害怕了，便兴趣盎然地仔细查看起来，并为自己的大胆沾沾自喜，同时也感到惊奇。接着他们想到楼上去看看。一到楼上可就断了逃跑的后路了。但俩人互相激励一番，唯一的结果便是——把工具扔到角落里，上楼去。楼上同样是一派破败荒凉的景象。一个角落里有只壁柜，里面可能存有秘密。但他们的希望落空，里面空空如也。好在他们已勇气大增，信心百倍。就在他们准备下楼，大干一番的时候，只听得汤姆嘘了一声。

“怎么回事？”哈克吓得脸色发白，低声问道。

“嘘！听！听见没有？”

“听见了！老天爷，快跑！”

“别声张！别乱动！他们正向门口过来。”

两个孩子直直地趴在地板上，眼睛对着木板上的木节孔，看着，等着，胆战心惊。

“停下来不走了——不，过来了——就在那边。别吱声，哈克。老天，我们要是没进来就好了。”

进来两个人。这两个孩子心里都在想：

“一个便是那个又聋又哑的西班牙老头，最近在镇子里露过一两次面，另一个以前没见过。”

那“另一个”人破衣烂衫，蓬头垢面，脸面让人看了就难受。那西班牙老头身上裹着一块彩色毛毯，满脸浓密的白胡须，墨西哥宽檐帽下垂着长长的白头发，还戴着一副绿眼镜。进门的时候，那“另一个”人正低声说着话。他们在地上坐了下来，脸朝门，背向墙壁，刚才说话的人还在说着。看来他没那么紧张了，说的话也更清晰些。

“不行，”他说，“我仔细想过了，我不想干，太危险了。”

“危险！”那“又聋又哑的西班牙老头”嘟哝道，这让两个孩子大吃一惊，“胆小鬼！”

这一声“胆小鬼”吓得两个孩子倒抽了口冷气，身子一阵哆嗦。原来他是印第安人乔！好一会儿沉默后，乔开了口：

“还有什么比在上游干的那一票更危险的？结果还不是好好的吗？”

“不一样。在上游那么远的地方，周围没人家，虽然我们干了那么长的时间，没有成功，但到底没被人发现。”

“得了，大白天上这儿来那才叫危险呢。只要被人看见，他们就会起疑心。”

“我知道。不过比起上次干过那件傻事的地方，这儿算是挺近的了。我要离开这破房子了。昨天就想走了，只是碍着有两个破孩子一直在山上玩，怕被他们看见，才不敢动弹。”

那两个“破孩子”一听这话，明白了怎么回事，又是一阵哆嗦，心想，幸亏昨天想起是星期五，决定再等一天。要是这样，即使等上一年，他们也心甘情愿。那两个家伙取出食物，吃了起来。很久没人说话，那两个人都在想着什么。后来印第安人乔说：

“听我说，兄弟，你回属于你的上游去，等着我的信。我要找机会溜到镇上去摸摸情况。等到我摸清了情况，认为条件好，咱们就来干那‘危险’的活儿。干完了去德克萨斯！咱俩一块走着去。”

对于这样的安排双方都满意。于是俩人都打起了呵欠。印第安人乔说：

“我瞌睡死了。这一回得由你来放风。”

他把身子缩成了一团，躺在草丛中，很快就打起了呼噜。他的同伙推了他一两次，呼噜不打了。很快那望风者也打起了盹，头越垂越低，两个人一起打起呼噜来了。

两个孩子好不高兴，深深地吸了口气。汤姆悄声说：

“机会来了——走！”

哈克说：“我不行——他们一醒来，我就死定了。”

汤姆催着他，哈克就是不敢。最后汤姆慢慢地悄悄站起来，打算一个人走掉。可他刚跨出第一步，就踩得摇摇晃晃的楼板发出刺耳的叽嘎声。他吓破了胆，连忙趴了下去，再也不敢迈第二步了。两个孩子趴在那儿苦等苦熬着时间一分一秒过去，只觉得时间停滞了，永恒都已成了白头。最后，值得庆幸的是，他俩发现，太阳终于开始下山了。

这时候有个人停止了打呼噜。印第安人乔爬了起来，打量一番四周，再朝同伙冷冷一笑——只见他脑袋低低地垂在膝盖上。

乔又踢了他一脚，踢醒了他，说：

“听着！你不是在放风吗，是不是？还好，没出什么事。”

“哟！我没睡着吧？”

“哦，差不多，算是差不多吧。咱们该动身了，伙计。剩下的那一小包货该怎么处理呢？”

“说不好——还是和过去一样，就留在这儿吧。去南方前带着也没用。带着六百五十枚银币到底不便。”

“得——就这么办，再回来取也不碍事。”

“行——我得说，还是像过去一样，晚上来——更好。”

“好。听我说，得等一段时间才找得到动手的机会。意外的事随时都会发生。这儿可不是好地方，干脆把它埋起来——埋得深深的。”

“好主意。”那个同伙说，他走过房间，跪了下去，拿起炉子后面的一块石头，拎出一个布袋，顿时响起叮叮当当声，听来十分诱人。他从袋子里掏出二三十块钱留给自己，又递给印第安人乔数目相同的钱，同时把袋子也给了他。这时印第安人乔正单膝跪在一个角落里，用博伊刀①挖着。

两个孩子看得入了迷，早已把自己的恐惧和不幸丢到脑后去了。他俩目光炯炯，注视着那两个人的一举一动。多幸运——做梦也不会想到有这样的好运。六百块钱——足可让五六个孩子发大财！这可真是吉星高照，不费吹灰之力，就找到藏宝的地方。他俩不禁时不时捅起了胳膊肘来——干吗捅胳膊肘呢？明摆着，还用说吗？“哦，咱俩上这儿来，这下你不高兴吗？”

① 吉姆·博伊是博伊刀的发明者，他1796年生于肯塔基州。自从19世纪30年代博伊刀诞生以来直到今天，它一直在刀具发展历史中占有极其重要的地位，已经成为美国历史的一部分。博伊刀最初是作为搏斗刀而产生的，那是一种极具攻击性的设计。

乔的刀碰到了什么东西。

“喂！”他说。

“怎么回事？”他的同伙问。

“一块半烂的木板——不，我想是只箱子。过来，帮我一把，看看到底是怎么回事。没问题，我已戳了个洞。”

他伸手进去，又抽了出来。

“伙计，是钱！”

两个人仔细地看起了一大把硬币，全是金币。楼上的两个孩子也跟他们一样非常兴奋，高兴得不行。

乔的伙伴说：

“咱们得麻利点，角落里的草丛中有把生了锈的旧铁镐，就在壁炉那一头——一分钟前我刚见过。”

他跑过去把孩子的镐和锹拿了过来，仔细地打量了一番，摇了摇头，径自嘟哝几句，拿起家伙干了起来。

箱子很快出了土。箱子不大，外面包着铁皮，原本很结实，年深日久，已锈蚀不堪了。俩人一言不发，喜滋滋地打量着这财宝。

“伙计，有好几千呢。”印第安人乔说。

“早有人说啦，穆雷尔那帮人整整一个夏天都在这里转悠。”那陌生人说。

“我知道，”印第安人乔说，“我敢说，像那么回事。”

“现在用不着再干那事了。”

这混血儿皱起了眉头。

“你不了解我。至少你不了解那件事。我不是为了谋财——是报仇！”他说着，眼露凶光，“我需要你助我一臂之力。成功后，就去德克萨斯。你回你的南茜和孩子身边，等我的信。”

“好，就按你说的办。可该拿这个怎么办？再埋回去？”

“对。（楼上的人听了别提有多高兴了。）不，看在老天的分上，不行！（这下楼上人的心冷透了。）我差点忘了说了，这镐上有新鲜的泥土！（两个孩子一时间吓得不行。）这里放着镐和锹干吗？哪个拿来的？他们上哪里去了？你听到什么动静没有？看到什么人没有？怎么，把东西埋回去，好让人家看出土被动过了？不成——不成。还是拿到我的住处去。”

“可不是，当然得拿走。早想到这一点就好了。你是指一号？”

“不，是二号——十字架下的那个。另一个不好——太一般了。”

“行。天快黑了，要不就来不及了。”

印第安人乔站起身，朝一个个窗口走过去，朝外面仔细观察了一阵，然后说：

“哪个把这些工具带到这儿来的？你看，他们是不是有可能待在楼上？”

两个孩子吓掉了魂。印第安人乔拿着刀，迟疑了片刻，犹豫了一阵，然后转过身向楼梯走去。两个孩子想躲进壁柜，可浑身没半点力气。双脚踏在楼梯上发出嘎吱嘎吱声——情况非常危急，在这千钧一发之际，孩子们突然有了决心——他们就要向壁柜奔过去。就在这时候，响起了那腐朽的楼梯啪啪断裂声，紧跟着印第安人乔翻身掉了下去，倒在垮下去的朽木堆中。他嘴里骂骂咧咧，挣扎着站起来。他的同伙见了说道：

“何苦呢？就算有人，他们也是在楼上，让他们在那儿待着——碍着谁了？要是他们想跳下来找麻烦，谁拦着？十五分钟内，天就黑了——他们想跟着咱们，让他们跟着得了。我喜欢着哩。依我看，哪个把这些玩意儿丢在这儿，见了咱们，准把咱们当成鬼怪什么的，我敢说，他们准要溜之大吉的。”

乔嘟哝了几声，同意同伙的说法。离天黑不远了，应当抓紧时间，做好准备，该动身了。不久，他们在越来越浓的夜色下，带着那只装财宝的箱子，偷偷地溜出门向河边走去。

汤姆和哈克站起了身，浑身无力，却如释重负。他们透过木板缝，凝视着那两个人离去的背影。跟踪他们？办不到——能跳下楼不摔断脖子，翻过山，回到镇上去，就万幸了。他俩很少说话，只恨自己碰上了霉运，悔不该把工具扔在那儿，要不印第安人乔就不会起疑心，就会把金币藏在这里，等到“复了仇”再回来拿。到时候发现钱币没了踪影就有他好受的了。多倒霉，多倒霉，偏把工具扔在那儿！两个人下定决心，要是那个西班牙人到镇里找机会复仇，他俩就紧紧盯着他，不管这“二号”在哪里，都要跟踪他到“二号”。接着汤姆脑中闪现了一个想法，吓坏了他：

“复仇？要是指的是向咱们复仇呢，哈克？”

“哦。别说了。”听得哈克差点没昏过去。

一路上他俩把这事细细地分析了一番，到了镇上，两个人都一致相信，那人很可能指的是向别的什么人复仇，顶多只有汤姆有这可能，因为只有汤姆出庭做过证。

你看，只有汤姆孤孤单单一人会身陷险境，他心里舒坦得了吗？他心想，要是能有个伴就强多了。

第二十八章 跟踪追寻

白天的历险搅得汤姆晚上噩梦连连。先后四次他都把那些大量的财宝搞到手，可四次醒过来，无不两手空空。噩梦害得他睡不了好觉，不得不回到不幸的残酷现实中。大清早醒来，他回忆起了这次大历险中发生的种种事，却奇怪地发现，那些事竟是如此模糊久远，仿佛发生在另一个世界，发生在多年前似的。后来他觉得，这次大历险本身就是一场梦。他的这一想法自有其充分的理由，也就是说，他看见的钱币数量之多简直令人难以置信。过去他从未见过数目超过五十元的一堆钱。他也像所有他那样岁数、同样境况的孩子一样，认为“几百”“几千”元不过是想象中的钱数，现实世界中并不存在。他从来没有想过，哪怕是片刻也没想过，一个人真的会拥有一百元这样的巨款。若是分析一下他头脑中的宝藏概念，那些宝藏只不过是一把碎角子，外加一堆模糊不清、抓不住摸不到的金光灿灿的钱币而已。

可是经他反复思考之后，历险中的详情细节显得越来越清晰明朗，所以他很快便得到一个印象：反正那不是梦。不能再有所怀疑了。他得赶紧吃完早饭，去找哈克。

哈克正坐在一条平底船的船舷边，两只脚无精打采地在水中晃来荡去，一副愁眉苦脸的样子。汤姆决定让哈克自己先提这话题，要是他不提，那这趟历险肯定是场梦了。

“你好，哈克！”

“你也好。”

片刻的沉默。

“汤姆，要是咱们把该死的工具留在那株枯树下，就能捞到那些钱了。哦，糟透了！”

“就是说，那不是梦，不是梦！可我倒希望那是梦哩。骗你是小狗，哈克。”

“什么梦？”

“昨天那事儿，我总觉得像是梦。”

“梦！要是楼梯没断裂，你就知道那是什么样的梦了！我做了一夜的梦，老梦到那个戴眼罩的西班牙魔鬼追着我，该死的东西！”

“他不能死，要找到他！找到那些钱！”

“汤姆，永远找不到他了。一个人只有一次找到这么一大堆钱的机会，可这机会丢了。要是我再见到他，我准会吓破了胆。”

“可不是，我也一样。不过我反正想见到他，跟踪他——追到二号。”

“二号，可不是。正是二号。我一直琢磨着这事儿，可就是摸不着头脑。你说那是什么意思？”

“我说不上，太玄乎了。哈克，兴许是房子号码！”

“好主意！——不，不是。要是的话，也不在这个偏僻的镇子上，这里的房子没门牌号码。”

“说对了。让我想想。对了——是房间的号码——知道吗？客栈里的客房号码！”

“哦，这下被你猜中了！这里只有两家客栈，咱们很快就能查清的。”

“你别走，在原处待着，哈克，等着我回来。”

汤姆很快就走了。他不想在大庭广众之下与哈克待在一起。他去了半小时就回来了。他在那家最好的客栈发现，二号房长期以来一直由一名年轻的律师住着，现在还占着。而那家不怎么起眼的客栈的二号房很有些神秘。据客栈老板年轻的儿子说，那房间一直锁着，他没见有人进出，夜里怎么样他说不好。为什么会出现这种情况，他不清楚。他是有点好奇，不过并没怎么放在心上。他想，这房间说不定在“闹鬼”吧。前天晚上他发现，房间里亮起过灯光。

“我查到的就这些，哈克。我看咱们要找的二号房就是那间。”

“我看也是那间，汤姆。那么你认为该怎么办呢？”

“让我想想。”

汤姆想了一会儿，说：

“告诉你，那个二号房的后门就通向客栈和那座破旧的老砖房之间的小巷子里。你这就把能找到的门钥匙全拿来。我也把姨妈的钥匙偷偷拿来。等到没月亮的黑夜，咱们就过去试试。你得留神印第安人乔，他说过，要再来镇子摸情况，找机会复仇。你一见到他，就紧跟着他。要是他不去二号，那儿就不是咱们要找的地方。”

“说真的，我可不想跟着他！”

“我说，那可是在黑夜里。他发现不了你——就是看见你也不会起疑心的。”

“好吧，要是在很黑很黑的夜里，我会跟着他的。我说不准，说不准。我试试吧。”

“我跟你打个赌，哈克，只要是黑夜，你准能跟住他！不是吗？要是他发现没机会报仇，那他就会直接去拿那笔钱了。”

“是这么回事，汤姆，是这么回事。我去跟住他。老天爷，我一定跟住他。”

“有你这句话我就放心了。到时候可别说话不算数，哈克。我是说到做到的。”

第二十九章　夜遇印第安人乔

当天晚上，汤姆和哈克做好了去历险的准备。他俩在那家客栈附近东转转西逛逛，忙乎到九点钟才走。他俩一个远远地监视那条小巷，另一个守在客栈大门口。巷子里不见有人进出，进出客栈大门的人中，没一个像那西班牙人。看来那将是个月明星稀的夜晚。汤姆只好回家，他知道，要是天够黑，哈克准会来找他，学猫喵喵叫几声，他就偷偷出来，去试钥匙。可夜空一直很亮，哈克也在十二点钟撤了岗，钻到一只空糖桶里睡了。

到了星期二，两个孩子的运气也是很糟糕。星期三也一个样，星期四夜里可能会好些。汤姆瞅准机会，带上姨妈的那盏铁皮旧提灯，灯上裹了层大毛巾，溜了出来。他把灯藏在哈克睡觉的空桶里，开始了监视。午夜前一小时，客栈关门了。里面的灯也灭了——那是附近唯一亮着的灯。不见西班牙人出没。巷子里也没人出入。一切都显得顺顺当当，如人所愿。黑夜中伸手不见五指，万籁无声，只有偶尔从远处传来的沉闷的雷声才打破四周的寂静。

汤姆拿过提灯，在空桶里点上，用毛巾紧紧裹上，两位冒险家趁着黑暗直向客栈而去。哈克守在巷口望风，汤姆摸索着进了小巷。有一段时间，哈克等得好不焦急，他只觉得心头有座大山压着，煞是难熬。他巴望着但愿能一见那提灯的闪光——虽然灯光会让他吓一跳，但这能告诉他，汤姆还好好儿活着。

汤姆走了仿佛有好几个小时了。他准吓得晕过去了；也许是死了；也许他的心脏吓得、紧张得炸裂了。哈克在惴惴不安中，渐渐离巷口越来越近，事事都叫他担惊受怕，时时他都觉得要大祸临头，他几乎喘不过气来。实际上他也吸不进什么气了，他只有微微的气可喘，因为他的心脏跳得极快，眼看着就要完蛋了。突然灯光一闪，汤姆从他身旁奔了过去。

"快跑，"他说，"快逃命！"

只这一句足矣，没等汤姆说第二遍，哈克拔腿就跑起来，速度之快，每小时达三四十英里。两个孩子跑呀跑，直跑到村口附近低处那座废弃了的屠宰场小棚子才停住了脚步。他俩刚进了安全的地方，倾盆大雨便下了起来。汤姆刚缓过劲来，便说：

"哈克，太可怕了！我尽量轻手轻脚地试了两把钥匙，那要命的咔嗒咔嗒声响个不停，吓得我喘不过气来，可就是打不开锁。得，我糊里糊涂地便抓住了门把，不料门竟开了！原来门没锁。我摸了进去，掀掉灯上的毛巾，哟，老天爷！"

"什么——你见到了什么，汤姆？"

"哈克，我居然踩到印第安人乔的手上了！"

"哪能呢？"

"真的。他躺在地板上，睡得正沉，眼睛上还蒙着那破眼罩，双手摊开。"

"老天爷，你怎么办？他醒过来没有？"

"没有。他一动不动，我看是喝醉了。我抓起毛巾，拔腿就跑！"

"我敢说，换了我是不会想到毛巾的。"

“可我想到了。要是丢了毛巾，我姨妈饶不了我。”

“我说，汤姆，你见到那只箱子了吗？”

“哈克，来不及了，我压根就没朝四周看一下，我没见到那箱子，也没见到十字架。除了地板上印第安人身旁的一只瓶子、一只洋铁皮杯子，我什么也没见到。可不，我还在房间里看到两只酒桶和许许多多酒瓶子。现在你明白了吧，那闹鬼的房子里到底怎么回事。”

“怎么回事？”

“我说，是酒在作祟！兴许所有禁酒的客栈里都有那么一间客房会闹鬼，你说是不是，哈克？”

“可不，我看是这么回事。过去谁会想到这上面？我说，汤姆，这会儿印第安人乔醉倒了，现在咱俩不是可以去拿那只箱子了吗？”

“是吗？你倒去试试！”

哈克打了个寒战。

“哦，不——我看不行。”

“我看也不行，哈克。印第安人乔身旁只有一只瓶子，那点儿酒是醉不倒他的。要是他喝了三瓶，他就会醉得不行，那时我可以去试试。”

两个人都不言语。过了好一会儿，汤姆开口说：

“听我说，哈克，印第安人乔不走，这事就别想试。太危险了。只要咱们夜夜守着，准保他迟早要出门的。到时候咱们就以迅雷不及掩耳之势，把箱子拿过来。”

“得，我同意。我会整夜守着，夜夜守着，其他的事由你来办。”

“好，交给我得了。你要干的就是到胡珀街来喵喵叫几声——

要是我睡着了，那就朝窗子扔几块小石子，就能唤醒我。”

“行，这是个好主意。”

“我说，哈克，雨停了，我这就回家了。几小时后天就开始亮了，这段时间你再过去看看，怎么样？”

“我说过，我会去的，汤姆，我准会去。我每夜都会盯着那客栈的，就盯上它一年。白天我睡觉，夜里去监视。”

“很好。你上哪儿睡觉去？”

“本·罗杰斯家的干草棚里。他让我去的。他那黑人老爹杰克大叔也让我去。他要我给他提水，我就帮着他干。每次我跟他要吃的，只要省得下来，他都会给的。他可是个好心的黑人，汤姆。他喜欢我，因为我不会看不起他。有时候我干脆与他坐在一起吃饭，不过这事你可不能说出去。一个人饿极了，平常不愿干的事也会去干的。”

“好。要是白天我用不到你，你就睡觉去，我不会打搅你的。夜里要是发现什么情况，你立马来找我，喵喵叫几声。”

第三十章 哈克救寡妇

星期五早晨，汤姆听到的第一件事是个令人高兴的好消息——撒切尔法官一家昨晚已回镇上了。印第安人乔和那些财宝，暂时便显得不那么重要了。汤姆的兴趣已主要集中在贝基的身上。他见过她，两个人与其他同学一起玩了“捉间谍”和“护水口”的游戏，玩得很开心，也很累。这一天最后添了个好消息，无异于锦上添花：贝基缠着妈妈第二天要举办野餐会，她妈妈答应了。说来这个野餐会是贝基早就许诺下的，却一推再推，现在终于要举办了。贝基别提有多高兴了，汤姆丝毫不亚于她。日落前，邀请书都已发出，村里的年轻人立即热情投入准备工作，愉快地盼着好日子快快来到。汤姆兴奋得迟迟不能入睡，也巴不得哈克的喵喵声响起，第二天他好拿自己的财宝给贝基和参加野餐的人一个惊喜。但结果令他大失所望。当晚他没有收到任何信号。

早晨终于到来，快到十点、十一点钟时，法官撒切尔家聚集了一大帮孩子，个个欢天喜地，吵吵嚷嚷。大家准备就绪，该动身去野餐了。大人们照例是不参加的，免得扫了孩子们的兴。有数名十八岁的姑娘和二十三四岁的年轻先生的照料，孩子们的安全是用不着担心的。大人们已给孩子们租下了那艘摆渡汽船。

很快，这群兴高采烈的孩子带着一篮篮吃食成群结队地来到大街上。锡德病了，没能参加这场欢乐的聚会。玛丽留在家里照看他。撒切尔太太临别时交代贝基说：

“你们准会玩到天暗才回来，那今晚就住在渡口附近哪个姑娘家得了，孩子。”

“那我就跟苏珊·哈珀住在一起，妈妈。”

“很好。照顾好自己，注意守规矩，别惹麻烦。”

后来，大家欢天喜地地走着的时候，汤姆对贝基说：

“跟你说吧，我们会干些什么——我们不去乔·哈珀家，直接爬上山，待在道格拉斯寡妇家。她家有冰淇淋呢！她几乎天天做冰淇淋——做了很多很多。她很乐意接待我们。”

“太好了！”

接着贝基想了想，说：

“那我妈会怎么说呢？”

“她怎么会知道？”

这女孩子反复想了想，说：

“我以为不太好——可……”

“可什么！你妈不会知道的。有什么好怕的？她只希望你平平安安。我可以保证，要是她事先想到了这主意，她准不会反对的。我知道，她准会同意。”

说寡妇道格拉斯热情好客的话很有吸引力，加上汤姆的一番劝说，贝基很快就动了心。于是两个人一拍即合，决定瞒着其他人，先不把晚上的活动说出去。

不久汤姆忽然想到，晚上哈克可能会来给他发信号，这个想法大大冲淡了他的热切期盼。可他怎么也不想轻易放弃将要在道格拉斯寡妇家度过的欢乐时光。他在心里盘算着，干吗要放弃呢？昨天没来信息，干吗偏偏今晚会来信息？绝对有把握得到的快乐远比那不可靠的财宝重要多了。他到底是个孩子，所以全部心思都放在了这有强烈吸引力的玩乐上，把对那藏宝箱的牵挂暂时放在了一边。

渡船在离镇子三英里远的树木葱茏的山谷入口处抛了锚。一群人嬉嬉闹闹地上了岸。很快，远远近近的林子里和高高的山岗上，处处回荡着孩子们的欢声笑语。孩子们个个无不尽情玩乐，结果玩得又热又累。慢慢地孩子们三三两两转回营地，把带来的美食一扫而光，饱餐之后，在枝繁叶茂的橡树下或休息，或谈天。后来有人嚷了一句：

“谁愿意去钻山洞？”

谁都愿意。大把大把的蜡烛拿了出来，大家纷纷开始爬山。洞口就在高高的山腰上，呈A字形，厚实的橡木门没有上锁。洞内是个小厅，冷飕飕的，像个冰窟窿。天然的洞壁全是坚固的石灰岩，冰冷的水珠淋漓。置身于这么黑黝黝的地方，望着身下阳光闪烁的青翠山谷，令人生发出一种异常的浪漫、神秘的情调。但是大家对环境的新鲜感很快就减退了，开始七嘴八舌地嚷嚷起来。有人点起了一支蜡烛，大家都拥到蜡烛前，开始了一场你来我往的英勇争夺战，害得蜡烛遭了殃，被打翻在地，熄灭了，于是又爆发出一阵欢声笑语，又开始一场你追我赶的游戏。不过凡事终有结束之时。最后大家便排着队一个个沿着主通道顺山坡走下山去。一列摇曳的烛光朦朦胧胧地投射在高高的山崖上，直达六十英尺高的两个山崖相接处。这条主通道宽不足八到十英尺，每隔几步就有更高更窄的裂隙向两边分叉出去。因为麦克道格尔山洞是个迷宫，里面有许多弯弯曲曲的小道，有的相互交叉，有的不知通向哪里，据说在这错综复杂的裂隙和洞窟里转上几天几夜，也找不到洞的尽头。孩子们一直往下走呀走，走到了地底，迷宫下还是迷宫，不知哪里是尽头。没人完全了解这洞窟，没人能穷尽它。大多数年轻人对它只是一知半解，习惯上，除了那些熟悉的部分，谁都不敢越雷池一步。汤姆·索亚对这洞穴的了解不比别人多。

这班人沿着主通道走了约四分之三英里，便三三两两地溜到了岔道上去，沿着幽暗的小道飞奔起来，又在小道交会处意外相遇；一批批人也可以在半小时之内互不见面，即使这样，他们也都活动在熟悉的区域之内。

不久孩子们三三两两地先后回到洞口，个个气喘吁吁、喜气洋洋，从头到脚沾满烛油和泥土。他们无不在这一天玩得痛快而心满意足，竟没有发现时间过得这么快，眼看夜晚就要来临。船上的钟声已足足响了半个小时，这一天就这样结束，算来也是够浪漫、够令人满意的。当满载着欢呼雀跃的客人的汽船离岸起航时，除了船长，谁都不觉得刚才多耽误了一些时间，迟迟上船有多可惜——那值几个小钱？

就在渡船的灯光一闪一闪地经过码头时，哈克已上岗监视了。他没有听到船上的声响，因为那些年轻人已筋疲力尽，个个闷声不响，歇着了。他觉得很奇怪，这是条哪门子船？怎么不在码头停靠？后来他不再想这档子事，埋头干正事了。云渐渐浓起来，夜色越来越暗。到了十点钟，往来的车辆声听不见了，零零落落的灯光开始熄灭，稀稀拉拉的行人也不见了踪影，整个村子坠入了梦乡，只有这位小守夜人孤零零地与孤魂野鬼为伴。十一点了。那家客栈的灯光也灭了。这时四周一片漆黑。哈克还在这漫长而孤寂的黑夜中坚守着，但丝毫没有动静。他有些动摇了。再等下去有用吗？干吗不一走了之，睡觉去？

他听到了一声响动。顷刻间他警觉起来。巷子里那扇门轻轻关上。他一步三跳奔到砖楼的一个拐角处。紧接着两个人从他身边一闪而过，一个人腋下像是夹着样东西，很可能是那箱子！他们准是在转移财物。现在能去叫汤姆吗？多荒唐——等他一来这两个人早已没了踪影，到哪里再去找他们？不行，他一定要紧盯着他们不放。他有信心，有黑暗做掩护，人家准发现不了他。他如此这般暗自琢磨之后，便从拐角处走了出来，光着脚，单枪匹马，像只猫，紧跟在那两个人身后，始终与他们保持一定距离，看得见他们就可以。

那两个人走过了河滨街上的三个街区后，向左转到了一个十字街头，然后径直向前走去，再折进通往卡迪夫山的一条小道，一路过去。他们走过了半山腰威尔士老头的房子，脚不停步，直往山上走去。哈克心想，老天爷，他们这是要把箱子埋在采石场吧？但是到了采石场，他们还是没有停步，继续往上走，往山顶走去。两个人钻进高高的漆树丛，消失在黑暗中。哈克赶紧跟过去，缩短与他们的距离，在这里他们说什么也发现不了他了。他快步跑了一段距离，又放慢了脚步，生怕跑得太快；接着往前去，又完全停了下来，听了听，没动静，除了似乎是自己的心跳声外，没别的声音。山上传来猫头鹰的叫声——那可是不祥之兆。但没有脚步声。老天，难道把他们跟丢了？他正准备拔腿去追，猛听到离他不到四英尺的地方有人轻轻咳了一声！哈克紧张得心几乎要跳到嗓子眼了，但他硬是镇定下来，只是站在那里身子哆嗦个不停，简直就像十几场疟疾同时发作，害得他浑身无力，眼看着要瘫倒在地了。不过，他知道自己这时候所在的位置，离寡妇道格拉斯家院子的台阶只有五步距离。“太好了。”他心想，“让他们把东西埋在这儿吧，找起来不难了。”

传来了一个声音——很轻的声音——是印第安人乔的声音。

“该死的！她这会儿可能有个伴。这么晚还亮着灯呢。”

“我什么灯也没见着。”

是陌生的声音——是在那闹鬼的房子里听到过的声音，哈克一听心头冷了半截。如此说来他们是来干复仇的勾当。他本想逃开为妙，可一想道格拉斯寡妇曾不止一次关照过自己，而这两个家伙是来杀害她的。但愿自己能冒险去警告她一声。可他没有这胆量——他们会逮住他的。他这么想着，也想到了其他一些事。这时候那陌生人和印第安人乔一直在说着话，印第安人乔说的是：

“那是因为你眼前有树丛挡着——朝这儿看看，看见了？”

“看见了，我想，是有个人。还是不干了吧。”

“不干？我可是要离开这里永不再回来的！不干，那再也找不到机会了！我再跟你说一声，我说过，她那几个钱我才不在乎哩——你可以全拿去。可她的老公亏待了我——多次对我很凶，主要就是因为他是治安官，就认定我是流民，把我关进了班房。还有几千几万件欺负我的事，说也说不完！他用马鞭抽过我——在监狱里当众鞭打我，像鞭打黑奴一样狠！当着全镇人的面鞭打我！鞭打——你明白吗？他占了我的便宜，死了。那这账就得让他老婆偿还。”

“哦，别杀了她！别这么干！”

“杀了她？谁说要杀了她？要是他还活着，我杀的是他，可不是她。你想，对女人报仇，用不着杀她——没有的事。我要毁了她的相貌。给她的鼻子来那么一刀，再割下她的耳朵，就像对付猪猡一样！”

“老天，那——”

“用不着你来说三道四。放心好了，这不关你的事。我就把她绑在床上，她要是血流得多送了命，那不是我的错。她要是死了，我一滴泪也不会掉的。朋友，我只要你帮个忙——看在我的分上——所以我才带上你。我一个人可能干不了。要是你没那个胆量，我就宰了你，明白吗？要是逼得我杀了你，我干脆连她也杀了，那样我看再也没人知道这事是谁干的了。”

“好吧，要是非得干，就动手干吧。越快越好——我浑身哆嗦着呢。”

“这就干？还有个人在的时候干？听着，我先就怀疑上你了。不行——等到灯灭了的时候再动手。别急。”

哈克觉得，接下去没人再说话了——没人说话比有人说杀人的时候更可怕。所以他屏住呼吸，悄悄往后退了几步。他的脚小心翼翼地踩下去，先是战战兢兢地放下一只脚，身子东倒西歪，差点没倒下去，平衡之后，才踩下另一只，待两脚站稳了，再往后退一步、两步。不料碰到一根树枝，啪地一响，吓得他大气也不敢出，听了听，没有动静——四周一片寂静。谢天谢地。他这才在高高的漆树丛中把身子转过来——转得小心谨慎，像是在掉转船头，然后加快脚步，谨慎地朝前跑去。到了采石场这才感到安全了，他便迈开灵活的小腿儿，飞奔起来。跑呀，跑呀，他快速地跑到了威尔士人的家，便砰砰砰地敲起了门。很快，从窗子里探出房主人和他两个壮实的儿子的头。

“吵什么吵？哪个在狠命地敲门？你想干吗？”

“让我进去——快！我全告诉你们。”

“我说，你是哪个？”

“哈克贝利·费恩，真是他！”

“哈克贝利·费恩，我想，听了这名字，许多人都不会开门的。还是让他进来吧，儿子。我倒要看看到底出了什么事。”

“可别跟人说是我告诉你们的。”哈克进门说的第一句就是这话，“请别说出去，要不我就没命了——那寡妇有时对我可好了，我想说的是——要是你们答应永远不跟人说，是我报的信，我就说。”

“你看他，确实是有话要说，要不他不会是这个模样。”老人大声道，“说吧，这里没人会说出去的，小伙子。”

三分钟后，老人和他的两个儿子，全副武装，上山去了，很快就手拿家伙，蹑手蹑脚地钻进了漆树丛。到了这里，哈克没有继续跟下去。他躲在一块大圆石后，翻身听了起来。四周悄无声息，时间似乎过得很慢。突然枪声响起，接着是一阵哭喊声。哈克来不及细辨，便跳了起来，使出吃奶的力气，奔了起来。

第三十一章　汤姆和贝基失踪了

星期天一早，天刚蒙蒙亮，哈克就摸上山来，到了威尔士人家门前，轻声敲了起来。那家人都还在睡着。不过发生了头天晚上那场惊心动魄的事件之后，他们睡得都很警觉，一有风吹草动就容易醒过来。很快窗口传来了问话声：

“哪个？”

哈克放低声音，战战兢兢地回答说：

“请让我进去。我是哈克贝利·费恩。就我一个人。”

“孩子，听了这名字，无论是白天还是黑夜，谁家的大门都会打开的。欢迎，欢迎！”

在这流浪儿听来，这些话语好不生疏，却是他向来最爱听的。过去，他从来没听到人家对他说过这样亲切的话。

门很快打开，他走了进去。人家给哈克让了座。老人和他一对高大的儿子匆忙穿着衣服。

“孩子，我看你准是饿了。等太阳一出来，早饭就准备好了，咱们就可以吃上一顿热乎乎的饭了——别拘束。昨晚我和我儿子还指望你来这儿住一晚呢。”

“可把我吓坏了，”哈克说，“我撒腿就跑。枪声一响我就一溜烟地跑了，跑了三英里才停了下来。知道吗？这会儿我来是要打听打听到底怎么啦。天还未亮我就跑来是因为不想碰到那几个魔鬼，哪怕是他们死了我也不想见到他们。”

“我说，可怜的孩子，看来昨晚你遭了不少罪。吃完了饭你就在这儿睡上一觉吧。不，他们没死，孩子——我们心中很不好受。当时，根据你的一番话，我们知道了去哪儿能找到他们。我们蹑手蹑脚悄悄摸过去，到了离他们十五英尺的地方——漆树丛黑得像个地窖——可我憋不住老想打喷嚏，算是撞上霉运了！我硬是忍呀忍呀，可没用——后来忍不住了，果然打了个喷嚏！我走在前头，手举着手枪，这下可好，一个喷嚏惊动了两个没心肝的家伙，他们哧溜一声冲出小路。我赶忙喊起来：‘放枪，孩子们！’立即对着有声音的方向开了火——是我的孩子开的。可一眨眼，那几个坏蛋就溜了，我们随后就追，直追进林子里。我估计，没打中他们。他们跑的时候各开了一枪，可子弹嗖的一声从身旁飞了过去，没伤着我们。我们等到听不见他们逃跑的脚步声，便不追了。后来我们下山把警官叫醒，他们召集了一队人，守住河岸，天一亮警官们就会去搜山了。我家的两个孩子也要跟他们去。你要是能说说那两个坏家伙的模样，那会帮上大忙的。不过黑夜里，我看你没看清他们的模样吧？”

“不，我看清了，是在镇上看到的，一直跟着他们。”

“好极了！仔细说来听听——仔细说说，孩子！”

“一个是又聋又哑的西班牙人，来过镇子一两次；另一个长得很难看，破衣烂衫——”

“这就足够了，孩子，我们认识这两个家伙！一天在寡妇家后面的林子里我遇见过他们。他们溜了。孩子们，快走，这就去告诉警官。早饭明天再吃得了。”

威尔士人的儿子拔腿就走。见他俩要走，哈克跳起身子，嚷嚷道：

“哦，请别跟人说，是我揭了他们的底！哦，请别说！”

“听你的，哈克。你这次可是立了一功呀。”

“不，不，不！请别说出去！”

两个年轻人一走，威尔士老人说：

“他俩不会说的——我也不说。可你为什么不愿让人知道呢？”

哈克没多作解释，只是说，那两个家伙中，有一个他很早就对其底细了解得一清二楚了，他不想让那人知道，自己了解一些对那人不利的事——那他们肯定会要他的命了。

老人家再次保证不把秘密说出去，说：

“你怎么会跟踪那两个家伙呢，孩子？他们看上去很可疑？”

哈克没吭声，心里想着如何回答才稳当。他说：

“你是知道的，我是个挺坏的孩子——至少大家都这么说，我也没什么好说的——有时候我睡不着，琢磨着这事儿，想法子学学好。昨晚就是这样。我睡不着觉，就出来走走，三更半夜琢磨着这事儿，走呀走，走到那座禁酒客栈旁的旧砖房，身子靠在墙上寻思开了。就在这当儿，那两个家伙悄悄走过来，腋下夹着样东西，我估摸是偷来的。一个家伙抽着烟，另一个要借火，所以就在我面前停了下来。烟的火光照亮了他俩的脸，我看见那个大个子是又聋又哑的西班牙人，我是凭他那一脸的白胡子和眼睛上的眼罩认出来的；另一个穿得破破烂烂，凶神恶煞似的。”

“凭着点香烟的亮光就能看出他们穿得破破烂烂？”

哈克被问住了，好一会儿才回答说：

“可不是，我也说不准——可我有这种感觉。”

“于是他们就继续往前走，你便跟着——”

“跟着他们——没错，是这样。我想看看，到底是怎么回事——瞧他们偷偷摸摸的样子。我一直跟着他们到了寡妇家的台阶下，躲在黑暗中，听那穿破衣的人求那西班牙人放过寡妇，可西班牙人发誓要破寡妇的相，这些我是跟你们说过的——”

“怎么，那聋哑人说过这话！”

哈克再次犯了一个可怕的错，说漏了嘴！他原打算想方设法不让老人知道那西班牙人的底细，可他的舌头决心要跟他作对似的，老让他出丑。他千方百计想摆脱这尴尬局面，可老人盯着他，害得他错误百出。威尔士人说了：

“孩子，你别害怕我，我说什么也不会伤你一根寒毛的。不——我要保护你——保护你。那西班牙人不是又聋又哑的。你无意中已说漏了嘴，再也瞒不过去了。你对那西班牙人的情况是了解一些的，只是不愿说出来。相信我——告诉我到底是怎么回事，相信我——我不会把你的秘密说出去的。”

哈克凝视着老人的真诚的眼睛，片刻后他把身子凑过去，贴在对方的耳边，悄悄说：

“他不是西班牙人——他是印第安人乔！”

威尔士老人一听几乎是从椅子上跳了起来，立即说道：

“现在全明白了。听你说什么刺耳朵割鼻子的，我以为你这是在添油加醋哩，因为白人是不会用这种手段来复仇的。可他是印第安人！那就是另一码事了。”

吃早饭的时候，他俩一直聊着。那老人说，睡觉前他和儿子还做了一件事，那就是找来一盏灯，把台阶和附近仔仔细细查看了一遍，看有没有血迹。什么也没有，可看见了一大捆——

“什么？”

这几个字从哈克刷白的嘴唇间蹦了出来，速度之快，胜过闪电。他的眼睛张得老大老大，大气也不敢出——等着对方回答。威尔士老人见状大吃一惊，也瞪大眼睛望着他——过了三秒钟——五秒——十秒——他才回答：

“一捆盗贼用的工具。哟，你这是怎么了？”

哈克坐了回去，慢慢地、深深地喘着气，只觉得真该谢天谢地了。威尔士人好奇而又认真地看着他，说：

“不错，是捆工具。你好像大大地放心了。你怎么前后变化这么大？你以为我找到了什么？”

哈克离他很近很近，对方那探究的目光逼视着他——要是能找到说得过去的理由来回答就好了，可他绞尽脑汁就是想不出来。那探究的目光盯得越来越紧，他便随口想到了这么一个糊涂借口——来不及仔细考虑，想以此来搪塞，轻声道：

“主日学校的课本吧。”

可怜的哈克这下可落到穷途末路的境地，再也笑不出来了。可老人听了乐得哈哈大笑起来，笑得浑身直哆嗦，笑到后来还说：这么一笑，就等于自己健健康康，从此口袋里的钱永远也不会去孝敬什么医生了。后来他还说：

“可怜的傻小子，瞧你脸色发白，没一点精神，不是病了吧？难怪慌慌张张，说话颠三倒四的。不过你会好起来的。我看你歇息歇息，睡上一觉，就没事了。”

哈克直恨自己像只笨鹅，这么沉不住气，轻易就露了馅，被人怀疑上了。想当初在那寡妇家的窗前，他听到那两个家伙的谈话后，就不再认为他们从客栈带出来的东西是财宝了。不过那只是他一时的想法，他并不真的知道不是财宝。所以一听老人提到一捆东西，他就情不自禁激动起来。不过总的来说，虽然发生了这么一段小插曲，他还是高兴的，因为现在他已确定，这捆东西非他所想的，所以大大放宽了心，又恢复了平静。事实上事事似乎顺顺当当。财宝还在二号，那两个家伙肯定能被捉拿归案，关进牢房。他和汤姆当天晚上就能拿到那些金币，不怕有人插手了。

早饭刚吃完，外面便响起了敲门声。哈克连忙躲了起来，他可不想让人看见，牵连进最近发生的事件中去，丝毫也不愿。威尔士人带进来几位先生和女士，其中就有道格拉斯寡妇。他说，这些本镇市民要上山，想看看那台阶。昨晚的事已传开了。

威尔士人只好把昨晚的事跟来人说了说。寡妇表示感谢，因为威尔士人她才安然无事。

“千万别说这话，太太。别谢我和我的儿子。另外还有个人倒值得一谢呢，可他不愿让我提他的姓名。没有他我们还真的不会去那里呢。”

这话自然引起大家的好奇心，一时间他们把来这儿要做的正事也忘了。威尔士人欲言又止，害得来客越发好奇。通过他们，这件事被传得全镇家喻户晓，可他就是守口如瓶，有关这秘密没透露半句。寡妇了解了其他的种种情况后，说：

“当时我正坐在床上，看了一会儿书之后就睡着了，闹了这么大的响动也没惊醒我。你怎么不来唤醒我呢？”

“我们认为一时没这个必要。那些家伙不太可能再来了。他们把手头的工具都丢在了那里。干吗还要唤醒你，让你吓个半死？那以后我让三个黑奴守在你家周围看着。他们刚回来呢。”

来了更多的人，老人只好花了好多时间，把这故事讲了一遍又一遍。

正规学校放假期间，主日学校也放假，但大家还是很早就来到教堂。这一轰动一时的事件已被传得沸沸扬扬。有消息说，两个坏人没有找到。布道结束后，撒切尔法官的妻子在过道的人群中碰到了哈珀太太，对她说：

“我家的贝基整天都在睡大觉吗？但愿她没累坏了。”

“你家的贝基？”

“是呀，”撒切尔太太惊得睁大了眼睛，“昨晚她没待在你家？”

“没有。”

撒切尔太太顿时脸色发白，一屁股坐到了旁边的凳子上。这时波莉姨妈与一位朋友边走边说，正好路过，波莉姨妈说：

“早晨好，撒切尔太太。早晨好，哈珀太太。我家那个孩子也不见了。我以为昨晚他也待在你们家哩——其中的一家。今儿他不敢上教堂了。我可要好好治治他了。”

撒切尔太太无力地摇摇头，脸色越发苍白了。

“他没待在我们家。”哈珀太太说，显得不安起来。波莉姨妈也感到焦急了。

“乔·哈珀，今早你见过我家汤姆没有？”

“没，太太。”

“你最后见到他是什么时候？”

乔使劲想了想，可就是想不出是什么时候。人们走出教堂，都停住了脚步，议论纷纷，个个开始显得焦虑不安起来，便盘问起孩子和年轻的老师。他们回答说没有注意到回来时汤姆和贝基是不是在渡船上。当时天已经黑了，没人想到问问是不是缺了人。后来一位年轻人脱口说出了自己的担忧——汤姆和贝基怕是还在山洞里！撒切尔太太听了顿时晕了过去。波莉姨妈哭喊起来，还拼命绞起了双手。

意外的消息一传十，十传百，五分钟之内警钟发了疯似的响起，惊动了全镇。顷刻间卡迪夫事件退居次位，不再被人注意了。那两个坏蛋暂时被遗忘。大家骑马的骑马，坐船的坐船，轮渡也出动了，恐怖的消息传出半小时后，就有两百人从陆路、水路，分头向山洞拥去。

整整一个下午，村子里空荡荡、静悄悄的。许多女人到波莉姨妈和撒切尔太太家，想方设法好言相劝，还跟她俩一起哭哭啼啼，似乎哭泣比话语更能起点作用。

整个单调乏味的晚上是在等待中度过的，到了天亮的时候，得到的消息无非是："再送些蜡烛来，再送些食物来。"撒切尔太太简直疯了。波莉姨妈也好不了多少。撒切尔法官从山洞捎来的消息给人一点希望，令人鼓舞，但绝无真正的乐观可言。

那威尔士老人拂晓时回了家，满身的蜡烛油和泥土，累得筋疲力尽。他看见哈克还在床上睡觉，发着烧，连连说着梦话。医生全到山洞去了，他只好请寡妇道格拉斯来看护病人。她说她会尽心尽力守着他，因为不管他是好孩子还是坏孩子，抑或是无足轻重的孩子，反正都是上帝的孩子，只要是上帝的孩子，她都应该好好照看。威尔士老人说，哈克身上有不少优秀之处。寡妇说：

"这话说对了。那可是上帝的印记。他没有丢弃，从来没有。上帝创造的生灵少不了上帝留下的印记。"

快到中午时分，村子里那些体力不济的人陆续挣扎着回来，而身强力壮者则继续坚持搜寻。从所能得到的消息来看，洞中过去从未有人去过的深处大家都找过了，接着还要把每个角落和岩缝都搜寻个遍。这通道交错的迷宫里，远远近近处处都有灯光闪烁，空旷阴森的走道里时时有喊叫声和枪声回荡。在一处人们寻常不去的地方，可以见到石壁上有几个用烛火熏出来的字眼："贝基"和"汤姆"，旁边还有一根沾满烛油和泥土的缎带。撒切尔太太认出了那是贝基的缎带，为此还大哭了一阵。她说，这是自己的孩子留给她的最后的遗物，没有什么比这更珍贵的纪念物了，因为这是在那可怕的死神带走她鲜活的生命前，她留下的最后的东西。有人说，山洞里，远处时不时会有亮光闪过，接着一声声兴奋的喊叫声响了起来，一二十人朝回荡着喊声的地方跑过去——结果都是令人心酸的失望。两个孩子不在那儿。那只是搜寻者的灯光。

接着是可怕的、煎熬难耐的三天三夜，村子里的人无不处于绝望的麻木状态中。大家都无心干活。有人偶然发现，那家禁酒客栈的老板私藏烈酒，这本是件大事，但引不起公众多大的反应。哈克的精神偶尔有清醒的时候，有气无力地提到过该客栈，后来终于问起，在他害病期间，那家禁酒客栈是不是发生过什么事，隐约间非常担忧。

“发生过事。”寡妇答道。

哈克惊得从病床上跳起来，眼睛睁得老大。

“什么？什么事？”

“烈酒——客栈因此关了。躺下，孩子。瞧你吓坏了我！”

“请告诉我一件事——就一件！是汤姆·索亚发现的吗？”

寡妇哭了起来。

“别说了，别说，别说，孩子。我不是跟你说过吗？你不能说话。你病得不轻，非常非常严重！”

好在只发现烈酒，要是发现了金币，那就热闹了。如此说来，财宝没了，永远找不到了。可她干吗哭哭啼啼起来呢？怪哩，她干吗哭呢？

这些想法在哈克的脑子里折腾了一阵，害得他感到非常疲劳，不觉睡了过去。寡妇自言自语道：

“他睡着了，可怜的孩子。说什么汤姆·索亚找到的！可惜的是没人能找到汤姆·索亚！唉，现在找到汤姆·索亚的希望不大了，也没足够的精力去找了。”

第三十二章　山洞历险

现在得回头说说有关野餐会上汤姆和贝基的事了。他俩与其他几名同伴一起沿着昏暗的通道游览了洞中那些熟悉的奇观异景，这些奇境都被人们冠以诸如“会客厅”“大教堂”“阿拉丁神宫”等等夸张的名字。后来他们玩起了捉迷藏的游戏。汤姆和贝基玩得很投入，尽兴了，这才感到很累很累，便举着蜡烛，沿着弯弯曲曲的小道，边走边读着那些用烛烟熏在岩壁上的人名、日期、地址、格言警句等。他俩边走边聊，不知不觉间已到了岩壁上没有题字的地方，便在一块突出的岩壁上用烟熏上了各自的名字，熏完了继续往前走。不久他们到了一个地方，一股细小的水流从突出的岩壁上汩汩淌下来，水中夹杂着一些细小的石灰石，日积月累，形成了一道晶光点点、万年不涸的瀑布，水花四溅，恰如镶着无数的花边。汤姆将自己瘦小的身躯挤到水幕之后，用烛光照亮，让贝基看得更清楚。他发现，水幕后面狭窄的峭壁之间有一段天然陡坡。他突然萌发雄心，想去探险一番。贝基对此积极响应，并用烛烟留下记号，便于回来时认路，然后继续探险。两个人在洞内绕来绕去，来到神秘洞穴的深处，又在那里留下记号，接着进了一个岔道猎奇搜幽，回去后好向大家报告。他们在一处发现了一个宽敞的洞厅，洞顶上悬挂着数不胜数的钟乳石，晶晶亮，长短粗细如同人腿。他们把这洞穴细细探看了一番，又惊讶又赞叹，最后从众多小道中的一条退了出去。很快他俩眼前出现一泓令人心醉神迷的泉水，泉水下落处是个水池，池的四壁镶嵌着亮晶晶的霜花。水池位于洞窟的中央，支撑岩壁的是由许多巨大的钟乳石和石笋上下相连而成的柱子，神奇怪异，是多少世纪从不间断地滴水的结果。洞顶下，聚集着成群成堆的蝙蝠，每群有数千只之多。它们被烛光惊起，成百上千地吵吵嚷嚷、怒气冲冲地扑向蜡烛。汤姆懂得蝙蝠的习性，知道这会带来什么危险，急忙抓住贝基的手，跑进最近的一条小道。好不及时——就在贝基往洞外跑时，一只蝙蝠的翅膀扑灭了她手中的蜡烛。蝙蝠追了两个孩子好长一段路，吓得这两个逃命者慌不择路，见路就钻，好不容易才摆脱了这些危险的家伙。不久，汤姆发现了一个地下湖。长长的湖身往远处延伸，昏暗中见不到尽头。他想对这湖作一番探索，但觉得还是先坐下来歇息一会儿为好。这时候他俩才第一次感到这幽洞的寂静是何等阴森恐怖。贝基说：

“哦，我竟没有注意到，已好久好久没听见其他人的声音了。”

“想到没有，贝基，咱俩是待在他们的底下——不知道离他们有多远，也分不清东南西北，待在这里能听得到他们的声音吗？”

贝基听了好不担心。

“不知道咱俩在这里待多久了，汤姆，不如回去吧。”

“不错，是得回去了。该回去了。”

“你认得路吗，汤姆？我觉得到处弯弯绕绕，已搞得我晕头转向了。”

“我想路我认得，可那些蝙蝠很难对付。要是咱俩的蜡烛都让它们给扑灭了，那就太糟了。还是另找一条路试试吧，这样就用不着经过那里了。”

“好吧，可我希望别迷路了，不然就太可怕了。”贝基一想到可能会出现那样的局面，就不由得打了个寒战。

两个人进了一条通道，默默地走了好长一段路，每到一个出口都打量一眼，看看是不是有眼熟的地方，可全是没见过的。每当汤姆查看道口时，贝基都注视他的脸，想见到一丝令人鼓舞的神色。而汤姆每每充满信心地说：“哦，毫无问题。这虽不是咱俩要找的路，可很快就会出去的。”但找呀找，都没有找到正确的路，他也觉得希望越来越渺茫了。后来他干脆不由分说胡乱找了起来，见岔道就钻，也许能侥幸找到该找的路。这时候他嘴里还是说“毫无问题”，但心头像是灌了铅似的沉重，说出的话也没有原先那样爽朗，听来仿佛是说“全错了”。贝基胆战心惊，紧紧依偎在他身旁，使劲不让眼泪流出来，可就是忍不住。最后她说：

“哦，汤姆，别管那些蝙蝠吧。咱俩还是回原路！看来咱俩越来越糟了。”

汤姆停住了脚步。

“听！”他说。

一片深沉的寂静，静得连他俩不说话时都能听到彼此的呼吸声。汤姆喊了一声。喊声在一条条空荡荡的通道上回响着，到了远处渐渐变弱，成了低微的嘲笑声。

“别再喊了，汤姆。太可怕了。”贝基说。

“是可怕，可我觉得还是喊喊好，贝基。知道吗？可能会被他们听到。”他说罢又喊了一声。

这“可能”二字比鬼怪的笑声还要恐怖，这无异于承认希望的破灭。两个孩子站着一动不动，听了起来，但毫无结果。突然，汤姆转身就走，脚步匆忙。但不久贝基从他犹豫不决的举动中看出另一个可怕的事实：他找不到回去的路了！

“哦，汤姆，你没留下过记号吗？”

“贝基，我蠢极了！我就没有想到过会往回走！我找不到路了。全乱套了。”

“汤姆，汤姆，咱俩迷路了！再也找不到离开这可怕的地方的路了。哦，为什么当初不跟大家在一起呢？”

她一屁股坐到了地上，号啕大哭起来。这一哭让汤姆不由得想到，她说不定会死去，要么会发疯，他吓呆了。他在她身旁坐了下来，双手搂住她。她把脸埋在他的胸口，依偎着他，向他倾诉自己的恐惧，倾诉自己于事无补的悔恨，而远处的回声在他们听来都变成了嘲弄的笑声。汤姆恳求她重新鼓起勇气，她说办不到。于是他开始责骂自己害得她陷入这么悲惨的境地。这番话很有作用。她说她要努力再次鼓起勇气，她要振作起来，只要他不再说那样的话，不管他带她到哪里，她都跟着他走。她说，她也该受到同样的责备。

于是两个人继续走下去——漫无目的地，简直是乱走一气——他们所能做的就是走着，不停地走着。不久，他俩似乎又燃起了希望之光，倒不是有什么理由来支撑，完全是因为希望之源既然未被岁月和频频的失败所阻，那么希望自然而然会复苏。

过了一会儿，汤姆拿过贝基的蜡烛，吹灭它。这一节约的举措大有好处。这是不言而喻的。贝基明白其深意。她又感到希望破灭了。她知道汤姆口袋里有整整一根蜡烛，外加三四根用了半截的——可他还得省着用。

慢慢地疲劳开始显威。两个孩子竭力不加理会，虽然多么想坐下来，但那是多么可怕。因为时间很宝贵，只能朝前走，不论朝哪个方向，走下去就有进展，就有所获，而坐下去无异于坐以待毙，缩短死亡来临的时间。

最后贝基累得再也迈不开步子，便坐了下来。汤姆也跟着她坐下来歇息。他俩谈起了家，谈起了朋友，也谈到了舒适的床铺，特别是灯光！贝基又哭了起来，汤姆想方设法安慰她，但鼓励的话一说再说，说多了就变得软弱无力，听来反成了挖苦了。贝基感到精疲力竭，不觉睡了过去。汤姆反而感到欣慰。他坐着端详起她紧张不安的脸庞。在美梦的作用下，那脸又变得平滑而自然，慢慢地漾起了丝丝笑意，久久没有消逝。这面容是何等安详，也感染了汤姆，他的心灵也跟着平和下来，他的思绪不觉转到了往事和种种梦幻般的记忆之中。就在他沉醉于静思之中时，贝基醒了，且轻声一笑，但笑声即刻在她唇边冻结住了，紧接着是一声叹息。

“哦，我怎么能睡着呢！我多么希望别醒过来就好了！不，不，汤姆，别这样看着我！我不再说了。”

“你睡着了，我挺高兴的，贝基。你已经休息了一会儿，不再那么累了吧。咱俩这就找路去。”

“咱俩可以试试，汤姆。我刚才在梦中去了一个非常美丽的国家，我想咱俩就要去那里了。”

“说不定不去那里，不去那里。打起精神来，贝基。咱俩这就去找路。”

两个孩子站起身，手拉着手，无望地慢慢走下去。他俩估算着在洞穴里已待了多长时间，却拿不准是几天还是几星期。不过显然没有这么久，因为手头的蜡烛还没点完呢。

此后过了很长一段时间——说不准有多长——汤姆说，现在脚步要放轻些，好听到水滴的声音——他们必须找到一处泉水。很快他们就找到了。汤姆说该再次休息了。两个人实在太累了。但贝基说，她认为自己可以接着走会儿。可汤姆说他不同意，贝基觉得挺奇怪，她想不通。两个人坐了下来。汤姆用些泥土将蜡烛固定在面前的石壁上。两个人忙着想心事，好一会儿没人说话。后来还是贝基先开口，打破了沉默：

“汤姆，我好饿！”

汤姆从口袋里掏出一样东西。

“你记不记得这是什么？”

贝基差点没笑出声来。

“这是你我的结婚蛋糕呀，汤姆。”

“说对了。要是它有木桶那么大就好了，因为现在咱俩只有这点了。”

“我是野餐时省下来留作纪念的，汤姆，就像大人对待结婚蛋糕那样——可现在它成了咱俩——”

贝基只说到这里便不再说下去。汤姆把蛋糕一分为二。贝基吃得津津有味，很快就吃完了。汤姆却一口一口慢慢吃着自己的一份。吃了蛋糕想喝水，水有的是。汤姆和贝基都说该接着走了。汤姆沉默了一会儿，便说：

“贝基，我要跟你说句话，你听了受得了吗？”

贝基的脸色唰地变得苍白，不过她说，她想她受得了。

“那好，贝基，这里有的是水，咱俩就待在这里不走了。咱俩就剩下这一小截蜡烛了！”

贝基忍不住失声痛哭起来。汤姆拼命安慰她，但没有用。最后贝基说：

“汤姆！”

“怎么，贝基？”

“他们发现咱俩丢了，会来找吗？”

“会的，一定会来找。当然会来找。”

“说不定这会儿就在找呢，是不是，汤姆？”

“我想他们可能在找！希望他们在找。”

“他们是在什么时候发现咱俩不见了的呢，汤姆？”

“我估计他们是在回船上的时候。”

“那时候天大概暗了——那么他们能注意到咱俩不在吗？”

“我说不上。不过他们一回到家，你妈妈一定会发现你没回去。”

汤姆一见贝基脸上露出恐惧的神色，就意识到，他犯了个天大的错误，那就是当晚贝基原本就是不准备回家的！两个孩子一时陷入了沉默，想着心事。不一会儿贝基突然露出伤心的神色，让汤姆感到，他与贝基的想法居然不谋而合——待撒切尔太太发现贝基不在哈珀家，星期天上午差不多要过去一半了。两个孩子眼睛紧紧盯着最后一小截蜡烛，眼看着它慢慢无情地短下去，最后只剩下短短的半英寸烛芯了。微弱的火苗忽升忽落，化成一缕轻烟腾空而去，在顶部盘桓片刻，然后——四周即刻笼罩在令人心惊肉跳的黑暗之中。

两个孩子谁也说不准，多久之后，贝基才慢慢地清醒过来，意识到自己躺在汤姆的怀中哭泣着。他俩只知道，经过一段似乎非常漫长的时间，他们都从死去一般的昏睡中醒过来，再度陷入悲痛之中。汤姆说现在恐怕已到星期天了——说不定是星期一了。他试着让贝基说话。可她太伤心了，她完全绝望了。汤姆说，他俩迷路的时间也许很久了，大家肯定都在找寻他们。他一定要大声喊叫，也许会被人听到，过来找他们。他试着喊了喊。

但黑暗中远处的回声听来令人心惊肉跳，他就不喊了。

时间又白白地过去了几小时，饥饿再次来折磨这两个陷于困境中的孩子。汤姆那一半蛋糕还剩下一点，两个人便分了吃。这反而让他们感到更饿了。少得可怜的一点食物反而激起他俩更强的食欲。

过了一会儿，汤姆说：

“嘘！你听到了吗？”

两个人都屏住呼吸听了起来，似乎听到了远处一声极轻微的呼唤声。汤姆立即回了一声，然后拉起贝基的手，沿着小道朝声音传来的方向摸索过去。他又听了听，又听到了，显然，他俩离那呼唤声更近了。

“是他们！”汤姆说，“他们来了！跟我来，贝基——咱俩现在没事了！”

两个落难的人喜出望外，但他俩跑得很慢，因为脚下处处是坑坑洼洼的，得特别留神才是。很快他俩遇到了一个坑，不得不停住脚步。坑深约莫三英尺，也有可能一百英尺哩——怎么也跨不过去。汤姆趴了下去，手尽量往下伸，就是摸不到底。两个人只好待在那里不走，等待寻找他们的人过来。他俩再次听起来。远处的呼唤声明显地离他们越来越远！不一会儿，那声音完全听不到了。两颗心顿时变得悲痛欲绝。汤姆拼命呼喊起来，喊得嗓子哑了也没用。他给贝基打气。他们就这样在焦急中等着，像是等了一个世纪之久，可再也等不来任何声息。

两个孩子又摸索回泉水边。时间过得很慢很慢，等得人更感疲乏。他俩又睡着了，醒来后更感饥肠辘辘，痛苦难耐。汤姆肯定地说，这时候必是星期二了。

他猛然间生出一个念头：附近不是有几条岔道吗？与其白

白坐等时间过去，不如去岔道探索一番。他从口袋里掏出一卷风筝线，绑在一个凸出物上，接着便与贝基行动起来。汤姆在前领路，边走边放线。走了二十步，便是岔道的尽头，是“起始的地方”。汤姆跪了下去，伸手摸索起来，尽量往拐角处摸。他把手往右远远地伸出去，就在这时，离他不到二十码的地方，从一块岩石后面伸出一只拿着蜡烛的手！汤姆高兴得大叫一声。紧接着出现了一个人，他不是别人，正是——印第安人乔！汤姆惊呆了，动弹不得。可是令他庆幸的是，那“西班牙”人拔腿就跑，跑得无影无踪。汤姆想不通，印第安人乔怎么听不出他的声音，过来要他的命，怪他曾在法庭上做证。恐怕是洞内的回声改变了他的嗓音。他觉得是这个道理。他已吓得浑身没半点力气。他心想，要是自己有足够的体力回到泉水边，乖乖地待在那里，任什么都别想诱惑得动他冒与印第安人乔遭遇的危险了。他小心地不让贝基知道见到印第安人乔的事。他跟她说，他只是想“碰运气”才喊的。

但是时间一长，两个人已是饥肠辘辘，疲劳不堪，再也顾不得恐惧了。他俩在泉水边又苦苦坐等了一段时间，睡了一会儿，醒来后，情况有了变化。两个孩子醒后饥饿难耐。汤姆认为现在是星期三，或星期四，甚至是星期五或星期六了。人家再也不来搜寻了。他提议到另一条道探索探索。他甘愿冒遇到印第安人乔和其他的风险。但贝基已非常虚弱，已陷入可怕的麻木状态，怎么也提不起劲来。她说，她情愿待在原地等死——死期不会太远了。她请汤姆要是愿意的话，带着风筝线再去试探试探，但她求汤姆去一会儿后，再回来同她说说话，并要汤姆答应，在那可怕的时刻到来的时候，守在她身旁，握着她的手，直到最后一切结束。汤姆亲了亲她，喉咙里一阵哽咽。可他表现得信心十足，装作一定能找到搜寻的人，让他俩脱离洞穴的样子。然后他拿着风筝线，手脚并用，跪着摸索着另一条岔道。可是饥饿已折磨得他苦不堪言，加上为死亡将至而担惊受怕，他的前景非常不妙。

第三十三章　“印第安人乔在山洞里”

已是星期二下午，渐渐到了黄昏时分。圣彼得斯堡村仍然处于悲痛之中。两个失踪的孩子踪影全无。已为他俩举行过公共祈祷。不少人私底下也为他们虔诚地祈祷，表达自己的一片心意。但山洞那边依然没有传来什么好消息。大多数搜寻的人已停止了寻找，回来投入日常事务中。人们都说，两个孩子显然已无生还的希望了。撒切尔太太病得很重，大多数时间处于昏迷状态。大家说听到她不停地呼唤女儿的名字，每次都抬起头来，足足听了一分钟之久，然后再次无力地垂下了头，发出声声呻吟，此情此景叫人好不心碎。波莉姨妈神情委顿，悲凉凄苦，原本灰白的头发现在差不多已是一片白霜。星期二晚上，村里的人怀着悲伤而凄凉的心情各自歇息去了。

就在这午夜时分，村里教堂的钟发了疯似的响了起来。顷刻间，街道上满是衣冠不整的人，疯狂地嚷嚷着：“出来！出来！找到他俩了！找到了！”喧闹的人声中夹杂着铁盘敲打的叮当声和号角的呜呜声。人们成群结队拥向河边，迎接两个孩子归来。他俩坐在一辆敞篷车里，拉车的人大声嚷嚷，村民们挤挤挨挨地拥着车子，一起往回走。浩浩荡荡的队伍走在大街上，欢呼声经久不息。

村子里灯火通明，谁也不回去睡觉。这是小村子前所未有的最激动人心的一个夜晚。开头半小时，村民们川流不息地来到撒切尔法官家，对两个被救的孩子又是搂，又是抱，又是亲，又是吻。人们紧握撒切尔太太的手，想说几句话，硬是说不出来，出来时已泪如雨下，洒得地上一片湿。

波莉姨妈那高兴劲已没法说了，撒切尔太太也不甘落后。说撒切尔太太高兴到极点，此时还差一步，要等有人把这天大的喜讯送到山洞里告诉她丈夫，才算是功德圆满。

汤姆呢，此时就躺在沙发上，身边围着一大群人，热切地听他讲述在山洞里的奇妙经历，其中自然少不了几分添油加醋。最后说到他如何离开贝基，作了一番探险；如何顺着两条通道往前走，直到风筝线全部放完才止步；后来又如何去了第三条通道，直走到风筝线不剩了；就在他打算往回走的时候，他如何忽然看见远处有个亮点，像是天光；他如何放掉风筝线，摸索着向小亮点过去；他最后如何连头带肩从一个小洞口钻出来，眼前竟是奔腾着的宽广的密西西比河！要是那发生在夜里，他就看不到那亮光，也就找不到出路了！他又说到，他如何回去接贝基，告诉她这个好消息，可她反而要他别拿这种小事来烦她，因为她太累了。她知道自己快要没命了，她很想这就死去。他还描述了他如何费尽口舌终于说得她相信；当她摸索着爬过去，看见那蓝色的天空，又是如何欢天喜地；说到他如何爬出洞，接着帮着她也爬了出来；他俩如何高高兴兴地坐在洞外呼喊着；有几个人如何坐着小船过来；汤姆如何招呼他们，对他们诉说了自己的遭遇，还说两个人饿坏了；那些人起初对这离奇的故事不相信——“因为，”他们说，“那山洞是在河下的山谷底下，你们待的地方是在离河的下游五英里的地方。”后来他们如何让他俩上了船，带他们到了一户人家，让他俩吃了晚饭，然后休息到了天黑后两三个小时，最后带他俩回家。

撒切尔法官和其他进洞搜寻的人都在身后留下绳索，天亮前，上山送信的人凭借绳索找到法官他们，把这个大喜讯告诉了他们。

汤姆和贝基很快发现，在山洞里三天三夜的劳苦和饥饿造成的伤害不是一下子就能消除的。整个星期三和星期四，他俩都躺在床上，越躺越疲惫不堪。星期四汤姆下床走动走动，星期五去了趟镇里，星期六则整天不着家了。贝基则足不出户，到了星期天，她还是像生过一场大病，脸色十分难看。

汤姆听说哈克病了，星期五去看望过他，可没获准进房，星期六和星期天他也没能和哈克见上一面。星期天之后，他被允许天天可以见哈克了，但被警告不可谈自己的历险，也不可涉及令哈克激动的话题。道格拉斯寡妇就待在一旁监视他遵不遵守禁令。汤姆听家里人说起卡迪夫山事件，也听说在轮渡附近的河里发现一个穿得破破烂烂的人的尸体，也许那人是企图逃跑时淹死的。

汤姆从山洞获救两星期后，去看望哈克。哈克的状况已大有好转，可以听听令人激动的话题了。他想，汤姆会有有趣的话告诉他的。撒切尔法官的家就在去找哈克的路上，汤姆也就顺道看望了贝基。法官和他的几位朋友要汤姆说说自己的事，有人忘不了讽刺他几句，问他还想不想到山洞去。汤姆说还要去，再去一趟算不了什么。

法官说：

“是呀，不乏跟你一样的人，汤姆。这我不怀疑。但我已有所防备，再也不会有人在山洞里失踪了。”

“为什么？”

“因为两星期前，我已经用厚铁板把洞门封严实了，还加了三把锁——钥匙就在我手里。”

汤姆的脸唰地白得像死人一般。

“你这是怎么了，孩子？来人哪，快！快拿杯水来！”水拿来了，往汤姆的脸上一泼。

“啊，这下没事了。你倒是怎么了，汤姆？”

“哦，法官，印第安人乔就待在山洞里！”

第三十四章　天网恢恢

没过几分钟，消息便传了开去。十多条小船载着人朝麦克道格尔山洞进发，紧跟着的是满载乘客的渡船，汤姆·索亚待在撒切尔法官坐的小船上。山洞的门开启后，眼前昏暗处出现了一幅悲惨的景象。印第安人乔直挺挺地倒在地上，已经死了。他的脸紧贴着门缝，他那双充满渴望的眼睛直到生命的最后的一刻，还盯着门外那光明、自由的欢乐世界。汤姆感慨万分，因为根据他自身的经历，他知道这可怜的家伙受了多大的罪。他动了恻隐之心，同时又有一种从此得以解脱、确保安全的感觉。他深深体会到，自从那天他终于有勇气大声指控这个嗜血成性的流浪汉以来，他所承受的负担有多沉重。这是他过去没有完全意识到的。

印第安人乔的博伊刀就放在他身旁，已断成了两截。大门底部的横木被刀削开了一个口子，虽然他使尽了全力，但还是无济于事。因为洞门外的门槛是块天然的岩石，刀很难对付这样坚固的东西，自身反而断了。不过即使没有这块岩石挡着，横档完全被挖掉，印第安人乔也无法钻出门底，他也只是白辛苦一番。这点他也明白。他这么折腾，只是为了找点事干，只是为了消磨那无聊的时间，好让自己的大脑少受折磨。通常，人们在洞口可以找到游客插在缝隙里的五六根蜡烛，现在已没有了，大概是被久困洞内的印第安人乔拿去吃掉了。他想方设法捉来过几只蝙蝠，也吃掉了，只留下蝙蝠的爪子。这可怜虫是被活活饿死的。附近有一根石笋，从地面往上慢慢长了不知多少年了，是由从顶上的石块滴下的水形成的。那困兽打断了石笋，又在一块石头上挖出一个浅凹洞，放到石笋的断裂处，用来接住下落的宝贵水滴。水滴声单调，很有规律，每三分钟才落下一滴—— 一天一夜才积得下一汤勺。这水滴早从金字塔建成、特洛伊城被攻陷、罗马城奠基、耶稣被钉上十字架、“征服者”创建不列颠帝国、哥伦布航海、列克星敦大屠杀还是“新闻”的时候，一直不断地滴着、滴着，如今仍然在滴。今后，当所有这些历史事件已是“时至午后”，传统“日薄西山”，最终被漫漫黑夜所吞没，它仍在滴着、滴着。凡事都有各自的目的和使命吗？这水滴耐心地滴了五千年难道就是为了满足这个游手好闲的可怜虫的需要吗？在未来的一万年间，它是否还有别的重要的目标有待实现？我们且不去管它。自从那个不走运的混血儿在石上挖洞接宝贵的水滴以来，已过去许多年了，时至今日，游客来到麦克道格尔山洞欣赏奇观时，总要久久凝视那块可怜的钟乳石和那缓慢下落的水滴，流连忘返。印第安人乔用过的杯子名列山洞的奇景的榜首，连“阿拉丁神宫”也无法与之媲美。

印第安人乔被埋在洞口附近。方圆七英里的人从乡镇、村庄、农场，或坐船，或乘大车，携儿带女，带上食物，纷纷拥来。他们毫不讳言，看着印第安人乔下葬，跟看着他被吊死一样称心满意。

这场葬礼同时也阻止了另一事件的进展——有人向州长请愿，要求赦免印第安人乔。在请愿书上签名的人不在少数。为此开过多场会，会上人们痛哭流涕，慷慨陈词。一群傻里傻气的女人还组成了一个请愿团，面见州长，身穿丧服，围着他，哭哭啼啼，请他大发慈悲，置自己的职责于不顾。据说印第安人乔杀害过五名村民，可这算得了什么？就算他是魔鬼撒旦，也会有许多低能儿甘愿在请愿书上签名。他们那双双眼睛，像漏了水的水龙头，无休止地掉下眼泪，洒到请愿书上。

葬礼后的那天上午，汤姆把哈克领到一个偏僻的地方，进行了一场重要的交谈。这时哈克已从威尔士人和道格拉斯寡妇那里了解到汤姆的全部历险，但汤姆认为，有一件事他们没有告诉哈克。看起来哈克觉得很难受，他说：

“我知道是什么事。你去过二号，除了威士忌，什么也没找到。没人告诉我说你去过，可我一听说私藏威士忌的案子，就知道跟你有关。我知道你没找到钱，因为这事你就是对别人瞒着，也会想法子来告诉我的。汤姆，我早就觉得，这笔钱咱俩永远也得不到了。”

“怎么啦，哈克？我可没告发过客栈老板。你是知道的，星期六我去野餐的时候，那家客栈还是好好的。你忘了那天晚上你不是去监视的吗？”

“哦，对了！这像是一年前的事了。就在那天晚上我跟踪印第安人乔一直到了寡妇家。”

“你跟踪他了？”

“是的——你可别说出去。我估摸着印第安人乔背后有人帮着他。我不想让他们缠上我，对我下毒手。要不是我，这会儿他就安安生生地待在德克萨斯了。”

说罢哈克把自己的历险一五一十地告诉了汤姆，此前汤姆只听说过有关威尔士人那一部分事。

“我说，”哈克又回到原先的话题，“哪个偷偷拿走了二号的威士忌，那些钱就是哪个拿的。在我看来，那钱咱俩反正是拿不到手了，汤姆。”

“哈克，那钱一直不在二号里！”

“什么！”哈克紧盯着对方的脸，想看出个究竟来，“汤姆，你又知道那笔钱的下落了？”

“哈克，钱就在山洞里。”哈克一听眼睛炯炯发光。

“再说一遍，汤姆！”

“钱就在山洞里。”

“汤姆，你得说老实话——你这是跟我闹着玩的吗？”

“我是认真的，哈克——我这辈子没撒过谎，这次也一样。你愿不愿跟我一起进洞，帮我把钱拿到手？”

“我发誓，我愿意！只要一路上做上记号，免得迷路，我就去。”

“哈克，这回进洞绝不会遇到丝毫麻烦。”

“好极了——你怎么这样有把握一定能找到钱？”

“哈克，等到进了洞再说。要是找不到，我情愿把我的鼓和其他所有的东西全给你。我发誓，准给。”

“那好—— 一言为定。你说，什么时候去？”

“你说什么时候就什么时候。你的身体吃得消吗？”

“洞离得远吗？最近三四天我能走动走动了。不过超过一英里的路还不行，汤姆，至少我觉得还不能走更远的路。”

“哈克，除了我，谁都要走上五英里才进得洞去。可我知道一条捷径，这路其他人谁也不知道，哈克。我领着你坐船去。我可以划着船过去，回来时也由我来划，全由我一个人干，用不着你动手。”

“这就去，汤姆。”

“好。咱们还得带上些面包和肉，还要捎上烟斗、一两只小袋子、两三根风筝线，还有别人说的摩擦火柴这新鲜玩意儿。跟你说吧，上次在洞里，我就多次巴望着有那玩意儿了。”

刚过晌午，两个孩子向一位不在家的村民“借”了条小船，便动身上路了。到了“空洞”下方数英里的河面上，汤姆说：

“你看，‘空洞’以下的那一片峭壁，看起来都一个样，没房子，没堆木场，灌木丛全都一模一样。可你看见那边有个倒塌的地方吗，白白的？那就是我做的一个记号。咱们上岸去。”

两个人登上了岸。

“你瞧，哈克，咱俩现在站的地方，离当初我钻出来的那个小洞很近，就是拿根钓鱼竿也够得着。这会儿看你能不能找到它。”

哈克举目东张西望，就是没发现。汤姆大模大样地大步走进一片茂密的漆树丛，说：

“不就是这儿吗！你瞧，哈克，这是这一带最隐蔽的一个洞了。你可不能说出去。我一直想当强盗，可得有个这样的地方。叫人头疼的是哪里找得到呢？现在咱俩有了，得保密才行。只能让乔·哈珀、本·罗杰斯知道——当然前提得是他俩肯入伙，咱们结成一帮，要不就没戏。叫‘汤姆·索亚帮’，听起来挺棒的，是不是，哈克？”

“可不是，挺棒，汤姆。那咱们打劫谁？”

“哦，谁都行。拦路打劫，多半是这法子。”

“杀了他们。”

“不——不全杀掉。把他们关在洞内，交了赎金才放人。”

“啥是赎金？”

“钱。你要他们交出所有的钱，让自己的朋友送来。要是哪个凑不齐钱，就关他一年，然后杀了。一般都这么做。只是不杀女人。她们都长得漂漂亮亮，很有钱，胆子又小。抢她们的手表和东西，可说话时始终要把自己头上的帽子脱下，对她们讲究礼貌。数强盗最讲礼貌了——我的书上就这么写的。这不，女人后来慢慢地爱上了你，她们就在山洞里待上一两个星期，从此不再哭哭啼啼了，你怎么也撵不走她们。要是你逼她们走掉，一转身她们就回来了。所有的书里都是这么写的。”

“可不是，太棒了，汤姆。我相信这比当海盗强多了。”

“说对了，在有些方面是强多了，因为离家近，想看马戏也可以看。”

说话间，一切准备就绪，汤姆领先，两个孩子进了洞。他俩费力地到了洞的一头，牢牢地拴好了风筝线，继续往前走。走了几步，到了泉水边。汤姆浑身上下不禁打了个寒战。他让哈克看了看那段插在石壁上一团泥土里的蜡烛芯，细细讲了当时他和贝基眼看着烛光如何摇摇晃晃，最后熄灭的情景。

两个孩子压低声音，悄悄说起话来。因为周围一片昏暗，静悄悄的，他们精神上感到了压抑。两个人继续往前走，很快到了汤姆曾探索过的另一条道，那就是“起始的地方”。借着烛光一看，原来前面并没有什么峭壁，只是个高两三英尺、有点儿陡的泥堆。汤姆悄声说：

“现在我让你看样东西，哈克。”

他举高蜡烛，说：

“你尽量往远处那个角落看，看见了？那边那块大石块上——烛烟熏出来的。”

“汤姆，是个十字架！”

“你知道二号在哪里吗？‘十字架下’，记得吗？就在那里，我看见印第安人乔伸出拿着蜡烛的手，哈克！”

哈克凝神看了看那神秘的符号，声音颤抖地说：

“汤姆，咱俩赶紧离开这儿吧！”

“怎么？财宝不要了？”

“是的，留下它吧。印第安人乔的阴魂就在那儿转悠。准在。”

“不，没有的事，哈克，没有的事。阴魂只能在人死去的地方转悠——远远地在洞口——离这儿有五英里远。”

“不，汤姆，不是这回事。阴魂老围着钱转。我知道鬼魂老这样。你也是知道的。”

汤姆觉得哈克说得不错，也害怕起来了，变得犹豫不决起来。突然他脑子里闪过一个想法。

“我说，哈克，咱俩可是成了大傻瓜了。印第安人乔的阴魂怎么能到十字架下呢？”

这话说得有理，立刻见效。

“汤姆，我就没想到这个。是这样。有了十字架，咱俩算是碰上好运了。咱们这就爬下去，把那箱子找出来。”

汤姆走在前头，边爬边在上面草草挖出台阶来。哈克随后。小石洞里立着一块大石头，四条岔道向外延伸出去。两个孩子细细地查看其中的三条，看不出什么结果来。最后他们在最靠近大石块脚下的那条岔道上发现了一个小凹洞，里面铺着一条毯子，还有一根旧吊索、一些熏肉皮、一些被啃得干干净净的骨头。没有钱箱。两个孩子把这里搜了个遍，毫无结果。汤姆说：

“他说在十字架下。哦，这儿离十字架最近了。总不能在岩石底下吧，因为那石块是牢牢长在地上的。”

他俩又到处搜寻了一遍后，灰心丧气地坐了下来。哈克没了主意。后来汤姆说：

“听我说，哈克，岩石的一侧有几个脚印，还有几滴蜡烛油，可其他地方没有。这是怎么回事？我跟你打个赌，钱准在石头下。我要把土刨开看看。”

“这主意不赖，汤姆！”哈克兴致勃勃地说。

汤姆立即掏出自己那把“地道的巴罗刀”，还没刨四英寸深，就碰到了木头。

“嗨，哈克，听到了没有？”

哈克也开始又是挖又是刨起来，很快就露出一些木板来。他俩搬开了木板。这几块木板原本盖住一个通向石头下面的洞口。汤姆钻了进去，手里拿着蜡烛尽量往岩石底下照，嘴里却说他没见着小洞的尽头。他主张进去探索一番。他弯下腰钻了进去，眼前出现一条狭窄的小道，渐渐往下延伸。他沿着弯弯曲曲的小道走下去，先是向右，接着左转，哈克随后跟着。慢慢地过了一段不长的弧形小路，汤姆嚷了起来：

“老天爷，哈克，瞧这里！”正是那只藏宝箱，放在一个隐蔽的小洞里，洞里还有一只空的火药桶、两支装在皮套里的枪、两三双印第安人的旧鹿皮靴、一根皮带，此外还有一些破烂货，都让岩石滴下的水滴浸得湿透了。

“终于拿到手了！”哈克一只手伸进失去光泽的钱堆里乱抓，“天哪，咱俩发财了，汤姆！”

“哈克，我一向认为咱们会成功的。太好了，简直叫人无法相信，可还是拿到手了，真的！我说，别在这里傻待了，搬走吧。让我来试试，能不能搬动这箱子。”

箱重约莫有五十磅，汤姆使出吃奶的力气才勉强提起它，可要搬走并不容易。

“不出我所料，”他说，“那天在闹鬼的房子里看见他们拿走时也挺费劲的。看来我带几只袋子来还是做对了。”

钱币很快就被装进袋子。两个孩子拿着袋子上到了画着十字架的岩石下。

“咱俩这就把枪和其他东西也拿上。”哈克说。

“不，哈克，让那些东西留在那儿吧。哪天咱俩去当强盗，就派上用场了。一直留在那儿，将来咱们还要在那儿举行仪式哩。在那个地方举行仪式再好不过了。”

“啥仪式？”

“我也说不上。反正强盗老举行仪式，咱们当然也要举行。走吧，哈克，咱俩在这里待得太久了。我看时候不早了。我也饿了。上了船咱俩就吃点东西，抽会儿烟。”

不久，两个人钻进了漆树丛，谨慎地四处张望，见河岸上没人，便上了船，吃起东西，抽起了烟。太阳已落入地平线，他俩把船推入水中，往回划。薄暮中，很长一段时间里，汤姆慢慢地划着桨，高高兴兴地与哈克聊着天，天暗不久上了岸。

“我说，哈克，”汤姆说，“咱俩把钱藏在寡妇家木棚的阁楼里，明早我来，先点个数，再平分掉，然后在林子里找个安全的地方埋起来。这会儿你悄悄待在这儿看管好东西，我去把本尼·泰勒的小车推来。我去去就来，不会很久的。”

汤姆走了，很快就推着车回来了。他俩把两小口袋东西装上车，用破布盖上，拉着车走了。两个孩子经过威尔士人家门前时，停下来歇息。就在他俩准备起身时，那威尔士人走了出来，赶上几步，问：

“喂，谁呀？”

“哈克和汤姆·索亚。”

“正好！跟我来，孩子，大伙正等着你俩呢。我说，麻利点——往前走。车我来拉。车还不轻哩。装的是砖还是金属？”

“是些废金属。”汤姆说。

“我看也是。镇子里的孩子，就不怕惹麻烦，花那么多的时间拾废铜烂铁卖给铸造厂，挣几个小钱，就是不愿干正经活，挣双倍的工钱。不过这也是人的天性。快——快走。”

两个孩子想知道，这么急急忙忙催着到底为哪般。

“别忙。到了道格拉斯寡妇家就知道了。”

哈克有几分害怕，因为他老是无缘无故地被人怪罪。

“琼斯先生，我们可没做啥错事。”

威尔士人笑了起来。

“我也不知情，哈克，我的孩子。我也不知道为了啥。你跟那寡妇是好朋友？”

“是呀。反正她一向对我很好。”

“那就好。那你有什么好害怕的？”

哈克的脑子一时反应不过来，没有做出回答，便和汤姆一起被推进了道格拉斯太太的客厅里。琼斯先生把车留在门口，跟了进来。

客厅里灯火通明，村子里有脸面的人几乎都来了，撒切尔夫妇也在。此外还有哈珀夫妇、罗杰斯夫妇、波莉姨妈、锡德、玛丽、牧师、报纸的编辑等等许多人。大家都穿上最好的衣服。寡妇接待起这副模样的两个孩子来，那热情劲恐怕是无人能及了。你看他俩满身的污泥和蜡烛油，羞得波莉姨妈满脸通红，冲着汤姆又是皱眉，又是摇头。两个孩子受的那份罪，在场的人没一个及得上他俩的一半。琼斯先生说：

“刚才汤姆不在家，我没等下去。后来正好在我家门口撞上了他和哈克，便赶紧催着他俩过来了。”

“你做得对。”寡妇说，“跟我来，孩子。”

她领着他俩进了卧室，说：

“先洗洗，换身衣服。这儿有两套新衣服——衬衣、袜子，全都有。这一套是哈克的。不，别谢了，哈克——琼斯先生买来一套，另一套是我置办的。两套你俩全适合。快穿上。我们等着。穿戴好了就下楼来。”

她说罢便走了。

第三十五章 “哈克有钱了！”

哈克说：“汤姆，要是能找到一根绳子，咱俩就偷偷溜走。窗子离地面不高。”

“废话，干吗要溜走？”

“得了，那么一大帮子人我可受不了。我可不下楼去，汤姆。”

“哦，讨厌！没啥。我毫不在乎。我会照应你的。”

锡德来了。

“汤姆，”他说，“姨妈等了你整整一个下午。玛丽已把你上主日学校的衣服准备好了。大家一直都为你操心来着。你说，你满身沾的可是蜡烛油和泥巴？”

“我说，锡德先生，你管好自己的事得了。摆出这么大的场面到底为了啥？”

“这是寡妇家的一次聚会，她家老开这样的聚会。这次是专为威尔士人和他的两个儿子开的，感谢他们那天晚上帮她脱了险。呃，要是你想听，我可以告诉你几件事。”

“好吧，你说。”

“今晚琼斯老先生准备当着大家的面说件事。这可是个秘密，今儿他跟姨妈说时我偷听到了。我估计，这事这会儿已不是秘密，谁都知道了。寡妇也不例外，可她竭力装得什么也不知道。琼斯先生非要请哈克到这儿不可——要是缺了哈克，他是说不了自己那天大的秘密的。”

“什么秘密，锡德？”

“说的是哈克跟踪那几个强盗到寡妇家的事儿。我估计琼斯先生想要给大家一个大惊喜，我敢打赌，到头来他会大失所望的。”

锡德咯咯地笑了起来，瞧他那得意劲。

“锡德，这话是你说的？”

“别问是哪个说的。反正有人说过——这就行了呗。”

“锡德，咱们这个镇，只有一个人缺德到家，才干得出这种事，那人就是你。那天换了你，遇到哈克那样的情形，准会溜号，不会向别人告发强盗的事。你除了缺德的事，什么也不会干，见到人家做了好事、受到夸奖，你就受不了。瞧好了——按寡妇的说法：‘别谢了。’”汤姆说着给了锡德一耳光，连踢几脚，把他赶出了门，“你有种，就向姨妈告我的状吧，明天有你好瞧的！”

几分钟后，寡妇的客人们都在餐桌前坐了下来。按当时当地的风俗，十几个孩子也被安排在同一个房间的另一张小餐桌旁。良辰一到，琼斯先生简短致辞，感谢寡妇为他和他的两个儿子举行了这个聚会，但是，他说，另外还有一个人，他的谦恭——等等等等。他拿出自己最擅长的、最具戏剧效果的手段，滔滔不绝地说起了那次惊险历程中哈克的表现。但是在场的人听了他这番话后所表现出来的惊讶，多半是装出来的，缺了在更加热闹的场合下所显露出来的那种激情和喧闹。不过，寡妇还是表现出极大的惊讶，对哈克大加夸奖，感激不已。哈克呢，他身穿新衣，又成了众人关注的中心和赞扬的对象，害得他不知所措，难以忍受，而寡妇的一番话倒让他忘了浑身的不自在了。

寡妇说她想收养哈克，供他上学，等到自己有足够的钱，就帮他做点小生意。汤姆觉得机会来了，便说：

“哈克不需要钱。他有的是钱！”

要不是这些客人举止文雅，使劲克制着，听了这番天大的玩笑话，准会爆发出理所当然的、表示赞许的哄堂大笑来。但是谁也没有作声，场面有点儿尴尬。好在汤姆说话了：

“哈克有钱了。你们也许不相信。他有了很多很多的钱。你们用不着发笑。我想我可以拿给你们瞧瞧。等会儿就是了。”

汤姆跑到门外。在座的人又惊又疑，面面相觑，用探究的目光打量哈克，害得他只有瞠目结舌的份。

“锡德，汤姆犯什么病了？”波莉姨妈说，“他——唉，这孩子的心思老叫人摸不透。我从来就没……”

汤姆进来时拖着两只沉甸甸的袋子，打断了波莉姨妈的话。汤姆把金灿灿的钱币往桌子上倒，说：

“瞧——我说什么来着？一半是哈克的，一半是我的！”

面对这景象，人们个个都喘不过气来，只是一声不吭，大眼瞪小眼。可过了一会儿大家都异口同声要求他说说到底是怎么回事。汤姆说他能满足他们的要求，便说了起来。这故事挺长挺长，听得人兴趣盎然。这故事魅力无穷，在汤姆叙述时没人插嘴。汤姆说完了，琼斯先生说：

“我原想在今天这种场合说一件秘密，让大家惊喜惊喜，现在看来，那秘密压根不值一提。我真心承认，跟这事相比，我那秘密微不足道。”

人们数了数钱，总共有一万两千多元。在场的人以前谁也没见过这么多的钱，不过论财产，其中有几家人的还不止这个数。

第三十六章　哈克受不了富裕的生活

汤姆和哈克发了大财，在圣彼得斯堡这个贫穷的小村子引起极大的轰动，至此读者诸君该感到满足了吧。这么多钱，又全是现金，简直令人难以置信。人人争相议论，有赞叹的，有妒忌的，纷纷扰扰，闹得许多村民在不健康的情绪的刺激下丧失了理智。圣彼得斯堡和邻近村子的“闹鬼的房子”被拆得一间不剩，木板被一一翻过，地基被一点点掘开，全是为了寻找埋藏的财宝。干这种事的不但有男孩子，其中不乏成年人—— 一些非常庄重、从不作非分之想的成年人。汤姆和哈克所到之处，人们无不对他俩殷勤有加，羡慕不已，热情相待。两个孩子记不得以前他们说的话有多少分量，如今他俩的话语都被奉为至理名言，再三被人引用。他们的一举一动都引人注目；他们似乎已丧失说寻常话、做寻常事的能力。更有甚者，他们过去的一言一行全被挖掘出来，收集起来，人们从中发现了许多迹象，表明他俩早年便有与众不同之处。村里的报纸还刊登了这两个孩子的小传。

寡妇道格拉斯把哈克的钱按六厘的利息放了债。撒切尔法官在波莉姨妈的要求下，以同样的方式处理了汤姆的钱。现在这两个孩子都有了收入，不少的收入—— 一年中每天都有一元的进项，星期天则减半。这恰恰与牧师的薪俸相当——不过这只是人家允诺付给牧师的钱，实际上他还拿不到这个数。当年人们过的是勤俭节约的日子，一周的食宿和上学的花销只一元二角五分就够了——还包括衣服和梳洗的费用。

撒切尔法官非常器重汤姆。他说，寻常的孩子无法救他女儿从山洞里脱险。贝基私底下告诉父亲在学校里汤姆替她挨鞭子的事，法官的感动之情溢于言表。当她说到汤姆为了她不挨鞭子而撒了个大谎，请求父亲原谅汤姆时，法官大动感情，说这可是个高尚的、慷慨的、宽宏大度的谎言—— 一句足以昂首挺胸步入史册的谎言，一句足与乔治·华盛顿广受赞誉的有关小斧头的实话[①]媲美的谎言！贝基看到父亲脚踩地板，跺着双脚，说了这番话，顿时觉得父亲从未像现在这样高大，这样威武。她连忙跑去把这一切告诉了汤姆。

撒切尔法官指望汤姆有朝一日成为大律师或大军事家。他说他有意让汤姆进入国立军事院校，然后在全国顶尖的法学院接受教育，以便将来从事其中的一种或同时从事这两种职业。

哈克·费恩有了这么一大笔财富，又受到寡妇道格拉斯的呵护，他自然被引入了社交圈——不，他是被拖进、被扔进社交圈的——他所受的罪令他难以忍受。寡妇家的仆人把他弄得清清爽爽的，又是给他梳头，又是替他洗衣，晚上让他睡在无情无义的被单上，上面居然找不到一星半点的污渍，而他正是把污渍当他的好朋友，紧贴心头；吃饭时他得用刀叉，要围上餐巾，使用杯盘碗盏；他得读书，还不得不上教堂，讲话不得不文绉绉的、干巴巴的。不管他身在何处，他的手脚无不受到文明的牢笼和枷锁的禁锢和束缚。

他勇敢地受了三个星期的罪，有一天终于失踪了。寡妇悲痛

① 指的是美国第一任总统乔治·华盛顿小时候得到一把小斧头，为了试试该斧头是否锋利，他砍倒了一棵樱桃树。后来他父亲问起这事时，他老实地承认了是自己干的。

欲绝，四处寻找，足足找了四十八小时。公众也非常关心，把远远近近、角角落落寻了个遍，还到河里去捞他的尸体。第三天一早，汤姆·索亚灵机一动，猛然想起到那废弃的屠宰场后面，在那几只旧空桶里去搜寻，果然在一只桶中找到这位出逃者。哈克正睡在桶里。早饭他吃的是偷来的一些残羹冷饭。这时他正叼着烟斗舒舒服服地躺着。他蓬头垢面、肮里肮脏，又披上当年逍遥自在的日子里穿的那身标志性的破衣烂衫。汤姆催着他起来，告诉他他闯了大祸了，要他赶快回家。哈克脸上那种悠闲自在的神情顿时消失，变成了一副愁眉苦脸的样子。他说：

“别说了，汤姆。我试过，可没用。没用，汤姆。那种日子不适合我，我不习惯。那寡妇对我好，把我当成了朋友。可我受不了那种生活。每天一大早她逼我起床，逼我洗脸，把头发梳得光溜溜的，不让我睡在木棚里，让我穿上那些让人喘不过气来的该死的衣服，汤姆。那些衣服密密实实，一丝风也透不进来，还讲究得不行，害得人坐也不是，躺也不是，更不用说随地打滚儿了。我压根没进过地窖——像是好多年没进了。我得上教堂，去受罪，受不完的罪。那些布道词烦死人了！我不能在那儿捕苍蝇，不能嚼烟草。星期天整天得穿上鞋子。寡妇家吃饭摇铃，睡觉摇铃，起床还摇铃——干什么事都得按规矩，我可受不了。”

“得了，哈克，人人都这样。”

“汤姆，这不相干。我不是他们。我受不了。把人管得死死的，太难受了。饭来张口的日子我不喜欢——我不感兴趣。想钓鱼得问人家，要游泳也得问人家。干什么事都得问人家。得了，说话还得文绉绉的，多别扭——我只好每天爬到阁楼里，乱骂一气，嘴里才舒服。再这么下去我非死不可，汤姆。那寡妇不让我抽烟，不让我大声说话，不许我在人前打呵欠、伸懒腰、抓痒痒。”说到这里，他显得特别生气，像是受了委屈的样子，“真是活见鬼，她成天祷告个不停！从未见过这样的女人！我只好开溜，汤姆，只得这么做。再说，快要开学了，我又得去上学。得了，我可受不了，汤姆。你瞧，汤姆，做个有钱人还真的不像人家说的那么好。没完没了地担惊受怕，遭的罪可不轻哩。倒不如死了的好。还是这些衣服适合我穿，这空桶睡起来舒服，我再也离不开它们了。汤姆，我要是没有这笔钱，就不会惹上这些麻烦了。你这就把我的那份钱拿走吧，有时给我一两毛钱得了——别经常给，因为除非是非常难到手的东西，我是不会轻易花一分钱的。你替我去向寡妇求求情吧。”

“哦，哈克，我办不到。这不公平。再说只要多过几天这样的日子，时间一长，你就会喜欢上的。”

“喜欢？！不是吗？就像是在热炉子上坐久了，就离不开它了。我说，汤姆，我不要做有钱人，我不喜欢待在那些该死的让人透不过气来的房子里。我喜欢树林子，喜欢河流，喜欢大桶，我离不了它们。天杀的！枪呀，山洞呀，这些做强盗必不可少的东西咱们全有了，可偏生出这档子蠢事，全被搅黄了。”

汤姆见来了机会，便说：“有了钱并不妨碍我去做强盗。”

“好哇！太好了。你说的是真话，汤姆？”

“当然是真话，就像你眼前的我，假得了吗？可要是你做人不让人尊重，我就不让你入伙。”

哈克的高兴劲儿消失了。

“不让我入伙，汤姆？你以前不是让我入伙做过海盗吗？”

“不，那是两码事。强盗比海盗档次要高——这是常理。在大多数国家，强盗都属于高档次的贵族——公爵一类的人。”

“我说汤姆，你不是一向把我看作朋友吗？你不会把我挡在门外吧，汤姆？你不会这样干的，是不是，汤姆？”

“哈克，我不想那样做，也不愿那样做，可人家会怎么说呢？他们会说：‘哼，好个汤姆·索亚帮！里面混进这么个孬种！’他们说的是你，哈克。这话你不爱听，我也不爱听。”

哈克沉默了一会儿，他思前想后了一阵后，说：

“得了，只要让我入你的帮，我便回寡妇家，将就过他一个月，看受不受得下去。”

“好，哈克，好样的！跟我走，老伙计。我会请寡妇不要对你管得太紧，哈克。”

“是吗，汤姆？你会这么做吗？太棒了。只要她把最厉害的规矩放松点儿，我背地里能抽口烟，躲起来说几句脏话，我便使劲熬下去，拼着命熬着。你们准备什么时候成立那个帮，当上强盗？”

“好哩，说干就干。说不定今晚就把那几个孩子召集在一起，举行仪式。”

“举行什么仪式？”

“入帮仪式。”

“到底什么样的？”

“要发誓大伙互相帮衬，永不泄密，就是被剁成肉酱，也不吐一个字。谁要是伤害帮里的弟兄，便杀了他和他全家。”

“好玩，真叫好玩，汤姆，我跟你说。”

“可不是，是好玩。所有的起誓仪式都要在半夜三更举行，尽量在最最偏僻、最最恐怖的地方举行——最好在闹鬼的房子里，可那些房子都给拆得一干二净了。”

“反正半夜三更这么干挺棒的，汤姆。”

“是挺棒的。还得在棺材上起誓，名字还得用血来签。”

“哦，还挺像回事哩！这可比当海盗强千万倍了。我到死也跟定寡妇了，汤姆。要是我真的当上了响当当的强盗，人人都在议论我，我看，到了那时她准会为自己能把我从火坑里捞出来而自豪的。”

尾　声

本故事就此结束。严格地说，这个故事是一个儿童的故事，该就此搁笔了，再写下去不就成了大人的故事了吗？写成人小说的人都知道，该在哪里结束——就是说，写到结婚为止。可要是写青少年，那就得适可而止。

本书中的大多数人物现在仍活着，活得舒心而快活。也许有一天继续提笔写写这些年轻人的故事，看看他们到底会成为什么样的人，倒不失为一件有意义的事。所以，最明智的做法是，对他们这一阶段的生活现在还是不披露的好。